対談

戦後・文学・現在

加藤典洋

而立書房

アートディレクション　前田晃伸
デザイン　齋藤友裕

目次

1　人びとと生きる社会で

2　人びとの生きる世界で

1

人びとと生きる社会で

×田中優子

法政大学総長、
江戸近世文化研究

時代みつめて
今、
求められているものは

トランプの勝利

加藤　米大統領選でトランプ氏が勝利したことは、多くの専門家にとって想定外でした。ここで特筆すべきは、彼は核のボタンを押せるということです。核に直結する点でも、東京電力福島第一原発の事故の時と同じ。ですから、ここはなぜ想定外だったのかから考えるべきなのに、その反省はなく、今後どうなるという話ばかりです。

田中　確かに。冷戦後の米国一極体制が折り返し点を過ぎたことがはっきりした出来事でした。

加藤　本当はもう、十五世紀の大航海時代以来のグローバリゼーションが転換期を迎えているくらいの長いスパンで事に当たらないと、ダメなんじゃないかと思いますね。

田中　戦国から江戸初期にかけ、日本は初めて本格的にグローバリゼーションへの対応を迫られました。そして明治維新、敗戦を経て、今は四度目のグローバリゼーションに直面しているというのが私の持論です。ただ江戸幕府も明治政府も自分なりの選択を経て受容したのに、敗戦後は米国一国への「従属」状態が続いてしまっています。

加藤　敗戦といえば、豊臣秀吉による朝鮮出兵失敗も敗戦です。その「戦後」体制として江戸時代をみることもできますね。

田中　そうなんです。軍事的に敗北し、経済が行き詰まる中で成立した江戸幕府は「自前」という選択をしました。織物や磁器をはじめ、アジアの先進技術を見習い、自らの技術で作り出す手法をさまざまな産物で身に付けました。それはアジアからの自立であり、結果的に欧米諸国の経済進出も防いだんです。

加藤　後にイデオロギー的に「鎖国」と呼ばれた体制は、秀吉時代の「拡張」主義からの転換として選び取られた……。

田中　生糸や木綿など多くの産物が農村地帯で生産されたことで、各地に市場が生まれ、お金が回り、繁栄していく。幕末の「開国」でこうした体制は終わるわけですが、それにしても、自由貿易一辺倒にみえる今の日本のやり方しかないのかと考えてしまいます。

加藤　江戸文化が花開いた元禄時代は幕府成立の約九十年後です。戦後はまだ七十二年目ですから、行き詰まったように見える戦後の命運も、まだ尽きていないと思いたいですね。

田中　トランプ氏は、環太平洋連携協定〈ＴＰＰ〉を離脱すると明言し、選挙戦では在日米軍撤退にまで言及しました。米国は孤立主義へ向かうのでしょうか。

加藤　実際には不可能でしょう。むしろ今後は、これまで曲がりなりに理念と政治と経済の三位一体できたのが、自由主義や公正といった理念は二の次で、なりふり構わぬ国益第一主議になるのだろうと思います。

田中　そんな米国とどう向き合うべきでしょうか。私は脱脂粉乳とコッペパンの給食を食べ、米国のホームドラマを見て育った世代で、米国を考えることは、よその国というより自分の中にある米国を考えることでした。なぜわれわれは米国を相対化できないのかと不思議に思ってきたのですが、加藤さんの「ねじれ」論が腑に落ちました。

加藤 表向き友好国、本当は従属国という元敵国との「ねじれ」た関係が、うまい具合に高度成長下で国益と一致した。そしてすんなりと国民に受け入れられると、次にはそれが「内面化」されてしまいました。

田中 安全保障関連法の反対運動が高まった一昨年、「左」とされる野党のかたが「日本の軍事化を防ぐために、安保条約は必要だ」と言うのを聞いて驚きました。米軍基地も核の傘も左右で支え合っているのですね。

加藤 対米従属というのは一種の薬物依存ですから。身体が依存になじむといつまでたっても独立できないんです。

日本の第三の道

田中 現状のようには米国を当てにできなくなるとして、どのような選択肢があるでしょうか。

加藤 一つは理不尽な要求を突き付けられても、どこまでも徹底従属でついていく。安倍晋三政権は当面はこの方向でしょう。もう一つは、核武装含みで軍備増強を伴う反米自立。でも、ともに将来への展望がありません。とすれば「自前」で第三の道をつくるしかない。

田中 そもそも戦後、私たちは日本の理念というものを真剣に考えてきたことがあったのでしょうか。自由や民主主義といっても、米国が提示したものに従っていただけなのかもしれません。

加藤 日本が理念を掲げるなら、憲法の平和主義しかないでしょう。でもこれは論理ではないんです。井伏鱒二が小説「黒い雨」で「正義の戦争よりも不正義の平和の方がいい」と書いています。「戦争はもうこりごり」という強烈な思い。被害者意識です。しかしこれが日本流の平和理念なんですね。それをしっかりと受け止め、強くしていくのがいいと思う。

田中 体験に根差しているから、理屈を超えた部分があるんですね。

加藤 その良い例が、一九七七年にダッカで起きたハイジャック事件への対応です。

田中 当時の福田赳夫首相は「人命は地球より重い」と言って、六百万ドルの身代金を支払い、獄中の日本赤軍のメンバーを釈放しました。

加藤 国際的には批判されましたが、日本社会は容認した。あれが日本流の平和主義の誇るべき達成例だと思います。

田中 その平和主義は今も残っているのでしょうか。二〇一五年に過激派組織「イスラム国」(IS)によって、ジャーナリストの後藤健二さんたちが殺害された時には、「地球より重い」といった声がほとんど起きませんでした。

加藤 でも今までの経験を足場に、米国の支えなしに、日本流の平和主義を築き上げていくのがいいんじゃないでしょうか。

田中 同感です。ただし論理的に整理し、明解にして済むわけではない。矛盾を言葉にして、それに耐えていく覚悟が大切だと思います。非戦と防衛の関係も、核の傘も皆ある種の矛盾です。

加藤 日本流は論理的じゃないんだ、少しおかしいんだ、ということを受け入れて、格好の悪い平和主義をつくっていく。もうそんな方向を目指す時期です。その時に江戸時代の二百六十年の経験を顧みることは大きなヒントになるでしょう。

田中 一方で憲法9条には、パリ不戦条約などそれまで世界が追求してきた普遍的価値が凝縮されている。日本が9条を手放すことは、人類が普遍的価値を手放すことだということは忘れたくありません。

加藤 同感です。加えて、私は9条の理念追求が長期的には国益にもかなうという考えです。

田中 矛盾が集約されているのは沖縄の基地問題です。私は、沖縄は元々琉球という別の国であり、今は日本の植民地になっているという認識を、まず本土の側が持つべきだという立場です。

加藤 現地では独立論が根強い。解決策は日本全体としての対米自立しかない。問題を日本全体で引き受けない限り、彼らが独立しようと考えるのは当然でしょう。

田中 公害や原発問題と似た構図ですが、まずそこで生きている人の声に耳を傾け、対話する必要がある。欧米の植民地の歴史を考えると、今のままでは、基地が残っても撤去しても、沖縄と本土の双方に計り知れない禍根を残すことになる。

加藤 真剣に考える機会が期せずして訪れたというのは、天皇の退位問題も同じですね。

田中 そもそも象徴天皇とは何かを誰も真剣に考えていなかったから、天皇自身がつくり上げるしかなかったということがはっきりしました。

加藤　在位の前半は「神」だった昭和天皇に対し、「憲法」の規定の下で即位した今の天皇は一代目の象徴天皇です。その立場から主権者である国民に問題提起したのに、それに応えない。戦後の象徴天皇は今後どうあるべきかの議論が有識者会議の検討に欠けているのが、残念です。

田中　私は天皇の役割が希薄化したことの表れだと思っています。古代から天皇は仏教など外来のものを率先して取り入れる役目を果たしてきた。明治以降は欧米文化、戦後は民主主義です。今後の役割があるとすれば、9条の普遍的価値つまり徹底的な戦争回避を目標に日本をまとめる方向しかないと思います。

これまでにない考え方や方法で

加藤　沖縄に話を戻すと、昨年は米軍北部訓練場の工事に反対する人たちへの、機動隊員による「土人」発言があり、政府からは容認するような発言が出ました。東日本大震災以降、相模原の障害者殺傷事件も含め、社会全体が急速に共感の感度を失っている。政府がこれを後押しするようでは困る。差別思想を許さないというメッセージを毅然と発するべきです。

田中　大統領選後の米国でも少数派への差別事件が増えているようです。

加藤　グローバリゼーションによって傷んだ中間層の没落が背景にあります。現在の　先進諸国に共通する現象ですね。

田中　社会全体が他者に対する「近い視線」を持てなくなっているのでしょう。すぐ目の前にいる高齢の人、体の不自由な隣人として問題を考えていくべきなのに、「老人」「障害者」と一般化して身勝手な効率優先で捉えれば、「いらない」となってもおかしくない。排外や差別というよりも、ある種の効率主義や合理主義が背後にあると思います。

加藤　日本の場合は、人口減少や少子高齢化の進展に対する不安も関係しているようですね。

田中　人口減自体は恐れる必要はありません。ただ何かをやめ、新しい何かを選ぶことが必要になる。縮小ではなく、スクラップ・アンド・ビルドと捉えた方がいい。

加藤　私は成長とか欲望を一概には否定したくない。むしろその意味を変えて、持続可能と両立させたい。これまでは「することができる」が成長でしたが、それよりも「することもできるし、しないこともできる」ことの方がすてきだ、自由だ、というように成長の意味が変わっていくといいと考えています。

田中　興味深いです。

加藤　右肩上がりの中で育ったわれわれとは違う、「草食男子」のような脱成長に解放を感じる若者たちが増えていますが、これが日本社会の一つの希望でしょう。

田中　江戸時代は循環社会で、基本は一年単位でした。来年これだけ必要だと思えば、今年は収穫しすぎないように節制する。先を見ることは大事ですが、こうした短い単位をもっと社会の仕組みの中に組み入れていく必要があると思います。

加藤　グランドデザイン志向の盲点ですね。身の回りのことだけではだめだと言われ続けてきたけれど、十年後、百年後を考えるのと、まず明日を考えるのは、本当は同じく重要なことなんです。

田中　「長い時間」だけでは、大きな市場が優先され、コミュニティーは切り捨てられる。原発やＴＰＰは典型的です。例えば小水力発電で村の単位で電気を自給するようなことはドイツなどでは当たり前に行われ、イノベーション（革新）につながっている。この数十年、日本はそうした努力を怠ってきたのだと思います。

加藤　「長い時間」だけでなく「広い空間」の盲点もあります。安保法制、原発と、このところ大問題がめじろ押しでした。「狭い空間」での身近なコミュニティーで、小さなことからやり直したい。そういう希望がいま私にはあります。

田中　江戸時代には「連」という仕組みがありました。芸術や趣味の同好者の集まりで、それぞれは非常に小規模ですが、具体的な目標を持っていて、目的を達したら解散する。無数の連が江戸の多様性とエネルギーを生み出していました。

加藤　ＳＥＡＬＤｓ《シールズ》もちゃんと解散しました。

田中　まさにそうです。解散は良い判断でした。必要になれば、またつくればいい。そういう組織があちこちで動き続けていることが大切です。もう一つ江戸に学ぶとすれば一揆でしょうか。

加藤 現代の運動とはどう違いますか。

田中 年貢の減免など要求を通している事例は、意外なほど多い。政治運動ともデモとも違って、手続きが決まっていて要求項目が具体的だから「これは困るから抗議しよう」と話がすぐにまとまる。最近でいうとブログをきっかけに、保育園の不足を訴える声が大きな動きになりましたが、あれが近いです。

加藤 なるほど。「短い時間」と「狭い空間」をてこにした運動ですか。

田中 私たちの「自前」とは何か。今までと違う考え方や方法を言葉や行動にしていくことが、今ほど求められている時代はないと思います。

（共同通信配信　二〇一七年一月）

田中優子（たなか・ゆうこ）
1952年生まれ。神奈川県出身。法政大学社会学部教授、社会学部長を経て、2014年より法政大学総長を務める。専攻は、江戸時代の文学・生活文化、アジア比較文化。著書に『江戸の想像力』（芸術選奨文部大臣新人賞）、『江戸百夢』（サントリー学芸賞、芸術選奨文部科学大臣賞）ほか多数。

×石内 都

写真家

苦しみも
花のように静かだ

フリーダの遺品を撮る

加藤　石内さんの写真を最初に見たのは、「アパートメント」（横須賀、横浜、東京のアパートを撮影した作品）ですね。それを、「太陽」（平凡社）に連載していた初めての写真評に書いた。そのときに、たくさんの写真を見て、感化された結果が、『なんだなんだそうだったのか、早く言えよ。』（五柳書院）というタイトルの本になりました（笑）。それから、ずっと石内さんの作品を拝見していま す。

「1・9・4・7」（同い年の女性の手と足をクローズアップ撮影した作品）は写真集（『1・9・4・7』アイピーシー）で。銀座のカフェで見たのですが、見終わって外に出たら、街を歩く女の人が違って見えた。

石内　初めてお会いしたのは、二十年ぐらい前の水戸芸術館のトークイベントですよね。そう頻繁にお会いするわけじゃないけど、もう長いおつきあいです。

加藤　今日は石内さんとフリーダ・カーロの遺品を撮られた作品についてお話しするのに、印刷されたものではなく、どうしてもオリジナルプリントが見たくて、こちら（石内の実家を改装した横浜のアトリエ）にお邪魔しました。今度出される写真集、『フリーダ　愛と痛み』に掲載する全作品のプリントを見せていただきましたが、やはり、どれも、とてつもなく美しい。そもそも、どういう経緯でフリーダの遺品を撮ることになったの？

石内　一番初めは、メキシコ人のキュレーターから、フリーダの家――今はフリーダ・カーロ博物館（通称「青の家」）になっていますが、その家のバスルームを、彼女の死後五十年経って開けたから、そこから出てきた遺品たちを撮ってくれというメールが来たんです。

加藤　一九五四年に亡くなっているから、二〇〇四年か。

石内　開けたのは、そう。メキシコの有名な女性写真家もその遺品を撮っていて、私に話が来たのは二〇一〇年でした。メールに、「いいですよ」と返事したのに、一年ぐらい何も連絡がなくて。忘れたころに、そのキュレーター、シルセが、日本に来るっていうの。会って、「なんで私なの？」と聞いたら、ベネチア・ビエンナーレで「マザーズ」（石内の母の遺品を撮影した作品）を見たと。彼女とすっかり意気投合して。なんと彼女のお母さんもここに一緒に来たんですよ。

加藤　面白いね。

石内　それで、35ミリのフィルムを百本持って、メキシコへ行った。私は普通、一日で三本ぐらいしか撮らないんだけど、メキシコはすぐに行って撮り直したりできないから三週間で百本すべて撮りました。自然光で撮るから、毎日十時から三時までが撮影。土日はお休みにして。

シルセの他にも、博物館に一人、私が何を撮りたいかわかる人がいて、手伝ってくれたんです。彼女はスペイン語しかわからない。私は日本語しかわからない。でも通じるの。広島の原爆資料館にも一人、そういう学芸員がいるんですよ。彼女がいないと「ひろしま」（二〇〇七年から今も続く、広島の被爆者の遺品を撮影した作品）は撮れない。結局、現場って、誰かの協力がないと何もできないのね。そういう人が一人いれば大丈夫。
でも、私自身はメキシコに行くまで、フリーダにほとんど興味がなかったし、彼女の作品も実はあまり好きじゃなかったんです。なのに、行ってみたら、「ああ、そうか。そうだったんだ」と納得した。彼女の描いた絵が、すばらしかった。印刷じゃわからない。タッチがいいし、優しいし。体が震えました。

加藤 僕もフリーダ・カーロは、なんだか禍々しい感じがして、全然、好きじゃなかった。本を読んでフリーダを好きになる人は物語から入っているのかもしれない。
二〇〇一年の秋、ちょうど9・11の直後に、ベネチアに行ったんですね。ベネチアは世界的な観光地だから、ほとんど毎日のように、いい音楽会や展覧会が開かれている。そのときは、バルテュスの大回顧展をやっていて、それを見に行ったんですが、たまたまフリーダ・カーロの展覧会もあって、何気なく入った。そうしたら、美しいの。

石内 でしょう！

加藤 すごく繊細。内容は、それこそ愛と痛みを描いて禍々しいのに、絵が震えてそこにある、と思った。

石内 フリーダは、嘔吐も描いているでしょう。ゲロだよ(笑)。でも、それが、全然汚くない。

加藤 血だらけのものでも、オリジナルは、ほんとうに繊細で、美しい。

石内 そうか！　だからとくにオリジナルプリントを見に来たのね。

加藤　そうだよ。

石内　わざわざ来てくださった意味が、よくわかりました。ありがとう。

加藤　もちろん、写真集もいいんですよ（笑）。でも、写真集は入口なんですよね。写真集とオリジナルプリントと、両方のアクセスがあっていい。昔、パリに一年間住んだときには、写真集専門の書店によく行きました。それで商売が成り立つんですね。写真集だけの古本屋、「シャンブル・クレール」という店もあります。つまり、「明るい部屋」。ロラン・バルトの写真を論じた本の名前と同じ。

石内　写真に対する歴史と捉え方が、日本と欧米とでは違うんです。海外に行くと、あまりフォトグラファーとは呼ばれない。アーティストと呼ばれる。でも、日本では写真家という肩書きになる。まあ、そんなのどうでもいいんだけど（笑）。そういう呼び名にも、日本での写真の地位が現われていますね。オリジナルプリントに価値を置くかどうかも、欧米と日本では、ずいぶん違います。

加藤　やっぱり、オリジナルは違う。最初にオリジナルに感動した経験は、セザンヌなんです。昔、国立西洋美術館でセザンヌ展があって、それまでいいと思っていなかったのに、オリジナルを見てビックリした。結局南仏の彼のアトリエにまで行きました。ブリューゲルも好きで、いまもオリジナルの追っかけをやっています。好きな画家の作品を、いろんなところに見に行ったりしてきたけれど、正面衝突のように出会って、一番印象が鮮烈なのがフリーダかな。だから、フリーダ・カーロは大好きなんです。
僕は猿と犬と土偶のようなものが一緒に描かれたフリーダの自画像の大きな複製を、十年まえから自分の仕事場に飾っているんですよ。西洋の自画像で動物と自分が一緒に描かれているものなんて、ほとんどない。西洋では人間と動物は違うものとされるからです。でも、フリーダの絵は違う。僕の感覚に合う。

石内　彼女の発想は、本当に自由。あまりにもフリーダのことを知らなかったので、メキシコに行く前に、フリーダについて書かれた本をほとんど全部読んだんです。でも、それは余計だった。あんなもの、要らない。自分で絵をちゃんと見ればいい。見ればわかるということを、私も経験しました。だからメキシコに行く前と後で、フリーダ観がまったく変わってしまって。ちゃんと生きて死んだ女がいた。その現実的な生きざまがわかったというか。そして、彼女の場合、重要なのは死にざまですね。

「マザーズ」に導かれて

加藤　フリーダの絵も美しいですが、石内さんが撮ったフリーダの遺品も美しい。どんなものも最後に武装解除されて、余計なものがなくなって、美しいかたちで残っているように感じます。

石内　実際のものは、そんなにきれいじゃないんですよ。丁寧にきれいに見えるようにして、私が感じた美しさを撮っている。「ひろしま」もそうです。それで、いろんな人が見てくれればいい。

加藤　お会いする前に、「マザーズ」の写真集(『マザーズ 2000-2005 未来の刻印』淡交社)をもう一度、見てきました。

石内　あれは、ここで撮ったのよ。リビングの窓に外側からトレーシングペーパーを貼って、自然のライトボックスにして。口紅の写真は、台所のシンクで。

加藤　へぇ、そうなんだ。僕は石内さんの「マザーズ」に、ニーチェの『悲劇の誕生』を思い出しました。『悲劇の誕生』では、理知的で造形的な神・アポロと、音楽や陶酔、混沌の神・ディオニュソスという二つ原理がギリシャにあり、その二つが戦い、融合するところから悲劇が生まれる、そのうちディオニュソスがいなくなりアポロが優勢になって悲劇というものが消えた、という大きな話が論じられています。

それでいうと、写真というのは造形芸術だけれど、そこにも混沌、激情、愛憎がある。その、写真にならないもののところではディオニュソスが生きている。石内さんは、お母さんとあまりうまくいかなかったと書いていて、その感情の混沌は音楽のように写真には映らない。でも、その断絶と落差が、声となって写真を細動させている。そとでは嘆きや叫びは凍結されていて、その痕跡がニーチエの悲劇と呼んだものだけれど、それを、感じる人は感じることができます。石内さんの後期の展開の起点は、やっぱり「マザーズ」で母子の葛藤と向き合ったことだったんですね。そもそも石内都という名前がお母さんの名前でしょう。そこにすでに「叫びの凍結」がある(笑)。

石内 私が興味を持つのは、痕跡の悲哀のようなものなんです。人があまり喜ばないものや目を背けるもの、あまり問題にしたくないこと、そういうものに、すごく興味があって、撮りたいの。写真には記録と記憶の両方があるから。それに、もともとは紙っぺらの中の世界。それが非常におもしろいところです。

加藤 石内さんの作品にはキャプションがないものが多いよね。

石内 説明したくないので、基本的にはつけません。提出するだけで、あとは見る人が勝手に見てくれればいい。そして、自分の言葉で解釈してほしい。一つの方向に決めて見てほしくないの。

加藤 「scars」(皮膚に残る傷跡を撮影した作品)の写真集(『scars』蒼穹舎)も、今回、見なおしてきたけれど、「scars」には簡単なキャプションがついている。

石内 ついています。病気、事故、自殺未遂とか、傷の由来と傷ができたのが何年かだけ、最小限、書きました。

加藤 戦争というのもある。

石内 沖縄の女性です。艦砲射撃で背中を貫かれた傷で。

加藤 「ひろしま」は、どういうきっかけで撮ったんですか?

石内 写真美術館でのベネチアの凱旋展「マザーズ」を見た集英社の編集者から、広島を撮らないか、と声をかけられたんです。それまで、広島に行ったこともなくて。

加藤　僕も十五年ぐらい前に、初めて行きました。それまでもちろん原爆のことも書いていたし、それで親しくなった人が広島にいることもあって、一回行かなきゃと思っていた。原爆資料館も見て、かなり疲れたけれど、白紙で行って、受け取って、いろんな物語がついているものをもう一回取りのぞくと、やっぱり、そこに最後に残るのは、美しいものなんですね。

石内　イメージが先行していますよね、とくに広島には、いろんなメッセージがいっぱい付いている。原爆ドームを初めて見たとき、本当にかわいく感じて。なんでこんなちっちゃいの？　みたいな。下からあおって撮っている写真ばかりだから、大きく見えてたの。

加藤　石内さんが撮った「ひろしま」を見たときに僕が思ったのは、他の人が言っているのと同じことなんだけど、女の子の服の柄やボタンとかが、おしゃれなんだよね。つまり、一九四五年の八月六日の朝、起きて顔を洗ったりして身支度をして、かわいいボタンのついた服を選んだ、すこしおしゃれをした、そういう時間をすごした普通の人が、八時十五分を迎えたんだとわかる。原爆だ、広島だ、アメリカだ、というようなことから、一番遠い、小さなものが、そこにはある。原爆で死んだ人たちは、自分たちとまったく同じだ、地続きだ、という思いが、そのすこしおしゃれな服から、やってくるんですね。

石内　原爆を受けたからって、みんな地味で、もんぺ履いて……なんていうわけではなかったんですよね。世界中、広島だろうが東京だろうがパリだろうがニューヨークだろうが、戦時中でも、みんなおしゃれはしていたの。だから、今の私たちと一緒なんですよ。

加藤 その服を着ていた人の、かわいくおしゃれしようと思う気持ちが、石内さんの作品の中に取り出されている。それが、日本以外の人が見たときにも、「ああ、こういうことだったんだ」とはじめてわかって、違う種類の感動につながった。

石内 広島に行ったら、どこも「平和記念資料館」「平和大通り」「平和大橋」と、「平和」だらけ。でも、実際には「原爆資料館」ですよね。地元のメディアも、そう書いている。原爆というのは、ある意味、差別の対象になっているんですよね。遠巻きにされている。だから、被爆者は被害者だというイメージが先立つ。それに、外国の人は、原爆の被害を日本人全体が受けたと思っているの。しかし、日本の中では、距離感が違う、リアリティーがないわけですよ。逆に私にとっては、今、広島は身近なの。ワンピースを残したまま、まだ行方不明になっている子がいる。もしかしたら帰ってくるかもしれない。そういう現実感があるんです。

加藤 昔、黒柳徹子さんがアフリカに行ったときに、華美なお化粧をして、おしゃれな服を着ていたので、不謹慎だと国内でバッシングが起こったのだけれど、じゃあ、いったい、どういう格好をして行けばいいのか（笑）。その場合、どういうことが誠実なのかというような問題にも、これはつながっている。

石内 おしゃれは悪、不謹慎、と思われがちなんですよね。

加藤 だって、今、餓死しそうな人も、元気になったら、おしゃれをしたいだろう。その一つは、対立しないんだよね。

石内　広島で原爆を受けた人は、想像を絶する体験をしている。でも、想像を絶するというのは、想像できないわけだから、できないことはできないとちゃんと認めて、わからないことはわからないと言わないと、前に進まないような気がします。私、わからないことは本当に「わからない」って言うの。中途半端にわかったようなことは、言っちゃいけないなって。

加藤　「ひろしま」もそうだし、今回の「フリーダ」も、笠原美智子さんがキュレーションしたベネチア・ビエンナーレの「マザーズ」がきっかけだったわけでしょう？　石内さんは「マザーズ」から、すごく大きなものを受け取ったし、大きな空間を通り過ぎたという気がする。お母さんが、一番の贈り物をしてくれたんですよ。

石内　そうかもしれない。最近やっと母を理解できるようになったから。こういうことがあるんですね、人生には。

自由になったフリーダ

加藤　今回の「フリーダ」も、物語がいっぱいあるフリーダ・カーロを、日常の中で呼吸していたようなところへ連れていっている。

石内　与えられているイメージから、フリーダを自由にしてあげたかったんです。

加藤　フリーダの表現は、芸術じゃない。芸術よりもっと広いんですよ。フリーダはフランスに行っても、シュールレアリスムを批判するでしょう。自分の作品は「現実《レアル》」なんだ、って。石内さんの今回の写真集のタイトルは「愛と痛み」だけど、フリーダの愛というのは、とても広い。夫のディエゴ・リベラがいて、不倫相手がいて、でも、彼らへの愛は、彼女の愛のある一部分。痛みにしても、満身創痍だから、いろんなかたちの痛みを感じていたはず。彼女の作品からは、微細なグラデーションのある痛みがあり、その痛みと折り合いをつけながら一緒に生きたという感じを受ける。そして、激しいけれども、静か。

石内　絵を描く行為というのは、無言で、とても地味ですよ。それを彼女はしっかりやったんですよね。そういうところはあまり言われないし、彼女は自分で自分のイメージを作り上げていた。負けそうな自分を感じながら、必死で闘って、自己演出していたんじゃないかな。ベッドで絵を描いている写真があるけれど、指輪を四つも五つもしている。普通、そんなんじゃ描きづらいもの。

加藤　フリーダにまとわりついたイメージを、全部はいで自由にすることから、この写真の美しさは作られているよね。僕はここに、メモをしてきたんですが、この作品から、「苦しみも花のように静かだ」という感じを受けました。

僕が写真に関心を持った年というのが、ロバート・メイプルソープがエイズで死んだ年なんですね。彼の晩年には、一緒に住んでいたパティ・スミスの写真とかもあるんだけど、もういよいよ死ぬとなってからは花ばかり撮っていて、最後の写真集は『Flowers』というものだった。
僕もこの年になって、いろんな人の死を経験していますが、二十年ぐらい前に、同世代で最初にガンで死んだ友人がいて、お葬式に行ったとき、お棺にお花を入れながら、なんで花なんだろうって、ずっと思っていたのが忘れられないんです。花はきれいだけれど、すぐしおれる。いつまでも残らない。

石内　切った花というのは、すでに死に花なんですよ。

加藤　命がそこに凝縮されている。だから、死んだ人を、命の極みのようなもので覆うんですね。だから僕は、人からもらってうれしいのは、花と食べもの。

石内　ほんと？　意外。そうなんだ。

加藤　息子が死んで、そのとき僕は、何をもらってもうれしくはなかった。だけど、花は……

石内　邪魔にならなかったんだ。

加藤　うれしかったな。

石内　やっぱりきれいだったんだ。

加藤　きれいとかいうよりも、他にかたちにならないもの、これしかないというものが、花なんだね。花って何の役にも立たないじゃない。どんな花も、「うわー、きれいだな」と思っても、だんだんだんだんしおれていく。フリーダ・カーロもいろんなかたちで花を描いている。石内さんの作品でも、フリーダの遺品が、木漏れ日の中に置かれて、花になっている。

石内　たしかに、そうね。フリーダが降りてきている感じでした。撮る時は何も考えないでシャッターを押すだけなんですが、現像所であがってきたのを見たら、涙が出ちゃって。あんなふうに写ってるなんて、思いもよらなかったもん。自分の写真を見て、「ああ、そうだよね」とわかったような。フィルムはそれが面白い。撮っているその場では見えないから。ちゃんとした時間がとどまっているでしょう。フリーダと出会ったのは、奇跡ですね。奇跡としか思えない。それほど大きい出来事です。

加藤　フリーダは一九〇七年生まれで、五四年に四十七歳で死んでいる。同じ年の生まれに中原中也がいます。中也も最初にダダイズムから影響を受けた。フリーダもシュールレアリスムやトロツキーとの関係もあった。彼らは同時代人だったんですね。驚いた(笑)。日本だと、戦前と戦後で時間軸が切断されているからわかりにくい。でもメキシコで見ると、ひとつながり。戦前と戦後の区別なんて、浅いのかもしれない。

石内　そうですよね。

加藤　だから、古い時代を持っていながら、新しい時代まで橋を渡しているような、今と地続きの生き方を感じる。

石内　フリーダは強力なエネルギーを持っていて、それだけ人に与える影響も大きかったんでしょうね。彼女にはきっと今に伝えるべきものもいっぱいあって、何かを残していたんだと思います。ひどくマチズモな社会に女性として生きながら、自分を失わなかったというのも、すごいこと。フリーダは正面から男性と闘い続けたわけではないけれど、ディエゴとの結婚や他の恋愛でも、好奇心旺盛な彼女にとって男たちは情報源という面があったと思うし、彼女には女性の恋人もいた。でも、別に好きな人って、男でも女でもいいわけですよね。そのことに限らず、フリーダには、時代を超えた普遍性、永遠性があるんだと思います。だから、今もフリーダについての本が世界中で出版され続けている。

加藤　今回の石内さんの写真集は、フリーダ・カーロに関して表現されてきたものの、ひとつの極北だと思う。まったく既成観念から自由で、身軽なフリーダがいる。彼女は、喜んでいるんじゃないかな。ようやく自分を「フリーダ・カーロ」から、自由にしてくれたと。

石内　ありがとうございます。こうやって加藤さんとお話しできたのも、きっとフリーダのおかげね(笑)。

(『図書』二〇一六年七月)

石内 都(いしうち・みやこ)
1947年群馬県桐生市生まれ。写真家。79年、「APARTMENT」で第4回木村伊兵衛写真賞受賞。2013年紫綬褒章受章。2014年、ハッセルブラッド国際写真賞受賞。写真集に『ひろしま』『マザーズ 2000-2005 未来の刻印』『フリーダ 愛と痛み』ほか多数。

×中原昌也

小説家

こんな時代、
文学にできることって、
なんだろう？

人間の質が低下しているんだと思うんです

中原　今日は対談を楽しみにしてきたんですけど、ちょっとぐったりしてて、すみません……。

加藤　なにかあったんですか？

中原　大嫌いな文芸誌の編集長の思惑通りに芥川賞が発表されて、落ち込んでいるんですよ。しかも、お金がなくって、生活のために昼間の仕事を始めてまして……。

加藤　昼間の仕事？　なにを始めたの？

中原　タウン誌の編集を始めたんです。そば屋の店主なんかに話を聞いて、店の紹介記事を書いているんですけど、なかなか編集長のＯＫが出なくって……まあ、そんなことはどうでもいいんです。問題は安保ですよ。どうせ強行するんだろうとは思っていたんですが、いざ決まっちゃうとなると、やっぱり落ち込みます。

加藤　安倍晋三が総理になったときから相当困った政治家だと思っていたけれど、さすがに今回の採決には僕もあきれましたね。東京五輪に向けた新国立競技場の計画見直しもそうですが、最近は、いろいろなことが乱暴かつ意図的に決まるのがはやりみたいで。

中原　実は僕の実家は国立競技場の近くにありまして、あのへんは子供の頃からの遊び場だったんです。そんな思い出もある場所だから、なおさらそう思うんだろうけれど、あれほど無情にぶち壊してよかったのか、と寂しくなってます。

加藤　安倍政権が登場してからは特に感じるけど、人の心はこんなに簡単に変わってしまうものなのか、と最近驚くことが多いです。メディア、政治家、すごいですね。

中原　大雑把に言うと、人間の質が低下しているんだと思うんです。この前、家のなかが暑くて仕方ないから、外の涼しいところで仕事しようと思って近所のマックに行ったら、本当に掃きだめみたいな感じになってるんですよ。若い奴もみんな席で寝てるんです。店員のおばちゃんが「寝ないでください」と注意しても「みんな寝てるじゃないか！」と居直る始末ですから。とはいえ、店のほうも冷蔵庫が壊れたからとか言って、冷たいものは水しか出せないっていうんだから、両方ともまったくやる気がない。ほとんど屍《しかばね》状態でしたよ。

加藤　中原さんが小説を書き出したのは二〇〇〇年頃からだと思うけど、ここ数年の日本社会で起きていることや、なんかザラザラした感じ、十五年前にしていまをまさに先取りしてましたね。

中原　僕は今、小説を書くことにすっかり疲れているんですが、こういう世の中になるという確信は以前からありました。作品のなかでは、それをブラックユーモア的なものとして描いたつもりの部分もあったんだけど、僕の作風についてよく言われたのは、「ただふざけているだけ」とか「漫画みたいだ」って。僕自身、漫画なんか読んだことなんてないんですけどね。そういう読まれ方しかされていないことに、かなりイライラしていました。しかも、僕がブラックユーモアとしてそんなふうに書いてきても、今となっては、現実の酷《ひど》さのほうが、小説で書いた世界を超えちゃってる感じですけどね。

加藤　今、実は『戦後入門』という本を書きあぐねているところなんですが、その過程でわかってきたことの一つは、現在の社会に露出してきている「劣化」は、一九五〇年代からのひとつながりなんだということです。一九五二年に占領が終わった後、五五年に保守合同で反吉田勢力が自民党をつくるんですが、これが以後、鳩山一郎、ついで岸信介の政権となり、政治的に自主外交、対米自立をめざす。そういう一時期があったんですね。でも岸が強引に民主ルール違反でことを進めるものですから、六〇年に安保闘争の政治危機が起こって、このあと、日本で政治的なアプローチは〝凍結〟されてしまうんです。政経分離で、経済中心主義になるんですね。経済的に繁栄してナショナリズムを満足させようという高度成長路線です。これが吉田路線といわれる保守本流の政治で自民党ハト派の路線として八〇年代まで生きるんですが、九〇年の東西冷戦の終結のあと、経済不振の「失われた二十年」、アメリカの後退、中国の勃興と続いて、九〇年代前半には社会党が溶けてなくなり、ゼロ年代初頭には「加藤の乱」の失敗で自民党ハト派もつぶれる。以後、自民党のタカ派路線もゼロ年代後半には行き詰まり、もう自民党ではやれなくなって「政治」課題が〝解凍〟されるのが二〇〇九年の政権交代だったんです。鳩山民主党政権の普天間移転、東アジア外交はいわば対米独立の挑戦だったんですね。で、これがあっけなく潰されて、いま安倍政権の従米一辺倒の狂奔路線となっている。政治が〝解凍〟されたら五〇年代後半の再現で、また鳩山・岸の政権が孫世代によって再現されることになった。これが3・11、自民党の政権奪取、安倍の自民党政権ときて、いまの「劣化」になっている。ですから、六十年サイクルの果てというか、これには五十年の前史があるんです。

中原　世の中は急に劣化しはじめたわけではないんですよね。

加藤　３・11（東日本大震災）後にも社会の劣化はクローズアップされましたが、すでにそれは九〇年代初頭から始まっていたということです。それからの脱出のシグナルが、二〇〇九年の戦後初の本格的な政権交代だったんでしょう。ですから安倍政権の徹底対米従属路線と支持母体の日本会議の反米国家主義は矛盾するんですが、それを闇雲に乗り越えようといま彼は集団的自衛権行使と靖国参拝と、逆方向の路線を一緒にやっています。アクセルとブレーキを同時に踏み込んでいます。いつまでもつかわからない。で、これにどう対抗するかという話ですが、文学者で言うと、高橋源一郎さんなんかは別の意味でアクセルとブレーキを同時に踏んでいる。絶望も希望も全開にするというやり方をとっているといえるかもしれません。でももう一つありうる方法が積極的に何もしない、というサボタージュの先にある、単に何も「できない」という不能性の原理化なんです。中原さんの仕事ってこれなんじゃないかという気がするんですけどね。

考える時間があり過ぎるのがよくない

中原　僕の心境もここ何年かで変わってきました。なんていうか、書きたくないけど書けないわけじゃないというか。疲れているけど、つらいこともどうでもよくなったし、何より、以前ほど落ち込まなくなってはいたんですね。年を取って自分の限界が見えてきた気もするし。これが老化というものなのかなあ、と。加藤さんには、ご自身のなかでの変化の自覚はありますか？

加藤　大昔、若くて普通に勤めながら書いたり大学に行きながら書いていた頃は、書くことにけっこう苦しんだんですよ。何度もゲラで書き直したりして、加藤の恐怖の「書き戻し」なんて言われたこともあったくらいで、一度初校ゲラで削除したのを再校ゲラで戻す。編集者や写植の職人さんにあきれられたものです。原稿がゲラになると突然、ネグリジェを着た女性のように見えてくる。手出しせずにはいられなくなる（笑）。

中原　そりゃ困りますね（笑）。

加藤　そんな調子だったのが、その後、適度になった。これくらいという書き方に落ち着いたんですが、去年大学をやめたでしょ。そしたらなぜか、また底なしに苦しむようになりました。先ほどお話しした『戦後入門』については、今年の八月に出版する予定だったのが、まだ先が見えない状態で、一時抑鬱状態《デプレッション》になりました。夢のなかでも原稿を書いている。寝ても覚めてもというので、これは辛かったですね。年を取ってこうなるとは思わなかったが、これが最近の変化です。考える時間があり過ぎるのがよくないのかもしれませんね。だいたい六割くらいの力で書くのが、ちょうどいいんじゃないでしょうか。

中原　真面目に本を書いているのも割に合わないですからね。最近、かなりイージーな感じで作られていく本が多いでしょう。それを求める読者もいるみたいだし。僕もどこまでイージーになれるのか挑戦してみたいものですが……なかなかそうもいかず。

加藤　昔、将棋の升田幸三《ますだこうぞう》名人っていう人がいたでしょう。彼は早打ちで百戦百勝というタイプで有名だったんだけど、大山康晴という長考型の棋士と対戦してから、相手に合わせて考えて打つようになった。で、それ以後考えて打つようになったら、途端に勝てなくなってしまったんです。升田はそれから数年にわたって悩み続け、最後に「もうどうでもいいや」と再び何も考えずにパンパン打つようになった、そしたら復活してまた勝つようになったらしい。再び高橋源一郎さんの話になりますが、『虹の彼方に』を書いた頃までの高橋さんは、数百枚になっても前日までに書いた分全部を読んでから続きを書いていたらしい。僕は読んでいてそんな気がしたものだから、直接聞いたことがあるんです。ストイックというか、ある意味、大リーグボール養成ギプスを着けた星飛雄馬のような書き方だったんですね。中原さんの『マリ&フィフィの虐殺ソングブック』などからも僕は似たような印象を受けていますけどね。高橋さんは、でも『ゴーストバスターズ　冒険小説』の次からは長考しなくなる。早打ちの升田になりました。一気に書く。

中原　物事は長く考えればいいってことではないんでしょうね。

加藤　考えるっていうのもなかなか面倒なんですね。昔ゴダールの映画で「男と女のいる舗道」だったかな、主人公のナナ役のアンナ・カリーナに本物の哲学者を連れてきて適当に質問させ、それに哲学者が答えるのをそのまま撮影したシーンがありました。彼女は哲学者に「考えることって何なの」と尋ねるんです。すると哲学者が『三銃士』の話をする。何年か後の話だがと断って、三銃士の一人の愚鈍で知られる図体のでかいポルトスというのは一度も考えたことがなかった。でも洞穴の奥に爆弾をしかけて、火薬の樽からずっと火薬の粉をひっぱってきて火をつけ、逃げる段になってはじめて考えるということをする。「俺の右足と左足はなんで交互に動くんだろう？」って。そしたら動けなくなって爆死してしまった。「考えるってこういう恐ろしいことなんだよ」ってこの哲学者のおじさんが答えるんです。白黒でしたが、考えるというとついあの場面を思いだす。

中原　なにかいい話です、それ。

加藤　だから中原さんの文章を、僕は決してイージーには感じません。その逆。ディスイージーという言葉はないが、「ディジーズ（disease）」、病気ですね。どの文章一つとってもそこで作品が突如終わってもいいという独特な力学で書かれている。マラルメって通勤しながら毎日、自殺を考えていたでしょう？　それと同じで一行、一行、ここで終わろうか、終わろう、いや、もう一つ書くか、という呼吸がある。一呼吸ごとに、ここで息を止めようかという気配がある。作品全体に緊張感があるんです。

中原　どこで終わってもいいというのは常に意識していますね。それは作品としての自由でもあるわけですが、わかりやすいクライマックスはないというか、なんだかわからないうちに突然終了することも、人間にはあるわけですから。小説についてもそれがあってもおかしくはないと思うんです。

加藤　腹上死とかもあるからね（笑）。

中原　腹上死って、イク前に死ぬのかイッてからなのか、すごく興味がありますけど（笑）。まあ、それはともかく、寝ている間に死ぬとか突然死みたいな死ってどんな感じなんだろうって思うんです。

加藤　なるほど。あなた、スペインの小説家、エンリーケ・ビラ＝マタスの『バートルビーと仲間たち』って読んだ？　一行も文章を書かなかったソクラテス、十九歳で詩をやめて商人をして死んだランボーとか、いや、もっと有名でない多くの面白い書き手たちを扱っていて、なんで自分はそういう書き手が好きなんだろう、ということをめぐって書かれた本です。これ自体が、一種の小説なんですけどね。

中原　あの本が出た時、周りからも「読め」ってよく言われました。でも、なんか読む気がしなくて。

加藤　そうか、いっぱい言われたんだ。じゃあ、読まなくていい。

中原　あれ？（笑）でも、『バートルビー』と言えば、ハーマン・メルヴィルですが、『白鯨』は好きでしたね。『バートルビー』のなかに「やらずに済むならそれがいい」という台詞《せりふ》があって、その言い回しが気に入っていまして。なんていうのかな、僕は自分を過信して書くというか、ノリノリで書くのがすごく嫌いなんです。もちろん、他人の全能感を見せられるのもすごく疲れるし、見せられているこっちが恥ずかしくなってくる。でも、そういうことを言うと、今度は斜に構えているというレッテルを、逆に貼られてしまうんです。

加藤　それは僕もわかる。たとえば僕は暇なほうがいい。予定表になにもないとほっとするんだけど、それは何もないとなんでも好きなことができるからなのね。でも予定表に何もないと寂しいという人がいる。けっこうそれが東京以外の京都方面の人なんかだったりする。僕は別に売れっ子じゃないけどそれを寂しいとはまったく思わないんだけどね。

中国人にも安倍にも支配されてたまるか！

中原　話を戻しますけど、安倍さんって人は、そういう人間の微妙な感覚を減らしていると思うんですよ。人間の価値を減らして「練り物」にして、戦闘に送り込もうとしているというか。

加藤　そう、安倍っていう人は自分も練り物だけど社会全体を練り物にしちゃってるね。あの話し方は練り物だよね。

中原　でも、それが正しい未来の姿なのではないか、と思うときもあるんです。所詮、人間なんて練り物なんじゃないかと。

加藤　はは。その「沸点」の低さというか、誰よりも早く感じるのが中原さんの才能だ。

中原　でも僕にとってそれは思想とかということじゃなくて、自分より明らかに頭が悪い奴から自分が馬鹿にされている状況のようであることが許せないんです。極端に言えば、中国人に支配されるのと安倍に支配されるのは同じくらい耐え難い。

加藤　まあ、いつまでもこんな状態は続かないと思いますよ。ただ、僕自身のことで困るなと思うのは我慢がきかなくなってきていることですね。安倍サンの言葉をもう聞く我慢ができない。テレビに出てくるだけでチャンネルを切ってしまう。ソシュールの言語学ではないけど、言葉というのは意図が先にあるわけじゃなくて、言葉が先にある。つまり、字面自体がまず重要です。僕は文芸評論家ですからね。字面が勝負なのに、安倍が現れて、なにかを言ったりすると、ああもう聞かなくたって、その先わかる、もういい、カットってなってしまう。これって実に、まずいと思っているんです。

中原　そこまであの人が計算して、そういう素振りをしているとは思えないですけど、彼の空っぽぶりは、ある意味パーフェクトですよ。小泉純一郎や中曽根康弘にもそれは感じたけれど、安倍さんは次元が違います。なぜあれだけ尊大になれるのか、不思議で仕方ない。まあ、本当だったらあの様子を面白がらないといけないんでしょうけど、先に腹が立っちゃうんです。少なくとも、あんな人間のために戦争になんか絶対行きたくないですよ。

加藤　中原さんは確か四十五歳ですよね。もう戦争に呼ばれないだろう。もっと若い世代の人たちはどんな感じなんだろう。

中原　ちょっと前までは絶望していましたよ。でも、あるところからは、「自分が思っていたのとは違うフェーズに入ったな」と、いい意味でも悪い意味でも感じ始めていると思いますよ。

加藤　若い人に限らず、インターネットができて以降、「人間の数え方」がわからなくなった気がします。昔は新聞の世論調査などで、世間の多くの人はこんなふうに考えているんだなという、おおよその感じがわかったものです。ところが今は、大手メディアとインターネットにスクリーンが二分化されるようになった感じで、全体像がつかめない。しかも、それは世界のどことも違う、日本で特に顕著な状態のように思えるんですけどね。ネット世界を相対化する「現実」感が弱いというか。現実もけっこう組織されちゃっているというか。

中原　インターネットに頼っているのに、細かくつかめないというか。安倍さんはむしろそれを狙っている気がしますね。

加藤　僕が思うに安倍という人は、大雑把でも何でも逃げ切っちゃえばいい、と考えているんじゃないか。つまり物事を百メートル競走のようにゴールがあって、そこに先に走り込んだ者がすべてにおいて勝ちだ、と思っている。自分の政権でいま、やることやっちゃったら、もうそれであとはどうなってもいいみたいな。でもそのゴールの先にも人生は続くんですよね。

中原　言ったもん勝ちというか、大声で言うことができる者が勝つような空気に、社会全体がなっていますよね。国会でも相手の話は聞かないし、言いたいことだけ繰り返している感じで。

加藤　メディアが面白くなくなっちゃったでしょ。雑誌もテレビも面白くない。ラジオが少し頑張ってる。でも短波放送なんかでも番組切られたなんていう話を聞きます。昔はテレビに出ない人の言葉も意外に届いたものですけれど、今はまったく状況が違ってきました。前は断面がギザギザしていたけど今は鉈《なた》でスパッと切ったような感じになっている。今の政権には、スタッフにかなりずるがしこい、こすからい連中が揃っているんじゃないでしょうか。だからあんなに大雑把な一方で緻密な計算もある。

中原　そこがまた嫌なところなんですよ。

加藤　まったく、油断も隙もない。

行っても自分の居場所がない現代のデモ

中原　加藤さんはデモとかには行かれているんですか？

加藤　強行採決の日は原稿にかかりきりで行けなかったけど、これからはぼちぼち参加するつもりです。最近になってようやく世論調査でも安倍政権不支持が支持を逆転してきたけれど、これが続くと、さすがに自民党も動きだすでしょう。このあたりで行こうかなと思っています。また安倍首相のお腹も痛くなると思いますよ。

中原　僕は強行採決の前日、七月十六日は国会前に行きました。夜の十時過ぎだったからか、あんまり人はいなくて、寂しかったです。これじゃあいけないと思ってレストランのトイレからトイレットペーパーを持ってきて、議事堂に向かって投げようと思ったのに近寄らせてももらえませんでした。結局、雨もぽつぽつ降りだしてきたんでタクシーで帰ったんですけど、そのとき、ふと思い出したことがあるんです。昔、一度だけ芥川賞の候補になったとき、東郷神社にお参りに行ったんです。お祓《はら》いが始まった途端に喝采が聞こえてきたので、なにかな、と耳を澄ましたら、急激に大雨が降りだした、その音だったんです。で、お祓いが終わるのとほぼ同時に雨は上がって辺りは静かになった。咄嗟《とっさ》に、ああ、これは受賞は逃したな、と思ったら、やはりその通りで……。あのとき、神様はいるのかも知れないけど、僕の味方じゃないんだとわかりました。

加藤 今のデモって、寂しいよね、行くと。いたたまれない（笑）。でも実はそれでいいんじゃないかとも思うんです。原発再稼働反対デモには僕も三回ほど行ったんですけど、参加者は大勢いるのに、なにをしていいのかわからなくて、それぞれが行ったり来たり手持ち無沙汰にうろうろしている。僕もその一人なわけです。自分の居場所がない。昔、学生の時分はそんなことは一度もなかったんですけどね。不思議な切なさでね。途中から、いつ帰ろうかばかり考えているんですよ。それで、最後は一人でトボトボと帰る。寂しいけどそこからやるのがいまのデモの醍醐味かな。

中原 僕も寂しくなりました。当然のように、参加しているだろうと思う知り合いはいたんだけれど、それを見てもそれで終わりというか、ああそうなんだ、という感じというか。

加藤 そういう状態にわざわざ自分を置くのって大変なことですよ。でもだからこそ面白い。意味があるかどうかはわからないが。外に出て引きこもってるというかね、「ぼっち」っていうらしいじゃないですか。熱気はないし、心許ないのだけれど、それでもその場にいることが大事。僕は三十代のとき、カナダに三年半いて、日本を留守にしたんです。一九八〇年前後。長い間意識しなかったんですが、最近になってよく考える。あの頃から自分はズレちゃっていたんじゃないだろうかと。どこか周囲と、ずれてしまっているという感覚が最近とみに強いんです。体験のあるなしって大きい。デモというのも同じだと思いますよ。

中原　強行採決というあれだけひどいことをしたわけだから、最初、暴動でも起きるんじゃないかと期待したんだけど、そんな感じは一向になかったですね。

加藤　でも紙一重のところだと思いますよ。要するに発火点じゃないけどなにかが起きる寸前にきている。そんな気がします。結局、僕らって、3・11以降負け続きでしょ。これだけ負けが続くのもいい経験だと思うわけです。どこまで続くのか、この先にはなにがあるのか。

未来で状況をひっくり返すのが文学の役割なのかも

中原　でも加藤さん、結局、安保法案も通るしかないんでしょう。それを考えると、やっぱり落ち込んでしまうんです。「こういうときこそ文学はなにかできないのか！」って勝手なことという意見もあるじゃないですか。でも僕は機能しないと思っています。どう頑張ってもね。

加藤　文学は面倒な機械だからね。時間がかかるんですよ。新しい価値観が伝わるまでには時間が必要で、その前に安保なんて通ってしまうでしょう。でも、さっきも言ったけど、それはゴールじゃない。その先も人生は続く。その先の未来で情況をひっくり返すのが文学の役割なのかもしれない。敗者復活戦みたいに。僕の『戦後入門』というのも、出るのは十月くらいでしょう。そこにいま考えられることは全部書いたつもりだけれど、文学ということでいうと、今は答えられないというのが文学の答え方なんだと思うんです。文学というのは、いつも、いまは答えられない、って答えるんだろうと思う。だけど、それでいいんじゃないでしょうか。

中原　僕はこの際、人間の劣化を楽しむしかないとも思うんです。とことん落ちれば再び浮上することもあるかも、と。でも、安保が通ったのを見ると、もう終わりかという気もしてきますね。

加藤　でも、文学には新たな可能性があるんじゃないですかね。音楽や絵画と同じで、文学も一種の記号ですからね。しかもかなり雑多な記号組織で、何でも突っ込める。それを作ることができたのが人間の人間たる所以《ゆえん》です。それはなにかに役立つから生まれたというだけではなくて、楽しいから、面白いから、あるいは人生がつまらないから、という理由がまず最初にあって今も続いているんでしょう。退屈だからやるという人も出てくるわけで、役立つという点では、役立たないものなんだろうけれど、役立たないというところも、いい点なんじゃないですか。

中原　文学の力ですか。

加藤　飢えた子供は救えなくても、眼前の事象に、どんなかたちであれ、対応しようというわけですからね。中原さんは期待をしていないようだけど、たとえば、日本に文芸雑誌が今なお存在しているというのも、なかなかよいことなんじゃないかと思うんですよ。

中原　そうなんですかね。

僕は本気で小説を書くのに疲れました……

加藤　文学は最小単位まで分割していくとコトバになりますよね。テントウムシみたいな、昆虫みたいなものだけど。意味が残るでしょ。中原さんも共演された詩人の和合亮一さんが『詩の礫《つぶて》』か何かで、大本営的な報道ばかりが流れているなかで、手触りというか震災の全体像が見えてこないという話をされていたようです。つまり文学でも絵画でも、音楽にしてもそうでしょうが、どこまでも退行してもいいんだ、小さくなっていいんだ、といわれている気がするんですよ。

中原　なんかむずかしそうですね。

加藤　二〇一一年の夏に新潟（十日町）の越後妻有の林間学校で福島から避難してきている人を相手に授業をしたんですけどね。東北大震災だし、お題は宮沢賢治という話で引き受けたんですが、二週間前くらいに受講者のリストが送られてきたのを見ると一番上の人が七十五歳ぐらいでトはなんと六歳なんです（笑）。これでいったい、どういう授業をしましょうと思って、結局、賢治が最初に書いた「やまなし」という童話を全部、すじこをいくらにほぐすみたいに一つずつの文章にわけて、二百二十くらいの文章にしたのを、一人一人に担当してもらって、書き写し、前に出てきて読み上げて、「やまなし」の声のパッチワークを作る授業にしたんです。七歳以下の子供は「カプカプと笑ったよ」みたいな台詞とか、簡単な文章、大人は地の文の長いものと割り振ってね。一人一人にそれらをきれいに画用紙に書いてもらって、それを前に出てきて自己紹介のうえ読みあげてもらって、そのうち賢治のコトバの部分だけを録音した。録音した音源をパッチワークとして授業の最後にみんなで聞いて、楽しんだんです。その後、それをＤＶＤにして翌朝、受講者全員に渡したんですけどね。授業としては、国語でも、文学でも、批評でもないんだが、読み上げたし、また読んでもらった。それだけで何かなんですね。少なくともゼロではない。今まで聞いたことも見たこともない授業をやったなと思ったんですよ。

中原 そういうことを聞くと、世の中がどんどん壊れているから、自分はまともにしなきゃいけないんじゃないかというのも感じますね。それはそうなんだけど、まともなものは書けないからどうしたもんかな、と惑っているんです。

加藤 それでいいんじゃないの。

中原 そんなこと言っていただいても、僕は本気で小説を書くのに疲れました。人生自体に疲れたと言ったほうがいいくらいかな。

加藤 それは世の中に対して疲れたということ？

中原 そうかもしれない。僕自身は今のようなザラザラした世の中になるというのは前から考えていて、それを小説として描いてきたんですけれどね。

加藤　僕も『敗戦後論』のとき、このままいったらこうなるゾという思いがあって、ああ書いたんですが、二十年前は左右各方面から叩かれたものです。ところが今振り返ると僕が言ったとおりになってしまった。送っていただいた本の帯に中原さんは「文壇の孤児」みたいなことが書いてあったでしょう。でも「孤児」でいいんじゃないでしょうかね。僕の『敗戦後論』も、外国人の学者で、読んだ人がとってもヘルシーな考えだと評してくれました。外国ではほとんど誰も読まないまま勝手なことを言うので、極端に評判が悪いんですけどね。僕も中原昌也は、正直で、健全な文学の残留孤児みたいな人で、そこがえらいと思っています。文学の世界は徒党の群れですからね。ほんとうは文学という国にいなくてもいいのに残留してくれてる（笑）。僕の周りではあなたのことを評価している人は多いですよ。

中原　そうなんですか？　でも孤児ということは、やがて業界の隅に追いやられていって、その先は……。もう、今さら賞が欲しいとか、安保がどうかということよりも、結局のところ、自分としては、生活をなんとかしたいってことだけなのかもしれません。

（「読楽」二〇一五年九月）

中原昌也（なかはら・まさや）
1970年東京都生まれ。小説家。「暴力温泉芸者」後に「HAIR STYLISTICS」名義で音楽活動を続ける。98年に初の短篇小説集『マリ＆フィフィの虐殺ソングブック』を発表。著書に『あらゆる場所に花束が…』（三島由紀夫賞）、『名もなき孤児たちの墓』（野間文芸新人賞）、『中原昌也作業日誌2004→2007』（bunkamuraドゥマゴ文学賞）ほか多数。

×古市憲寿

社会学者

〝終わらない戦後〟と
どう向き合うのか

日本が抱える三つの問題

――去年末の衆議院選挙は自民党圧勝、自公合わせると憲法改正の発議も可能な、三分の二を超える議席数になりました。まずは年末の選挙をどんなふうに捉えましたか？

加藤　ソ連は、チェルノブイリ原発事故から五年で国が崩壊しているでしょ？　日本でも関東大震災の後五年目に治安維持法が通り、芥川龍之介が〝将来に対する唯ぼんやりした不安〟という言葉を残して自殺しています。震災で大正デモクラシーの時代は終わる。彼は敏感な人だからその変化を感じていたんですね。で、僕は3・11の後、この五年間、日本がどうなるのかということに非常に関心を持っているんです。結果、この間もうすでに総選挙という形で、震災後の変化が二回まで利用されてます。自民党圧勝で、安倍政権はさらにいろんなことができるようになった。ただ、そうしたことを含め、戦後七〇年でさまざまな問題が大詰めになってきた観がありますよね。

――さまざまな問題とは何でしょうか？

加藤　まず第一に、〝戦後〟が七〇年経ってもなかなか終わらない、なかなか死なないという問題です。第二は、日本経済の安定成長期の終焉を示す〝失われた二〇年〟の問題がずっと続いている。第三が、この3・11以降の五年の問題です。第一層からは、靖国参拝や憲法の改正、集団的自衛権の問題が出てきている。第二層からは、経済、要するにアベノミクスの問題。そして第三層からは、原発の再稼働。現在、そうした問題が先送りできない形で出てきています。今回の選挙ではアベノミクスを争点として、要するに第二の層の問題だけを表に出して、それ以外を人目に触れないようにしたから、今回のような結果が出たんでしょう。ただ、今言った問題は今後も安倍政権を追いかけて来るし、同じように国民、我々をも追いかけて来ます。

なぜ〝戦後〟は終わらないか

古市　〝戦後が終わらない〟という問題提起は面白いですね。それは日本がアジア太平洋戦争以来、大きな戦争に巻き込まれていないという意味では幸福なことだと思います。しかし、それにしても七〇年というのは長い期間です。加藤さんは戦後と呼ばれる時代はいつ終わると思いますか？「戦後一〇〇年」「戦後一五〇年」といった時代が訪れるのでしょうか？

加藤　我々が今問うべきは、戦後がいつ終わるかというかより、なぜ戦後は終わらないのか？どうすれば戦後は終わるのか？　これがいちばん的確な問いじゃないかなと思うんです。

古市　何かが明確に終わった年というと、例えば一九九一年がありますよね。九一年といえば、まず何よりソ連が解体した年ですし、湾岸戦争もありました。日本国内でも雲仙普賢岳の噴火があり、バブルが終わった年でもあります。今から振り返るといろんなことが終焉した年だと言えると思います。ただ、漫画家の岡崎京子さんが九一年に朝日ジャーナルの連載で、「九〇年代とは解体と終焉から見放された時代だ」ということを言っているんです。八〇年代末は、昭和の終わりとも重なってわかりやすい終焉があった。でも、当時の岡崎さんから見れば九〇年代は、「終わることができない時代」だというんですね。その指摘は二〇一五年になっても通用すると思います。例えば、五五年体制は終わったようには見えたけれど、自民党は未だに政権与党。バブルは終わったけれど元気な大企業は多い。いろんなものの終焉が騒がれたけれど、実は何も終わっていない。それは〝戦後〟にも言えるんじゃないでしょうか。3・11が起こって、日本の何もかもが変わるんじゃないかっていう機運が一瞬は高まりましたが……

加藤　僕もそう思ったんですよ。

古市　でも震災が起こる前と後で日本社会の構造はどこまで変わったのか。原発もこのままいったら、普通に再稼働していく。3・11で皆が期待したほど社会は変わらず、すぐに日常が戻って来てしまった気がするんです。

加藤　変わると思ったのに、結局はなぜ変わらなかったのか、ということを考えないといけないですよね。

古市　今、右も左も、変わらなきゃいけないって切迫感がありますよね。自民党は〝戦後レジームの脱却〟と言っていて、憲法や安全保障といった面で戦後を終わらせたいと思っている。一方でリベラルは、原発や、長時間労働をはじめとした日本型雇用慣習の終わりを訴えている。いろんな立場の人が戦後を終わらせたいと言ってるのに、なぜか〝戦後〟は終わらない。そういう不思議な状況ですよね。

加藤　この言葉は、間違って使われているので本当は使っちゃいけないんだけども、言うと、今の日本は、この間違って流通している意味での〝アダルト・チルドレン〟に似ているんです。つまり、今、僕たちが生きている国内社会には、一見〝戦後〟なんていうものはどこにもないと言ってもいい。身体は大人。だけれども、対人関係＝外側との関係を見ると戦後を引きずっていて、日本は東アジアの中にちゃんとした関係がぜんぜん持てていない。まともな人間関係が作れていないんです。中国や韓国とは、特に尖閣諸島や竹島などの国境問題がわかりやすいですよね。アメリカとの関係も同じです。七〇年経ってもまだアメリカの基地があるし、日米地位協定という非常に不平等なものがずっとある。それに対して、日本は抗議もしていない。要するに、外側では相変わらず不均質な形で戦後が残っているんです。片方、つまり内側は一見ほぼ終わっているのに、もう片方の外側では終わっていない。その不均等が問題だという気がしますね。

――〝戦後〟については、おふたりとも違う視点で本を書かれていますよね。加藤さんは『敗戦後論』。古市さんは『誰も戦争を教えてくれなかった』。

加藤　戦後をどう世代継承していくか。それについて、戦後の人は皆、戦争をどう〝伝えるか〟ということばかり言ってきました。僕は、「そうじゃないだろう、俺たち第二世代がどう〝受けとるか〟だろう、戦後の問題は」と言って、その延長で書いたのが『敗戦後論』です。でも、第一世代の人がどんどん亡くなっていって、第二世代も年老い（笑）、僕も受け取る側から戦後自体をまったく知らない世代に〝伝える〟側になってきた。その時に出会ったのが、古市さんの『誰も戦争を教えてくれなかった』でした。

古市 確かに僕は、親も含めて〝あの戦争〟を経験していない世代です。湾岸戦争やイラク戦争はありましたけれど、どちらも〝海の向こうの戦争〟。日本に住む人々の日常生活を揺るがすようなものではありませんでした。

加藤 この本の最終章に〝大きな物語を作り損ねた〟という話が出てきますね。ここで言う大きな物語とは、〝戦後民主主義〟ですよね。でも、その物語が弱かった。なぜかというと、戦争の敗北をきちんと受け止めてないから。白井聡さんが『永続敗戦論』という本で、日本は〝敗北〟を回避したため反省できない、それで〝敗北〟が終わらないと言っていますが、そのとおりでしょう。人間というのは、間違えながら大人になる。間違ったり負けたりすることは、それを受けとめ、反省できればマイナスじゃなくなる。いろんな国が、負けを経験して自分の物語を作っているんです。だけど日本は、今まで負けたことなかったから、それを受け入れて、強靭な物語を作ることができていない。

古市 〝戦後〟をそもそもうまく始められなかったということですね。僕も本に書いたんですが、日本の〝戦後〟はずっとダブルスタンダードでした。対外的には戦争には負けたし、東京裁判もサンフランシスコ講話条約も受け入れた。しかし、国内では、それに反することも堂々と行われてきた。例えば、首相が靖国神社に参拝に行くわけです。それが許容されている。二つの基準が併存する、〝戦後〟だったわけです。しかも、最近は〝戦後民主主義〟という対外的な価値観に寄り添うような思想も、徐々に崩れてきている。

——そんな矛盾だらけで脆弱であるともいえる戦後の日本社会でも、何とか今までは耐えてやってきていた。ただ震災があって、今度こそ新しい物語を作らないとこの国がもたない感じがしているなかで、僕たちはいったいどんな物語を創造していけばいいのでしょうか？

加藤 長いスパンでは、成長という考え方ではもうダメだというのが前提になると思います。かと言って、エコロジー的な反成長という考えでもダメで、成長を前向きに脱構築していくということか。僕はそれを〝しないことができる力〟と言っているんです。ロボットの手は、〝しないことができる力〟がないと卵をつかめないでしょう。握る力と、抑制する力と両方がないと握りつぶしてしまう。つまり、成長していった先に、その成長の枠を超えないまま、別方向に進み出る新しい考え方を出さないとダメだと思っているんです。それと同時に、戦後が終わらないという問題と〝失われた二〇年〟の問題、震災後の問題を一緒に考えていくというのが大事だと思っています。

続く〝失われた二〇年〟の幻想

加藤 先ほども話しましたが、３・11が起こり、方向転換するかと思ったけれど、しなかった。

その理由を考えなきゃいけないんですが、答えは、結局、日本人は〝失われた二〇年〟に納得していなかったんだと思う。いろいろやればまた経済が良くなると思ってる。最後のチャンスとして、アベノミクスだとか、東京オリンピックだとか言っているわけだけど、これでダメだったら、にっちもさっちもいかなくなる。そこが真のはじまりかな。でも上手くやらないとそのまま日本が終わってしまう心配がありますね。

古市　経済的には、戦後は九〇年代で明らかに終わっていたと思うんです。現役世代が多くて、高齢者と子供が少ない、経済成長に有利な人口ボーナス期は五〇年代から始まり九〇年代に終わっています。製造業などの第二次産業が頭打ちになり、サービス業などの第三次産業が増えたのも九〇年代です。つまり、もの作りの国としての日本は、九〇年代で終わっている。さらに、CDの売上も出版業界もピークは九〇年代後半です。しかし九〇年代に終わったはずの経済的戦後に、政治は、うまく対応できなかった。そこで戦後の社会制度が温存されてしまったんです。

加藤　本当だったら九〇年代で壁にぶつかって大問題になっていたはずなのに、そこを過保護の母みたく、国が借金(国債)でカバーして見えなくしてしまった。

古市　だから、アンチエイジングのように八〇年代までの社会体制を何とかそのまま永続させようとしてしまったのが、九〇年代以降だと思うんです。そこに3・11が起こって、みんなが一瞬、変わらなければいけないと思った。しかし、それでもゾンビのように、戦後は生き残りました。むしろ、九〇年代以降の社会に適合した仕組みを作るのではなくて九〇年代以前の仕組みが良かったんじゃないかという幻想さえ生まれてしまった。たとえば、東京オリンピックさえ開催すれば日本経済が復活するとか、リニアモーターカーさえ作れば東と西が繋がって経済成長するんじゃないかという発想がその最たる例ですよね。本当はそれぞれの問題に対して、個別具体的な解決策を模索していく必要があるのに。もちろん、この幻想が長続きするとも思えませんが。

〝戦後〟はオリンピックまで終わらない

古市　二〇一五年は、戦後七〇年という形で戦後の総括はされるだろうし、議論のきっかけにはなるとは思います。ただ、それだけで社会構造がガラっと変わるとは思えない。むしろ変わり得るとしたら、オリンピックが終わった後だと思います。開催したものの、あまり景気は良くなってないじゃないかって……

加藤　つまり、最後＝破滅までいかないと、新しく何か始めることができない。第二次世界大戦の時も、途中ですべて捨てて撤退すればいいじゃないか、というアイデアを石橋湛山《たんざん》（ジャーナリスト、政治家）は言っていたわけです。だけど、戦争で負けないとリセットできなかった。今回も、そこまで行かないとリセットできないのかもしれませんね。

――オリンピックが終わってリセットされたら、新しいものが出てくるかもしれないということですよね。では、今年の〝戦後七〇年〟に対して、何か意味を見出すことは……？

古市　僕は戦後七〇年に特別な意味を見出す必要はないと思います。最近も『永遠の0』など、戦争をテーマにした映画や物語が流行りましたが、戦後何年だからというよりも、「感動できる」とか「泣ける」だとか違う理由で流行しているわけですよね。戦後七〇年といっても、何も起こりそうにない。戦争の終わりは〝終戦ではなくて敗戦だった〟という形での読み替えが意識的に起こらない限りは、戦後というものはダラダラと続いていくと思います。

加藤　だけど、ここまで来ても、戦後が終わってないことには皆、驚くんじゃないかな。

古市　確かに七〇年経っても終わっていないって、冷静に考えればすごいことですよね。ひとりの人生とあまり変わらない時間も続いているということですから。

加藤　だからこそ、なぜ終わらないのか、という問いが浮上してこないと困るんです。七〇年という節目が、そういう問いと向き合うひとつのきっかけになればいいなと思いますね。

（「ローリングストーン日本版」二〇一五年二月）

古市憲寿（ふるいち・のりとし）
1985年東京都生まれ。慶應義塾大学SFC研究所上席所員。専攻は社会学。著書に『希望難民ご一行様』『絶望の国の幸福な若者たち』『誰も戦争を教えられない』『保育園義務教育化』『大田舎・東京』ほか多数。

沈みかかった船の中で
生き抜く方法

×高橋源一郎

小説家

チェルノブイリとの落差

高橋　加藤さんが「新潮」に「有限性の方へ」のタイトルで連載したもの（二〇一三年二月号〜二〇一四年一月号）が、『人類が永遠に続くのではないとしたら』というタイトルで単行本になりました。僕は、いつもは大学で授業をするときにもノートをとらないのですが、この本については、久しぶりにノートを作ってやってきました。というのも、この本は加藤さんの今までの仕事の中でも、特殊であると同時に集大成的なものだからなのですが、なぜそうなのかはなかなか一言では説明できない。そのためにメモをとっていたら、ずいぶんと長くなってしまいました。

加藤　すごいメモの量ですね。

高橋　「新潮」連載時にバラバラと読んでいて、単行本になってから「波」に書評を書くので一度、そしてこの対談に備えてもう一度読みましたが、まだこの本をわかったとは言えません。ですが、この本を読んで、僕も加藤さんと同じような問題をずっと考えてきたのだと驚きました。この本が、二〇一一年の３・11、東日本大震災によって起こった原発事故の衝撃から生まれたことは間違いないでしょう。３・11から今年で三年が経ちましたが、僕も加藤さんも以前に比べて、社会的な発言が増えました。「何をうろたえているんだ」と言われることもありますが、そう、我々はうろたえているわけです（笑）。

加藤さんには事故直後の二〇一一年十一月に『３・11——死に神に突き飛ばされる』という著

作もあります。これは、3・11のあとに緊急に言わなければいけないことを書いたものでしたね。それに比べると、『人類が永遠に続くのではないとしたら』はもっと射程距離が広く、議論は3・11というスタート地点をはるかに通り過ぎて、遠い未来までいっています。一体、この本はどういうきっかけで書き始めたのですか。

加藤　3・11が起きて最初に思ったのは、二十五年前にあったチェルノブイリを僕はしっかりと受け止めてもなかったのだということです。二〇一一年の事故のあと、外国のジャーナリストから、別の問題でインタビューを受けて、自分の3・11の衝撃を伝えようとしたんですが、それが彼らにうまく伝わらない。ちょうど二十五年前に地球の裏側のチェルノブイリで起こっていたことが、僕にはよくわからなかったように、場所によって感覚に落差があって、今、3・11以降に日本で起こっていることが、欧米の人々によく伝わらなかった。

僕にとって、福島の原発事故はチェルノブイリよりある意味、深くて大きい出来事です。何がおきたのかわかるのが、たまたま日本に住んでいる僕らだけなら、その感覚をなんとか取り出して明らかにする責務があると思ったのです。

高橋　この本の「序」で、加藤さんは「すぐにやってきたのは、自分が過去のことは気にかけていたが、未来のことは余り考えていなかったという反省である」と書いています。戦後のことについては、『敗戦後論』などでずっと考えてきておられた。ところが放射能の問題は、自分たちだけでなく、これから来る子どもの世代、もっとその先の世代の問題でもあるのに、あまり考えてこなかった。

加藤さんは「なぜ私は未来のことをそれほど考えないですんでいたのだろう」と自らに問いかけて、ローマ・クラブ編の『成長の限界』という本から「人間の視野」という図を引用しています。縦軸が「空間」をあらわして起点から目盛りが「家族」「近隣、職場、町」「民族、国家」「世界」となり、横軸が「時間」をあらわして起点から目盛りが「来週」「数年先」「生涯」「子どもの生涯」となっています。

あえて図にしてみると、なるほど、ふだん未来のことを考えている人はほとんどいないと実感します。図の説明文に、「大多数の人々の関心は、家族や友人に対する短期的なことがらに限られている。他の人々は、時間的にもっと先まで見通し、町とか国といったもっと広い範囲のことがらに関心をもっている。ごく少数の人々だけが、遠い未来に広がる全世界的な関心をいだいている」とあります。なぜローマ・クラブがこの図を作ったかといえば、「成長の限界」について膨大なレポートを出して、このまま行くと世界はダメになると言ってるのに、誰も言うことを聞かなかったからです。あまりに先の話は考えなくてもいいというマインドが、僕たちの中に根付いているわけですね。去年、田中康夫さんの『なんとなく、クリスタル』の新装版が出たとき、解説を書いたのですが、田中さんは、「自分がいちばん読んでもらいたかったところに誰も気づいてはくれなかった」と言ってます。というのは、本文が終わったあとの最後のページに、人口問題審議会の「出生力動向に関する特別委員会報告」と厚生省の「厚生行政年次報告書」を載せたのに、そのことに触れた評者がいなかった。

加藤　あ、そんなものが載ってました？

高橋　小説自体は、学生を中心にした若い男女の消費と快楽の日々を謳ってるんですが、読み終えたあと、「将来人口の漸減化」と「高齢化した社会」の到来が不気味に予言されていて、「今ここでみんな楽しく生きてるけど、この二十年先、三十年先には絶望が待っています」という気分になるようになっている。

しかも具体的には、「出生率の低下は、今後もしばらく続くが、八十年代は上昇基調に転ずる可能性もある」「合計特称出生率が、仮に、二・一人で推移した場合、二〇二五年人口の増減がストップする」「六十五歳以上の老年人口比率　二〇〇〇年一四・三％（予想）」などと書かれていたのですが、驚くべきことに現実の日本社会の高齢化はもっとひどい。

今、認知症の人は予備軍を入れて八百から九百万人。高齢者の四人に一人は認知症かその予備軍です。十年後にはあっという間に一千万人、つまり人口の一割弱が認知症になると言う専門家もいる。でも、みんな「自分はならない」と思ってる。

つまり、認知症も放射能も構図は同じなのです。「こんなことは知っていた」「こういう消費社会、高度成長社会はいつかダメになると思っていた」と言う人は大勢いるけど、それについて何か有効な処方箋を出そうとする人はいない。

加藤　田中康夫さんの『なんとなく、クリスタル』については『アメリカの影』で書いたことがります。最後の頁については覚えていませんが、本文の最後の場面でテニス同好会のランニングに参加していた「私」が、青山通りと表参道との交差点で、地下鉄の出口から出てきた品のいい女性を見かけ、白いシャネルのワンピースを着たその人が、すれ違うときにかすかにゲランの香水の香りがする、という形で終るのは良く覚えていますね。

最後の一文は、「ディオリッシモのさわやかなかおりが、汗のにおいとまざりあった」でしょう。つまり、身体の匂いが香水と混じりあって自分らしさが作られる、香水というのはもともとそういうふうなものなのですが、消費社会の海に自分の汗を一滴交える、そこに生きているのが自分なんだ、というのがあの小説の最後のメッセージでした。僕も何度か授業などで、この小説にふれてはそんな話をしてきました。ひきつけていえば、この『人類が永遠に続くのではないとしたら』も、自分の前にあるものに自分の体臭という別のものを付け加えて、その先にどう行けるかという発想で生まれた本です。つまり、市場や産業や成長という発想をただ敵視するのでも無条件にこれに従うのでもなくて、ゲランやクリスチャン・ディオールのディオリッシモを体臭と合体させるように、自分の3・11以後の体感と衝突させ、そとから生まれるものを捉えようと考えたのです。

資本主義の果ての果て

高橋　現在、いろいろな部分で資本主義社会の矛盾が噴き出ています。後期資本主義やポスト工業社会などと言いますが、いずれにしても日本を含めて先進資本主義国は果ての果てまで来てしまっているわけです。コンピュータの、ネットワークが世界を覆い尽くす新しい段階に入ったあと、この先一体、どうしたらいいのか。

3・11のあと、日本でもこのままではダメだという気運が高まりました。でも、それではどういう社会が次にイメージできるのかというと、なかなか思いつかないんです。資本主義の暴走を止めるといっても、江戸時代に戻ればいいというわけでもないでしょう？　そういう乱暴な方法ではなくて、どこかに何か糸口がないか。

加藤さんはこの本の中で、資本主義の思想を歴史的に回顧しながら、最終的に一言ではいえない提案をしています。実は僕もこの三年、この社会に対してオルタナティブ、対抗案としてどういう選択がありうるかを考えてきました。加藤さんと僕はまったく別の回路を通って考えてきたのですが、僕の考えは加藤さんとよく似ています。

大きく分けると、今、この社会への対処の仕方は二つあります。この社会を沈もうとしている船だと喩えると、一つは、どうやったら沈まないかを考えるというやり方。で、もう一つは、この沈みかかっている船の中で生きていくにはどうすべきかを考えるというやり方です。

経済が失速してくると、とにかく経済を成長させなくてはいけないという話になる。そこには、「本当に経済を成長させなくてはいけないのか」という問いはないんです。ところが、加藤さんの本は、二つ目の対処法、沈みかかった船の中で生きていくためにはどうしたらいいのかに力点が置かれているのが新しいのだと思います。

加藤　3・11からこの三年半、フランスの人口動態学者エマニュエル・トッドやアメリカの経済学者ロバート・ライシュだとか、最近ならポール・クルーグマンなどを読んで自分なりに勉強してきました。たとえば、エマニュエル・トッドは、二〇五〇年には人類は百億で止まるだろうと言ってます。なぜかといえば、女性を含んだ教育の普及が二〇五〇年にはアフリカまで届く。人口調整のカギは女性にも教育が及ぶことというのがトッドの結論なんです。識字率が地球をすべて覆うことで、人口爆発は止まる、シュメールで最初の文字が生まれたのが紀元前三〇〇〇年だとすると人類の文字プロジェクトが五千年をかけて完遂されるわけですから、雄大な予想で、なかなか説得力がある。

ただ、トッドもライシュもクルーグマンも頭が良くてスマートなのに、その議論の構成要素のなかに地球の資源や環境の「有限性」という観点はまったくないんです。「無限性」という概念はある種の暴力性を持っていると思うのですが、彼らはその暴力性に気づいていない。躓いていない。そしてその壁を難なく透明人間のように壁抜け《スルー》して考えているように感じるのです。

でもそれでは困る。資源や環境が「有限」なのは事実で、しかもあるときからそれはもう限界を超えてはっきりと人間の活動を考察する際に考慮し、カウントすべきものになっています。サーモスタットはまだ作動していない。赤ランプはついていないんですが、設定温度は超えられている。それを僕は限界超過生存期《オーバーシュート》と名づけていますが、地球と世界はあきらかにそういう段階に入っています。だから、彼らのものを読みながら、どうも彼らと自分のあいだにものを考える前提で落差ができている。3・11によって、日本で生きることは世界の先端の問題にふれて生きることになってしまったのかもしれない、と思いました。それが二〇〇一年の9・11の同時多発テロや二〇〇八年のリーマン・ショックの金融危機に続いて起こっていることも示唆的で、自分が考えるべきは「有限性」の問題だと受け止めました。

高橋　「無限性」と「有限性」は、この本の重要なキーワードです。一九七〇年代から、資本主義社会は一つの限界、壁に到達したという説が説かれ始めました。日本では最近、『資本主義の終焉と歴史の危機』（集英社新書）を出した経済学者の水野和夫さんが、この二十年ほど、日本で金利がほぼゼロになっているのは大きな意味があることだと言ってます。

というのも資本主義社会は、資本の成長がエンジンなので、金利がゼロではもはや資本主義ではないといえるからです。僕たちは知らず知らずのうちに、大航海時代のように世界は無限で、外に出ていけば、世界は拡張し、市場は増え、資本が拡大していくというルールを覚え込まされている。右肩上がりの経済成長や、無限の成長が永遠に止まらないという気持ちをいまだに捨てきれない。ところが、ふと気がついてみると、どうも世界はそうではないらしい。

加藤さんはこの本の最初のほうで、象徴的な例として、福島第一原発の一二〇〇億円の保険が3・11以降打ち切りとなった話を書いてますが、原発のリスクは、資本主義の外へ出てしまった。

つまり資本主義社会の内部から生まれてきたものが、生み出してきたもの自体を否定する事態になったわけで、システムがうまく作動していない。ほかにも資本主義が作動していない様々な例が挙げられてるんですが、何十年も僕たちが教えられてきた右肩上がりの資本主義はもうどこにもなくて、にもかかわらず、僕たちはいまだに「今こそ成長だ」という言い方しか出来ない政治家や社会の言葉の中で生きている。そこに大きな齟齬、ズレができているのではないでしょうか。

薄い空気に慣れた世代

高橋　その一方、来るべき世界に合わせてすでに考え方を変えつつある人たちが増えてきて、加藤さんは具体的にインターネットの世界の人たちを挙げてます。リナックスを作ったリーナス・トーバルズや、スカイプを作ったニコラス・センストロムとヤヌス・フリスや、ウィキリークスを作ったジュリアン・アサンジュは、それによってあまり金を動かそうとしていない。従来の考え方でいえば、インターネットは資本主義にとって新しい成長のツールであるはずなのに、彼らはそういうことにさほど興味がない。リナックスはオープンソースですし、ウィキリークスは無料で情報を漏洩している。資本主義の生産と消費のサイクルの中に入ってこないものを作り出す人たちが出てきている。彼らは、この社会の変貌に合わせて、本能的にやっているのだと思いますか？

加藤　二〇一〇年にサバティカルをとり、半年デンマークに、半年カリフォルニアにいました。特にデンマークの社会で感じたのですが、お金にはある必要なレベルがあって、それに足りないと生活に困ります。だけど、必要なレベルを超えたら、ただちに生活に困ることはなくなり、この時点でどうもお金の持つ意味が変わってくる。そういう臨界点のあるらしいことを北欧の社会のなかにいて感じました。

マルクスが「人間の解放」と言ったのは、週休三日制を考えてのことだったという説がありますね。僕が小さいときには日本はまだ週休一日で、土曜日は仕事でした。それが今では、週休二日が普通になってます。でももしこれが週休三日になったら？　働くのが週四日となって、そこで臨界点が越えられて、働くという意味、休むという意味の双方がきっと大きく変わるでしょう。もちろん、なかなかそこまではいかないだろうと思いますが。それと似た臨界点がある……。僕は最初、スティーブ・ジョブズが好きだったんですが、あるときから、やっぱりこの人も金儲けが好きなんだな、と思って、つまらなく感じるようになりました。それよりもアサンジュやスノーデンの方が人間的に魅力がある。世間的には彼らは変人のオタクみたいにレッテル貼りされ、一方ジョブズは、渇仰《かつごう》の対象ですが。キーポイントはストックとフローということで、情報やお金を収集したり、秘匿したり、貯め込もうとするより、ばらまく、——ストックされてるものをフローしようとする。ああいう人がきっと「未来的な人間」なのでしょう。その変貌は、外界から来た。ゆたかな生活とインターネットという技術革新が、彼らのような新しい考え方、感じ方を身につけた人間を生みだしたと考えています。

高橋　加藤さんも今年の三月まで大学で教えていたし、僕も大学で教えているのでお互い日々実感していると思うのですが、今どきの学生は貧しいのがスタンダードです。しかも単にお金がないのではなくて、使わないんです。熱効率がいいというか、代謝がいいというか……。「本は読まなくてもいいから買え」と言われてきた僕たちの世代からみると、本もCDも買わないし、そもそも物を持たない。温暖化が進んだ世界に適応して毛のなくなった動物のようです。では彼らが愚かかといえば、とてもクレバーな感じがします。彼らは、親がやりくりして苦労しているのを見てきて、自然にそういう行動をとっているのだと思います。

週休三日の話で思い出しましたが、加藤さん、ZOZOTOWNは知ってますか。ネット上での通販を主体とした服飾の会社なんですが、ZOZOTOWNを運営しているスタートトゥディという会社は、一日六時間労働制なんです。しかも社長は「まだみんな働き過ぎだ、目標は、労働時間週二十時間だ」と言っている。なんでも、狩猟時代の人間は週二十時間しか働いてなかったから、だそうです。今の世界の中に明らかに違う方向へ舵を切ろうとしてる人たちが、ある世代以降は大量に出てきたという気がします。

加藤　僕は、一九八六年から大学で教え始めたんですけど、当時はゼミで合宿をすると、みんな車で来ました。ゼミ生が十五人だと、車が十台駐車場にとまっていた。もちろんほとんどが親の車でしょうが、大きくて立派な車が並んでました。ここ何年かの大学生は、ゼミ合宿に車で来ない。しかも、車を持ちたいと思っている学生もいません。
今の貧しさって、どこか一度豊かさを越えた貧しさなんです。僕が小学生だった五〇年代は、うちも貧しかったですけど、世の中全部が貧しかった。今は、自分の親の代にはもう少し豊かだったのに、自分はまるで金が稼げないとか、そういう状況での貧しさだから、きついところもあるけれども、でも、豊かさを越えた貧しさだからこそ、可能性があるんだと思います。

高橋　まったく同感です。ここ四年間僕のゼミのコンパはほとんど成立しません。みんなバイトが入っていて、全員が集まれる日はほとんど一日もない。窮乏化が進んでます。にもかかわらず、彼らがものすごく暗いかというと、そうではないように感じるんです。

加藤　薄暗いんです。暗くはない。

高橋　違う比喩でいえば、空気が薄くなってきて、その薄い空気に耐えられるようになってきてる。

加藤　たとえていえば、肺が強くなっているんでしょうか。

高橋　五〇年代の貧困は、まさにご飯が食べられない、服がないという貧困でした。今はご飯は食べられるし、服もある。豊かかといえば豊かではないけれども、貧しいかと問われれば少し悩む。貧しいかどうかは比較の問題ですから。また、彼らはパソコンやスマートフォンは必ずもっていて、無料のツールがいろいろあるから、やろうと思えばやれることはけっこうあるわけです。
彼らは、薄い空気に慣れたような肺の構造をしてます。過剰になったり、複雑になったりするのが豊かさの指標だとしたら、無駄を省かざるを得ないゆえにシンプルな生活になっていく。

加藤　まあ、外国の若い学生って、親がけっこう金持ちでも、金を子どもにやらないから、みんな貧乏ですよね。日本の二、三十年前の社会が違いすぎたのだという気もします。だから、このあとの日本社会で、どういう価値観が必要になっていくのだろうか大変興味があります。

間違われる自由、間違う自由

加藤　二〇一一年の十月に、ふと、「学生よりも僕のほうがずっと勉強したがってる。今は僕のほうが学生よりもずっと向学心が強い」と思ったんです。で、「もうあなた方は相手にしない。自分がやりたいことだけやるようにする。それだったらそれでいいよという人がついて来てくれ」とゼミの学生に言いました。そうやって、以後、大学で毎週自分で編集するゼミノートを出し続けました。そこに自主的に書いてきた連載がこの本の原型なんです。

そのときに考えていたことは、この本の半分なんですよ。吉本隆明さんへの批判や技術革新についてまでは考えてましたが、その後はどうなるのか、何がテーマになるのか、自分でもまだ予測がついてませんでした。雑誌に連載しながら新しくいろんな発見がありましたが、その一つが一九六八年がじつは近代史、現代史、どころか数千年の人類史の中でピークをなす、かなり熱い時代だったこと。音楽も、思想も、いろんなことが沸騰していました。ずっと見てくると、そのあとだんだん時代が冷えてくるのがわかる。

冷えてきた時代の中で新しくできた価値観は何か。考えて捕まえたのが、コンティンジェント（偶然的、偶有的）という、「することもできるけれども、しないこともできる力」でした。「しないことができる力」というのは、時に「することができる力」よりも強い。「することができる力」と合体すると、「することもできるししないこともできる」という力の状態が現れて、そこに「気分でやったりやらなかったりする」コンティンジェントな自由というものが生まれてくる。この力が獲得されて初めて、人間は欲望や承認への一種隷属的な相関関係、いわば近代的なありかたからも自由になれるのではないかとわかったんです。

空気が薄くなっている世の中で、そのことによって肺が強くなるみたいに、コンティンジェントな価値観を若い人が、思想という形でなくもっと薄い生きるセンスのようなものとして身につけてるのではないかという感じを僕は持っています。ロボットも、「することができる力」だけだと卵をつぶしてしまうけど、「しないこともできる力」を加えてやると、卵のようなデリケートなものをつかめるようになります。

高橋　コンティンジェンシー（偶然性、偶有性）というのは、この本で一番中心になる概念ですね。

僕も身に覚えがあって、３・11のあと、学生の一人がメールをくれて、彼女の友達はみんなボランティアに行こうとする。「私もボランティアに行くべきでしょうか」と訊いてきたんです。僕は、「行きたければ行けばいいし、行きたくなければ行かなくてもいい」と即答しました。訊いてくるということは腑に落ちないんでしょう？　自分に腑に落ちることをすればいい、と思ったのです。

3・11以降の世界をどういうふうに生きていくかという問題になると、僕たちはどうしても正解を求めがちになる。例えば「脱成長」という言い方をすると、成長派から「じゃあ、脱成長の理論的根拠を言え」と言われる。でも僕は、正解を求める論争に果たして意味があるのだろうかという気がするんです。

極端なこと言うと、僕は「別に原発があってもいい派」なんです。本音では、原発はあってもなくてもどっちでもいいやと思っている。それよりもっと大切なことがここ何年か浮上してきて、それは「どっちですか」と言われて、「いや、どっちでもいい。君が好きなほうを選べば？」という自由。これが社会に許されているかどうかの方が余程大切なのです。

加藤　はい、僕が見出したのもそういうことです。

高橋　『敗戦後論』で加藤さんは、「可誤性」について書いています。これは、「正しさに守られて、誤らないように誤らないようにと考え進める仕方には面白みがない、つねに誤りうる状況のなかに身を置いて考えることのほうが価値が高い」という考え方です。今回の偶有性という、「してもいいし、しなくてもいい」という概念は、その延長線上に発見されたものだと思います。加藤さんは本の中で、一つの例としてドストエフスキーの『カラマーゾフの兄弟』の「大審問官」の章を挙げてます。あの章でドストエフスキーが言ってるのは、「奇跡は見せてはいけない」

ということです。

信じる人は不安に苛まれます。でも、だからこそ、そこに選択の自由があるわけで、その自由を実は社会はずっと奪ってきたんじゃないかという気がするのです。成長か脱成長か、おまえはどっちなんだ、資料を出せ――。僕はそういう言い方を「正しさの呪縛」だと考えます。その呪縛こそが僕たちの想像力を奪うのです。

加藤　『カラマーゾフの兄弟』の中で、大審問官はキリストに、「十字架に架けられたとき、民衆が十字架からおりてみせろ、そうすればお前を神の子と信じてやるといったのに、お前はなぜそうしなかったか」と聞きます。

ここで重要なのは、大審問官は苦労人なので、「おまえがしなかった理由はわかってるぞ。奇跡がおきたらみんな信じるに違いないけど、そんなふうにして信じられるのは嫌だったんだろう？　民衆の一人一人がいわば自らリスクを冒して自由におまえを信じることを、欲したからだ」と、イエスが答えないのに、イエスの側の理由を言い当てる。さらに、「しかし、おまえは間違っている、人間はそういうささえのない自由にはたえられないからだ」と大審問官はイエスに言うのですが、それに対してイエスは、ただ、つっと身を寄せて、大審問官に接吻で答えます。大審問官はぎくっとして、顔を背け、牢獄のカギをあけ、出ていけ、というのですが。奇跡をおこしたから人に信じられるのでは嫌だ、という気持ち。そこで何がなくなってるかといえば、自由がないんですよ。間違われる自由、そして間違う自由が。

高橋 間違うことができるのはすごく大事なことです。

加藤 僕は、エコロジーって素晴らしいと思うんですよ。気持ちはそうなんです。でも肩入れしようと思うと、そう思うからこそ、いや待て、となる(笑)。では、地球を救うためにこうしましょうというふうに言われると、まるで医者を診るような上から目線をそこに感じる。それってエコロジーの存在悪なんですね。強制されているような気持ちになる。そこには、自由がない。誤れることの不安も楽しさもない。そこに気づく謙虚なエコロジーは、なおエコロジーなんだろうかということなんです。

高橋 3・11のあと、自分で書いてても思うのは、言っていることがモゴモゴしてることです。こういう議論の際に使われる言語って、とても政治的なんです。ここで「政治的」というのは、どんな場合でも、自分と反対意見は選別の対象でしかないわけです。そういう世界に身をおくと、その語法にしたがって考えないとおかしいんじゃないかという気になる。それだったら、脱原発だろうが、原発再開だろうが同じです。

少し前に、「『カラマーゾフの兄弟』と『ねじれ』の解消」という文章を書きました。当時の衆議院と参議院の与党・野党の数がねじれていた状況を、安倍政権はおかしいと言っていたんですけど、ねじれってそんなに悪いのかというのを、『カラマーゾフの兄弟』を例にとって書いたんです。

『カラマーゾフの兄弟』で一つ大きなテーマになるのが「神の存在」です。で、無神論者のイワン・カラマーゾフは「いない」派。アリョーシャは「いる」派。で、ちなみにドストエフスキー自身は、イエスの肉体を信じる人ですから「いる」と思っている。あるいは「いるべき」だ、と。

では、小説はどう書かれているのか。よく読むと、無神論者のイワンの意見のほうが魅力的に読める。神の存在を証明するんだったら、イワンを魅力的に書かなければいいのに、ドストエフスキーは自分の意見に敵対するほうを魅力的に書いてしまった。ということは、小説を書いているとき、ドストエフスキーにとって神の存在を証明することよりもっと重要なことが起こったのだと思うのです。それはおそらく、自由に小説を書くことなんです。

小説を書いてるときは多分別人格になってるんですね。だから、あることを証明しようとして相手にとげとげしい言葉を投げつけるのは、変だなと思ってしまう。

加藤　どんな場合でも、人間はやったことが正しいか正しくないかは、後からしかわからないんですよ。やるときにはこれが正しいと思ってやるんだけども、それが間違ってたということは大いにありうる。それが正しかったか正しくないかが未だにわからないこともある。でも、いろいろ考えたあげくに何かをやるのには、大きな価値があって、その価値の根源は何なのかと考えると、それが自由だと思うんですよ。可誤性、つまり誤りうる中で何かをやるというのでなかったら、正しいことには何の価値もないんです。

今回、３・11がおきて、イタリアの哲学者、ジョルジョ・アガンベンの非の潜在性つまりしないことができる力という考えに立ち止まりました。そこからコンティンジェントという概念を自分なりに発掘して、深化させ、勉強していく過程で改めて以前考えた「可誤性」という考え方が自分の中で大事なのだとよくわかりました。

高橋 3・11以降の話をずっとしてるわけですが、考えてみると僕たちが抱えてる問題は3・11で始まったわけではありません。一つは資本主義社会の問題で、もう一つは正しさの問題。その二つがこの本の大きいテーマだと思います。

語らないことにも意味がある

加藤 そもそも、僕がコンティンジェンシーということを考えたきっかけは、ゼミでの学生の反応なんです。人間はどういうふうにして生きていくか。人からの承認が大事だ。それはそのとおりなんだけれども、それでは人からの承認に隷属しているようになってしまいます。確かに人に認められなくては不安だけれども、人はそれだけで生きてるんじゃない。学生と話して、そういうものからの自由もなければ生きられないやと思ったのです。

高橋 コンティンジェントであることの例として、すごくわかりやすいと思ったのが、「しないことができることの彼方」の章で引用された大坪真利子氏の「言わなかったことをめぐって――カミングアウト〈以前〉についての語り」という論文です。そこでは、性的、民族的なカミングアウトについて書かれています。例えば、「私はゲイでした」という告白に対して、普通我々は、社会の中で少数派であることを公言して、社会に立ち向かっていくのは偉いことだと思ってしまう。ところが、カミングアウトした人たちは最近、「それは語ってもいいが語らなくてもいいこととして語っているのであって、何もカミングアウトしているわけではない」と言うらしい。

つまりゲイではないヘテロの人たちは多数派だから、「私はヘテロです」とわざわざ言わない。それなのに少数派の人たちが言うと、「おまえは偉い」となる。だけど、言わないでいる自由がないっておかしくない？　コンティンジェントであることの自由というのは、カミングアウトするもよし、別にしなくてもよし、というものだろう、と。とても刺激的な文章でした。

加藤　この論文を書いた大坪真利子は、僕のかつての教え子なんです。本当は、あまり自分の関係者の論文は使いたくないんだけど、コンティンジェントであることの自由に着目した論文がほかに見あたらないんですよ。彼女は社会学を学ぶ大学院生なんですが、社会学という学問は基本的にものを語ることについて意味を考察する学問なので、語られないことについては、それほど考察してこなかった。

でも、実際には、語らないことにもいろんな意味がある。「言いたくない」という場合もあるし、「言う、言わない、という選択ができる自由が欲しい」という場合もあるでしょう。彼女の論文は、そういうことに触れた珍しい文章でした。

高橋　通常そういうカミングアウトは、何かしら社会的正義を訴えるものとして考えられます。

賞賛されやすい行為ですが、自分たちが享受しているコンティンジェントな自由が他人からは奪われていることに気づかない点で、鈍感だしマッチョな考え方なのかもしれません。

この考え方に僕はとても共感しました。昔だったらおそらくここまで共感しなかったのに、今の僕が共感できたのは、多分この十年子育てをしたせいです。特に子どもたちが出来てから最初の数年間は、家内の体が弱かったので、ほぼ全面的に母親をやっていました。子育てって、ほとんどウンコとオシッコの世話と授乳と寝かしつけです。日々そうしていると、何か立派なことを言う人を見るだけでムカつく(笑)。

「そんなこと言ってんだったら、おまえ、まずはおむつ換えてみろよ。何年も、まともには夜眠れないんだぞ」と思う。そこで僕は教育された気がするんですよ。

「生きてりゃいいや」とか、「もう寝てしまおう」とかいう、フィジカルな経験を通して、あらゆるマッチョなものに対する不信感というのが高まった時期に、僕は3・11を迎えました。だから、先ほど言った「ボランティアした方がいいですか」、「いや、どっちでもいいよそんな難しく考えなくていいから。疲れたら寝なさい」というコンティンジェントな考え方は、おそらく僕の身体的経験から出てきたものです。

僕たちは、今の世界で、加藤さんのこの本の言葉でいう「ゾーエー」、生物一般に共通の動物的な身体さえ失いつつあります。それをもう一度、自分の中に取り戻すことと、その中で偶有的な自由を獲得すること、この二つが今後生きていくうえでの処方箋になるのではないかと思います。

加藤　僕もこの本を書く中で教育されたというところがあります。この本についてインタビューなどを受けて質問され、なんで「人類」までいっちゃうんですかなどと聞かれると、正直うろたえます（笑）。でも考えてみると、第一に環境、資源という外発的な地球の有限性があり、第二に産業、技術、市場のもつ限界という内発的な世界の有限性がある。それらの有限性を前にして人間はどう生きていけばよいのか、と考えるときに、人間の無限性というか人類はどこまでも続いていくぞということが無意識のうちに前提になっていることが、マッチョなことに感じられたわけです。そこから第三の人間の有限性つまり人類の有限性という考え方が出てきました。

学者なら、その三層構造を提示することからはじめるんだろうと思うのですが、そこには自由がない、書くことの自由が（笑）。そのためにこんな書き方をしたんだな、と改めて納得するところがありました。

自分としては世界で誰もやってないことをやるんだ、くらいのつもりでこの三年間、取り組んできたものです。ですからどういう本ですかといわれても、なかなか答えにくいのですが、高橋さんのまとめは、とてもいいですね。動物的な身体を取り戻すこと、偶有的な自由を獲得すること。この本のあとがきにふれている息子もじつは小学生のときにドラクエの難題にぶつかって「高橋先生」に電話して何度か助けてもらったことがあります。ですから親子二代で、お世話になったことになります。刊行後すぐの書評と今回の対話と、二度まで骨折りなことを引き受けてくださってどうもありがとう。

(「新潮」二〇一四年九月)

高橋源一郎(たかはし・げんいちろう)
1951年広島県生まれ。小説家。明治学院大学国際学部教授。81年『さようなら、ギャングたち』が群像新人長篇小説賞優秀作に選ばれ作家デビュー。著書に『優雅で感傷的な日本野球』(三島由紀夫賞)、『日本文学盛衰史』(伊藤整文学賞)、『さよならクリストファー・ロビン』(谷崎潤一郎賞)ほか多数。

「ゴジラ」と「敗者の伝統」

×佐野史郎

俳優

日本には「敗者の伝統」がある

佐野　『敗戦後論』を拝読して以来、かねてから加藤先生にはどうしてもお会いしてお話を伺いたいと思っていました。今日は念願が叶いました。

加藤　光栄です。佐野さんのルーツは出雲だそうですね。政治学者の原武史さんが『〈出雲〉という思想』という本で、日本列島には裏と表があると言っているんです。生き物でいえば背中とお腹に分かれている。神話の世界にさかのぼれば、『古事記』にその原点があるということですが、「出雲」がその裏の淵源だというんですね。私の出身地である東北と、佐野さんの出身地である出雲とは、そこからするとひとつながりかもしれない。

佐野　同感です。僕自身は、東北と同じように出雲のルーツも蝦夷《えぞ》だと思っているんです。

加藤　妻の出身地も東北の宮城なんですが、宮城県塩竈市には鹽竈《しおがま》という、海を見下ろすとても大きな神社があります。境内に志波彦《しわひこ》という、別の小さな地方神の社があるのですが、両神社についての説明を読むと「中央からやってきたえらい神様が土地の神様の協力を得て、その地域を治めた」と書いてある。でも、それって結局は昔からの神様が「負けて服属した」ってことですよね。

佐野　ええ。聞こえはよいですが。

加藤　四天王像って邪鬼を踏みつけているでしょう。でも、踏み潰しはしない。死んでしまっては困る、とはいえ足を離せば逃げていくから、ぎゅっと押さえつけている。それこそがまさに勝者と敗者の日本的な関係なので、日本には敗者である記紀以前の神様と勝者である現在の神話に描かれた神様の一対の構造がずっと再生産され、重層化しているんです。

佐野　その敗れた神様をいただいていた側の原点が、僕らに先達つ蝦夷の人たらだった、ということですよね。僕が山科の毘沙門堂に行ったときにも、毘沙門天がおだやかな表情で鬼を踏みつけている像がありました。そして、毘沙門堂はかつて……出雲路にあったんです（笑）。

加藤　つまり、大昔から日本には敗者の伝統があって、それが色々なかたちをとって今日まで残っているのではないでしょうか。

昭和天皇崩御の後、「天皇には戦争責任がある」という旨の発言をした本島等長崎市長（当時）が右翼の糾弾にさらされたとき、日本全国から、賛成・反対それぞれの意見が手紙で寄せられた。その約七千三百通の手紙をまとめた本をもとに都道府県別に統計をとると、北海道や東北など、昔の蝦夷の地で昭和天皇に対する批判がはるかに強いんです。つまり何か起こると、今でもその〝背中〟と〝お腹〟の差が文様のように浮かび上がってくる。そうしたものは「文化の違い」だけでは済まされないような気がします。

佐野　今、沖縄に米軍基地が多いという構造は、さかのぼればこの列島に受け継がれてきた先住の民たちの上に、新しい神様をいただいた朝廷が平安京を作った、という構造と相似形を成していると思います。そして日本人は、そうした構造を背負った敗戦国であるにもかかわらず、そのことについて明確な教育を受けずにここまできてしまいました。そんななか、今「美しい日本を取り戻す」「プライドを取り戻して日本らしさをもっと大事に」という言葉を耳にしますが、実情はどんどん乖離していませんか？

加藤　私はプライドという言葉は「弱っちい」ので好きではありませんが、モラル上のバックボーンは日本の場合、オレたちは負けた、つまり「敗戦国だ」という認識からしか始まらないと思うんです。でも、そもそも人間は何者かに敗れる経験なしでは大人になれない。そういう経験をもたない国って、世界中探してもアメリカぐらいでしょ。ヨーロッパ諸国もロシアも、アジアの国々も、負け、国内を蹂躙《じゅうりん》されることで大人の国になってきました。

佐野　そこで加藤さんの『敗戦後論』です。僕は高校生のときに友人の郷原信郎（弁護士、元東京地検特捜部検事）の薦めで大江健三郎を読み共鳴して以来、若松孝二監督の映画を観、二十代で師匠の唐十郎に出会い、吉本隆明を説かれ、唐さんと親交の深かった中沢新一さんや澁澤龍彦さん、種村季弘さんといった独自のまなざしをもつ方々に惹かれてきました。一九八〇年以降は岸田秀さんや、ここ十年の間ですと内田樹さんや赤坂憲雄さんのまなざしに出会うなかで、かねてからみにされる思いがしました。

「戦後」というテーマに関心がありました。中上健次のえぐり込むような文章にも魂をわしづかみにされる思いがしました。そうして読んだ『敗戦後論』には、永い間モヤモヤとしたまま理解できないでいたことが書かれていたのです。そこからもう少し読み進めると、『敗戦後論』に書かれたアメリカと日本の関係性は、オオクニヌシとアマテラスのそれにも置き換えられるのだとも気づかされました。つまり『古事記』に描かれた「勝者」である神様と、それ以前からこの国に存在していた「敗者」である神様との関係です。単に国譲りをしたのではなく敗者側が勝者側に押しつけた構造とも読めるし、勝者側が制圧地においてすべてを抹殺したのではなく、実は制圧しながらも元々その地に住む者たちを敬い、勝者と共存させた物語としてすり替えたようにも見える。

加藤　『古事記』以来続く「敗者の伝統」というのは、まさに出雲が源流だと思いますよ。それ以来、日本の歴史には常に勝者と敗者のダイナミズムがある。

「ゴジラ」の神話的な背景

佐野　負けたとき、自分たちのなりたちについて考えたり、なぜこういうことになってしまったのか?と自問したり、というのは子どもでもすると思うんです。僕は、そのことを無意識に「ゴジラ」から学んでいました。「ゴジラ」シリーズのプロデューサーだった田中友幸さんは、どれだけ子ども向けに作られたゴジラでも、ゴジラは核実験によって目覚めた、という設定だけは一度も外していないんです。「ゴジラ」シリーズがデジタルリマスターされたときに、一作目から最新作まで全部見直し気づかされました。

加藤　おお、すごい(笑)。私はとても、全部は観られていません。

佐野　見直してみてわかったのは、一九八〇年代に入ってからのいわゆる「復活ゴジラ」以降、俳優の芝居が大きく変わってしまったということです。もちろん、シリーズに、かつて出演した名優も数多く出ていて、彼らも一見すると何も変わっていないようなのですが……でもやっぱり何かが違うんです。小林桂樹《けいじゅ》さんのように、一作目の志村喬《たかし》さんを想起させる圧巻の演技を見せつけられる方々もいらっしゃるのですが。

加藤　どういうふうに違いますか？

佐野　かつての「ゴジラ」シリーズは、どれほど子ども向けに撮られた作品でも、たとえば「あ！　ゴジラだ！」というシーンのとき、それを見た瞬間、観客である僕の体にゴジラの実在がパーッと入ってきたんです。演じている俳優は、実際には二日酔いで演じているのかもしれないし、「こんな子ども向けの作品、やってらんないな」なんて思っているのかもしれない。でも、彼らの演技は意識が外に向かっていて、確かに「ただごとではない！」と感じさせる何かがあったのです。それが一九八〇年代以降の作品では、おこがましいのですが、俳優の「リアルに見せてやろう」という意識が逆に邪魔をしているのか、どこかに「この人たち、本当はゴジラを信じてないのでは？」という雰囲気が見てとれるんです。もちろん僕自身の演技も含めてです。いや、自分自身にそれを大きく見たのかもしれません。

加藤　それは興味深い。私は一九四八年生まれで、最初の映画「ゴジラ」の封切りが一九五四年ですから、それを観たのは小学二年生のころです。やっぱり、すごく怖かった。その後の「空の大怪獣ラドン」を見たときなんか怖すぎて、眠れなくなりましたね。

高校生以後は、少しずつ疎遠になりましたが、そんな私でも一九八四年にシリーズが再開したときには、違和感があったのを覚えています。かつてのゴジラは本当に怖かった。ゴジラが体現している恐ろしさは、「世界を覆う」という感じでしたよね。

佐野　ゴジラには神話的な背景もあって、それを作り手が、特に田中友幸プロデューサーが意識的に演出していたのだと思います。ゴジラは南方の島の伝説の竜神ですが、出雲大社の神迎祭で奉納される龍蛇さま、沖縄の久高島から流れ着いたといわれるセグロウミヘビを踏襲しているようにも思えてきます。南方信仰は列島に住んだ蝦夷への思いと重なります。また能楽「道成寺《どうじょうじ》」は「安珍《あんちん》・清姫《きよひめ》伝説」に由来しています。安珍に一目惚れした清姫が、約束を反古《ほご》にされたことに激怒して蛇に化け、最後は安珍を自ら吐いた火で焼き殺してしまう、という話なのですが、ゴジラはまさに、この物語を受け継いでいると思います。安珍と清姫の「約束」が、人間とゴジラの間では「自然との共生」だったり「地球への愛」と言い換えることができるかもしれません。実際、「ゴジラ」の初期の撮影現場では、ゴジラが歩くシーンで足の底に鉄板を入れ「能のように歩け」「足を持ち上げず、すり足で」という演出があったそうです。そうやって考えていくと、モスラは『遠野物語』に出てくる蚕《かいこ》の神様、オシラサマの糸に繋がるように思えますし……。

加藤　確かに日本のモンスターには、森羅万象に宿った神の存在、アニミズムを感じますよね。「ゴジラ」製作のきっかけは、一九五四年にあったビキニ環礁での水爆実験と第五福竜丸の被爆で、「ゴジラ」はそれに対する抗議だった、というのが今や通説になっています。それは間違っていないのですが、それだけでは五十年間に二十八作も作られた日本社会のゴジラへの親和は説明できない。何かあったはずだと私は想像するんです。そこで、浮かんできたキーワードが、「敗戦」であり「戦争の死者」でした。そもそもなぜ、いつもゴジラは日本に真っすぐにやってくるのか？　台風だって時にはフィリピンや台湾に寄り道するというのに（笑）。しかし、そうではない。ゴジラは「還《かえ》ってくる」んです。そこに、戦争の死者たちと「敗戦」の問題がある。太平洋戦争で死んだ兵士たちへの、戦後の人間の後ろめたい、割り切れない思いが投影されています。

佐野　『敗戦後論』の核心にも触れる部分ですよね。でも、ゴジラにも見てとれるような日本人の心性をそれだけ見事に言い当てたにもかかわらず、論を発表された当初はずいぶん「叩かれた」と聞きました。それは、どういう部分だったんですか？

袋叩きにあった『敗戦後論』

加藤　『敗戦後論』に書いたのはこういうことです。昔の戦争は一国と一国による領土の取り合いで、ナショナルインタレスト（国益）が動機だった。ですから、そこで命を落とした兵士は、国のために死んだ、ということでしっかりと弔《とむら》われました。けれども第一次世界大戦以降は、複数の国同士の戦いになります。そうすると、一国の国益とは別に複数の国を束ねる動機が必要になりますが、それがメタレベルのイデオロギーです。イデオロギー同士の戦い。それが世界戦争の新しい要素です。

佐野　「生き延びなければならないから食料をよこせ」とか、あるいは「子孫を残さなきゃいけないから女をよこせ」とか、単純な動物的本能レベルでは説明しきれなくなったと。

加藤　そうです。昔はそれで済んだのですが、特に第二次世界大戦は、自由主義とファシズムというイデオロギー対立のかたちになったころすっかり変わってしまった。

それで、日本は戦争で負けた後、日清戦争直後の「臥薪嘗胆《がしんしょうたん》」、もう一度遼東半島を奪回するぞ、というふうには、今度はいかなかったのです。東京裁判を受け入れます、という約束をすることでようやく国際社会に復帰したし、さらにややこしいことに、私たち自身が「やっぱり民主主義のほうがいいよね」と考えるようになってしまった。だってそうでしょ？　華族がいて、国民は天皇陛下の赤子《せきし》だゾ、言うことを聞け、なんて今さら石原慎太郎みたいな人に言われるのはイヤじゃないですか(笑)？　でもそうなると、やっぱり、あの戦争は間違っていたと認めざるをえない。では、あの戦争の正義を信じて亡くなった人たちをどう考えればよいのか、となる。ここが先ほどお話しした、「ゴジラ」に投影された割り切れない思いなんですね。

佐野　自分たちが、彼らに生かされたことは確かですからね。

加藤　彼らに対しては、やっぱり感謝の念を込めて哀悼しなくてはいけないし、時が経つにつれてそういった欲求が起こってくるのは当然です。では、自分たちの価値観に反する間違った戦争のために死んでいった同胞をどう心から哀悼するのか。まず「侵略して申し訳なかった」と、韓国や中国の人に頭を下げる。すると、もう片方でそのことで頭にくる人がいる。「全部でっち上げだ。南京大虐殺はなかった」と、彼らの怒りが噴出するわけですね。でも、たとえば子どもが野球をやっていて、隣の家にボールが飛んでいってガラスを割ってしまったというとき、何人かの子が「ごめんなさい」と謝っている後方で、アッカンベーして「また投げ入れてやるゾ」と笑っている人間がいたら、隣の家の人は謝られている気がしないですよね。

佐野　今の日本はまさにそういう状況なんですね？

加藤　つまり、本当に謝るなら、後ろにいる人たちにもそんな態度がとれないような論理、あるいは合意を自分たちで作って、それを国に遂行させるほかないんです。太平洋戦争で日本では民間人を含む三百万の人々が亡くなりました。でも、その延長線上での二千万人のアジアの死者に対する謝罪も必要です。三百万の死者への哀悼があったうえで、それが二千万のアジア諸国の死者に対する哀悼に繋がるような謝罪のあり方を作り上げるべきだ。私は一九九四年の末に『敗戦後論』にそう書いたのですが、そしたら、いわゆるリベラル陣営と左翼の人たちから、「右翼の自由主義史観と一緒だ」と袋叩きにあったわけです(笑)。

佐野　ニュートラルなまなざしだと思うのですが……。今日、僕がお会いして伺いたかったもう一つのポイントは、その「敗戦後」という概念が３・11という大きな出来事を経てどう変化したのか、ということです。新たな「ゴジラ」が3・11以降に日本で制作されずにアメリカで作られたことも象徴的に思われます。しかもその「ゴジラ」は第一作目のゴジラの出自を踏襲しているようです。現代に置き換えられるとすれば、原発事故や核の問題が日米の入れ子構造をとることになりそうです。勝者に都合の良い神話。オオクニヌシとアマテラスにも重なります。

「ゴジラ」音楽と出雲の関係

加藤　東日本大震災以降に『3・11——死に神に突き飛ばされる』という本を出しました。その中にゴジラとアトムが対決しつつ、対話するという私が作った架空の話が出てきます。原発事故からエネルギーを取り込んだゴジラはもはや誰も止められない。そこにアトムがやってきて対峙するんですが、「何だ今頃のこのことやってきて。おまえは原爆や原発事故で死んでいった人間たちのことをどう思っているんだ」とゴジラが言うと、アトムは「科学の進歩によって様々な事故が起きてしまったことは本当にひどい話だけれども、核の平和利用にはその原爆で亡くなった人々の願いもあったんです。そこも見るべきでしょう……」と切り返します。

原爆で亡くなった人々の遺族、あるいは被爆した人たちには、一九五〇年代、意外にも原発を支持するケースが多かったんです。では、彼らはアメリカの原子力政策に騙されたのか。そういう側面もありますが、私は彼らが、自分たちが負わされた犠牲に意味を見いだしたかったのではないかと思います。なぜって、誰も彼らと一緒に原爆の非を唱えなかったので、彼らの孤立は深かった。広島・長崎の原爆投下に関して、日本政府は戦後、まったく抗議をしていません。国連安全保障理事会の常任理事国である五大国のすべてが核を保有し、第二次大戦後の国際秩序を成り立たせているわけで、ノーベル平和賞を受けたオバマ大統領も、原爆を国際法違反とは言わないんです。誰も連帯してくれない。原子力の平和利用に希望を見いださなければ、彼らの犠牲は報われないところまで、追い込まれていた。

佐野　あるいは、世界中から核を全部なくす、ということですよね。確かに、「英霊」をめぐるゴジラのあり方とかぶります。

加藤　だから、ここでもう一回「ゴジラ」が作られる必要がありますよね。私も制作に参加したい(笑)。

佐野　日本の「ゴジラ」も作られなければなりませんね。ぜひ、出雲や琉球も絡めていただければと思います(笑)。

加藤　それだけに二〇〇四年、東宝のスタジオにあったゴジラ用の特撮プールを壊さないでほしかった。もう作れないですよね。

佐野　僕は、「ゴジラ」の音楽に携わっていたり魅力を感じていた人たちが、やっぱり復活を望んでいると思うんです。実は今年(二〇一四年)が、ちょうどゴジラ音楽を手がけられた伊福部《いふくべ》昭《あきら》さんの生誕百年になります。海外では、一九八八年に早くも、イタリアのプラートにあるオーケストラ「E・チティ」らが「ゴジラ」をはじめとする特撮映画音楽を演奏しています。これには伊福部さん本人も驚いたそうですが、伊福部音楽のファンは海外にも多く、実は日本が後追いだったりして(笑)。そもそも戦前、二十一歳でパリのチェレプニン賞を受賞しているのに国内での評価は微妙だったようですしね。

加藤　十六世紀フランスのジャン・ジルという作曲家の「レクイエム」をあるところで聴いたのですが、「ゴジラ」テーマ曲のお馴染みのリフレインを思い出しました。鎮魂のモチーフがあるのかもしれません。

音楽評論家でもある片山杜秀《もりひで》さんが一昨年に出した『国の死に方』という本で触れていましたが、例の緊急地震速報の警告音を作ったのも伊福部さんの甥に当たる方らしいですね。

佐野　なんと⁉　僕はロックがずっと好きで聴いているのですが、レッド・ツェッペリンの「カシミール」を聴いてると、伊福部さんのフレーズに似てるな、って感じるんです。あの♪ダダダッツ、ダダダッツ、ダダダン、ダダダンって、ゴジラのテーマ曲とシンクロしませんか。

加藤　いいですねぇ。今思い出すのは、映画『仁義なき戦い』のテーマ曲。これもリズムの質としては似てませんか。♪ダンダンダンダン、ダンダンダンダンって(笑)。

佐野　やっぱり通ずるものがあるんですよ。伊福部さんも、音楽にロック的で土着的なものを見いだしていたのではないでしょうか。伊福部さんの自伝を読むと、そう納得する部分があります。

加藤　確か北海道生まれですよね。

佐野　ええ。自伝には百年前の、和人とアイヌ民族が混住していた様子が描かれているんです。当時はまだ、やはり侵略者である和人のことをアイヌの人たちは嫌っていた。でも、その中で伊福部さんは彼らと交流があり、ずっとシンパシーを抱いてきたそうなんです。僕は、彼の音楽はそこに源があるのではないかと。

加藤　そうそう。そこに北海道がもっている一つの可能性があると思います。さかのぼれば小樽から出てきたプロレタリア文学の小林多喜二が、それまでは北海道以外のところからは出なかったような文学作品を残していますが、伊福部さんはそれを音楽で実現したのかもしれませんね。

佐野　明治維新で和人が入植してから、あるいは太平洋戦争後に北海道がたどった変遷を見れば、記紀以降の千三百年間で、どのようにして出雲人、つまり私が思うところの蝦夷の人たちが大和民族と交わっていったかが検証できるような気がするんです。しかも伊福部さんの家は明治までは神話の故郷、鳥取、因幡《いなば》の宇倍《うべ》神社で千三百年も続いている宮司の家柄だったそうです！

加藤　すごい（笑）。そこで繋がってくる。

佐野　伊福部家は、出雲神話圏の中でとても重要な武内宿禰《たけうちのすくね》を祀ってきたようです。明治維新の廃仏毀釈の中、世襲が廃止され、たぶん伊福部さんのお父さんは、そういう明治維新の狂信的な側面に対し、新政府への反骨心から蝦夷地、北海道に渡ったのではないでしょうか。そして、それを見て育った伊福部少年は、侵略された側であるアイヌの人たちと交流をもち、そこに古《いにしえ》から流れる己の血に自らを重ね、さらには敗戦という国を覆う事態と直面したことで、葛藤し矛盾を抱えたゴジラのメロディを重ねた。そんなストーリーが成り立つと思うんですが。

加藤　俳優の想像力って、すごいな（笑）。でも僕もそういう、「陰翳礼讃《いんえいらいさん》」、また「判官贔屓《ほうがんびいき》」的な感受性が日本人に連綿とあると思います。それは決して美学的な感性ということだけでなくて、そこに今日の話すべてに通じる「敗者の想像力」が流れているんじゃないでしょうか。

（「kotoba」二〇一四年夏）

佐野史郎（さの・しろう）
1955年島根県出身。俳優。75年、シェイクスピア・シアターの創立に参加。80〜84年、唐十郎の状況劇場に在籍。86年、林海象監督の映画「夢みるように眠りたい」で主演。92年、テレビドラマ「ずっとあなたが好きだった」の冬彦役が話題をよぶ。映画、テレビドラマに多数出演。

ゴジラと基地の戦後

×吉見俊哉
東京大学大学院情報学環教授

原点としての『アメリカの影』

加藤　吉見さんはここ二年ほど「中央公論」誌上で『日本語の外へ』の片岡義男さん、『占領の記憶／記憶の占領』のマイク・モラスキーさんと対談をしていて、僕でこれが三回目なんですね。

吉見　ええ。戦後日本とアメリカを考える上で重要な著作をお書きになっている方々との対話によって、多角的に戦後の日米関係の問い直しをしたいと考えています。それで、今回は加藤さんにお願いいたしました。

『アメリカの影』は一九八五年に加藤さんの最初の評論集として刊行されています。この本はずいぶん前に読んで、いろいろすごく触発され、『親米と反米』でも参考にさせていただきました。今回、対談のために読み返して、改めて名著だと思いました。初版刊行から二十五年ほど経ちますが、この間、『アメリカの影』に立ち返るという感覚はあったのでしょうか。

加藤　いや、僕の中では『アメリカの影』から離れているという感覚はそんなにはないんですよ。

自分の中で一番基本的な考えというのが『アメリカの影』に書いたことで、その延長に新しい問題領域での展開として『敗戦後論』（九七年）があり、また昨年出した『さようなら、ゴジラたち』があるという感じです。この四半世紀の間、僕のほうはあまり変わっていなくて、そのときどきの日本の社会の変化によって、僕に対する見方が変化したように思います。そういう意味では、『アメリカの影』は最初の本でもあるし、そこにかなり基本的な原点があると思っていますね。

吉見　『アメリカの影』には三つの論文が収められていますが、そのうち「戦後再見——天皇・原爆・無条件降伏」では、原子力、原爆について非常に重点的に書かれています。

加藤　今回の事故があって、原発のことについてちょっと書いたら、「加藤が反省した」なんてコメントが出たんですが(笑)。でも、基本的な考えは別に変わっていないんです。ただ、原発について関心が薄かった、うかつだった、何も行動を起こさなかった。これは自分にとっても、日本の戦後にとっても、大事な問題であったと、そのことについて、とても探い反省の気持ちがあります。

吉見　「戦後再見」での議論は、かなり乱暴な言い方をすれば、戦中・戦後の日本人にとって、原爆と天皇が同値であるということではありませんか。

加藤　そうも言えますが、まずこの「戦後再見」を書くきっかけを一応お話ししますと、当時、僕は国会図書館に勤めていて、調書局という部署に異動になった。本を五十冊ぐらい書庫から借り出してずっと読むことができる境遇になったわけです。ちょうど、無条件降伏という考え方がどこから出てきたかと調べているとき、ルーズベルトとチャーチルの秘密書簡に行きあたったんです。そこで、誰も現実的には可能だと思っていなかった、原子爆弾の製造が初めて可能になり、世界を変える兵器を手中に収めることになったとわかったとき、ルーズベルトは、一人の人間、政治家として、どう感じただろう、そして、何を考えただろうと、ふと思った。つまり、一九四二年十二月二日の午後に、「イタリア人航海士が新大陸を発見した」という実験成功のしらせを受けるんですが、その日、むろんそのことはそしらぬ振りして、彼はどういう手紙を書いているんだろう、と思ったわけです。

それまでルーズベルトには、ドイツに押され気味で、アメリカを戦争に引き入れたいチャーチルから何度も会談の申し出があった。けれども、ルーズベルトは時期尚早だとかさまざまな理由をつけて断っている。ところが、十二月二日になって、この日、会談をやりましょうという手紙を出している。

なぜ、そのときになってルーズベルトが会談をしようと思ったのか。おそらく、彼はものすごいハードウェアが手に入った瞬間、それをどうしたら使えるようになるかと、環境整備用のソフトウェアのことを考えたんじゃないか。そして、原爆を使っても相手から抗議を受けない方法というので、無条件降伏という政策思想を思いついたのではないだろうか。

つまり、いままで世界に存在しなかった破壊力が手に入ったとき、どう考えたのかということが僕にとって一番大きな関心事だったのです。ですから、原爆が天皇と対置できるかといえば、日本の文脈の中ではそうしたことがいえるはずで、僕も事実、そう書いてはいますが、それはあくまで日本の文脈の中のことでしかありません。

原子爆弾の存在はそうした文脈構成を超えている。天皇と相対させると、逆に原爆のもっている意味が矮小化《わいしょうか》されてしまうとも思うのです。

例えば、今回の震災後、第三の敗戦とか、もう一つの戦争というようないい方がありました。『敗戦後論』に関係づけて対比的に論じてほしいという依頼ももらったりしたのですが、少し違和感があって、お断りしました。なぜかというと、少しジャーナリスティックすぎるかなと感じた。こういう従来の日米枠での受けとめ方、論じ方では、もうダメだよ、失効したよ、ということが、今回の原発災害の語りかけていることじゃないかなと思うんです。

ゴジラは天皇（制）のメタファーか

吉見　『アメリカの影』の中で、加藤さんは「八月十五日、ぼく達は、天皇自身を含め、原子爆弾の『威力』をかりて、国民規模で天皇の『威光』からの〝出エジプト〟を果たした。そこで原子爆弾の『威力』は、チャーチルの述べたように、ぼく達が天皇の『威光』から離脱する無意識裡の理由とされ、ぼく達はぼく達の頭上に掲げる『天皇』の傘を脱すると同時に、いわば『原子爆弾』の傘の下にそっと移ったのである」と書いています。戦中から戦後への「力」の転位を、とても見事にいい当てられていると思います。戦後日本は、要するにそういう体制の中に入っていったということです。そして、そのことによって、逆にいえば、ある種、国体から象徴天皇制へという連続性も可能になっていった。そこの考えは変わっていないですね。

加藤　そうですね。

日本人が天皇制、戦前の国体の威力から解き放たれるには、この場合やっぱり原子爆弾の存在が必要だった。もちろん、歴史的にはそれ以外にもいろんなことがありえたかもしれない。しかし、実際に起こったのは原爆投下だった。それによって、日本人は国体から解き放たれた。原爆はそのような〝威力〟として日本人に働きかけたと思います。

吉見　その点については同感です。加藤さんは『さようなら、ゴジラたち』の中でも、その議論をされているんですが、若干違和感がありました。

それは、ゴジラが英霊たちのメタファーであるとしている点です。映画「ゴジラ」は、一九五四年のビキニ環礁の水爆実験によって起きた第五福竜丸事件をきっかけに製作されている。ですから、僕の場合、もう少し素直に考えて、ゴジラはまずはやはり単純に原水爆のメタファーだと思いました。そして、さきほどの『アメリカの影』の議論をロジカルに展開していくと、ゴジラにつながるのは、むしろ戦後的な意味での天皇(制)ではないか。それは日本人が戦後、ゴジラを受容し続けてきたこととも関連すると思うのですが、いかがですか。

加藤　いや、僕はまったくそういうふうには考えなかったし、いまそういわれても、直ちには、ピンとこないですね。申し訳ないですが(笑)。

まず映画がある。解釈というのは、それを観て、どう思うかという話ですから。映画を離れれば、むろんどうともいえるのですが、僕の場合、それでは弱い。僕が映画「ゴジラ」を観てきた場所からいうと、吉見さんがいわれるゴジラが天皇(制)のメタファーであるという論理を支えるゴジラ経験は、ちょっと自分の中に見当たりません。ただ、ゴジラは水爆実験によって生まれたわけで、そこには当然、水爆に対する畏怖と恐怖、嫌悪と、こうしたものはもうやめたいという反対感情がある。でも、これは紋切り型すぎる。文芸評論家としては当然、これに対して、「実はこうなんじゃないか」と違うことを書く。そこで、ゴジラは、戦後の日本社会が構造として戦争で死んだ人間を裏切ったことに対する無意識の後ろめたさだろうといったんですが、おっしゃるとおり、水爆実験への恐怖、反対感情も、むろんあった。そこはもう少し、おっしゃる通り、急がず、きちんと重層的に捉えるべきだったかな、と思いますね。

吉見　『敗戦後論』の議論とも重なっているわけですね。

ゴジラとアトムという表裏

加藤　戦後の日本は過去とのつながりをみんな忘れているけれど、そこをしっかり考えないと未来は見えてこないぞ、というのが、僕の考えでした。でも、ゴジラというのは、過去とのつながりだけじゃなくて、未来とのつながりも同時にもっていた。ゴジラというメタファーは、過去からの関係と、未来との関係を貫く両方向性をもったメタファーだったんです。そこが今回の原発事故による反省にもつながるところですね。

よく指摘されているように、漫画『鉄腕アトム』が一九五一年に、映画「ゴジラ」とほぼ同時期に誕生している。われわれの周囲には小才の利くような人間がたくさんいるのに、なぜ誰一人として、ゴジラとアトムが一緒に出てくるメディアミックスを考えられなかったのか。アトムが片方にいて、もう片方にゴジラが出てきて、「こんにちは」って挨拶している図でもいいんだけれども、僕も含めてそうした構図を生む想像力を発揮する人間はいなかった。そのことを、ゴジラについて書いた人間としては考えなきゃいけないと思っています。

吉見　いまから見ると、水爆実験によって生まれたゴジラと、未来社会において原子力（核融合）をエネルギー源として動くアトムというのは表裏であったわけですね。この同時代性は、僕もまったくそのとおりだと思います。

しかも、さきほど加藤さんがいわれたように、原水爆、つまり核なり原子力なりに対する畏怖や恐怖と、その原子力が富や豊かさをもたらしてくれるという欲望とが、表裏をなして、戦後の歴史を通じて生きてきたわけです。

そうすると、映画全体を通じてゴジラに対する恐怖がありながらも、水爆の力を科学の力で利用するリスクを引き受けることがつねに一対になっていったこと自体が、やっぱり戦後そのものだったと思います。だからこそ、われわれの日常意識の中に深く、この映画が入ってきたのかもしれない。そのことをやっぱり十分に、いま散々いわれていることではあるけれども、もっと考える必要があった。

加藤　まったく、僕もそう思います。

戦前・戦中期との連続性

吉見　加藤さんは『アメリカの影』の中で、戦後日本がアメリカという他者を受け入れ、その他者の傘の下に入りながら、そのことを無意識化していくプロセスをお書きになっていますが、僕も基本線はそうだと思います。

では、なぜアメリカをずっと受け入れ続けてきたのか。これが問題ですね。

これは、『親米と反米』に書いたのですが、日本人の親米意識は一九六〇年代半ば以降、いまに至るまでずっと高い。それはなぜかというと、日本人にとって親米は、とてもコンフォータブル（快適）だったのだと思います。この快適さを可能にしたのは、戦前・戦中期からの連続性にほかなりません。

加藤　その快適さと連続性はどういう関係があるんでしょうか。

吉見　連続性というのは、東アジアにおける日本の優越的な位置の連続性です。つまり、戦中期まで日本は東アジア全域の中で周辺諸国を植民地化する帝国の位置にあった。それが敗戦を経て戦後に移行していく過程で、アメリカの傘の中に入った。そうすることによって、東アジアに対してある種の帝国的な位置を存続させたと思います。親米は、よくいわれるように、戦前・戦時の侵略行為の記憶を忘れさせてくれただけでなく、経済的にも東南アジアの原材料資源の獲得で日本を経済大国にしてくれた。しかも、軍事要塞の役割は沖縄や韓国、台湾に押しつけて、冷戦期を通じて本土は平和な経済成長を謳歌できた。これも日本がアメリカのゲームの中で、〝長男〟の位置を獲得したことによって可能になったのです。これは戦後日本人に記憶喪失と豊かさを同時にもたらしてくれたという意味で、とてもコンフォータブルだった。

『親米と反米』の三つの観点

加藤　いま吉見さんがいわれたことは、『親米と反米』のテーマですね。この本はおもしろく読ませていただきました。ただ、学校の先生は本の中身を受けとるけれど、僕みたいな人間は書かれていないことを読むから、それも含めてお話ししたいと思います。

『親米と反米』という本は、日本社会は特異なまでに親米的であり続けたのではないかという問いを出発点にして、占領軍や基地、文化象徴を対象として政治的無意識としての親米を論じています。その際の観点を「あとがき」に三つ挙げておられます。

第一は、消費と暴力、テーマパークの「アメリカ」と軍事基地の「アメリカ」の構造的な結びつきを発見していくこと。吉見さんはディズニーランドについて研究されてきて、これは文化基地であるという。つまり、パリにも造ったし、条件さえ整えば造られるように設定されている。これは軍事基地とまったく同じで対応関係がある。だから、消費と暴力の両方を一緒に見ないといけない。

第二は、日本における「アメリカ」の受容と反発を東アジアの横断性の中で考えること。これは李鍾元《イ・ジョンウォン》氏の指摘だけれども、要するに戦後、アメリカの下で、日本は経済、アジアの他の国は軍事という分業が生まれた。これはイスラム的にいうと、日本は〝第一夫人〟に 家族でいえば〝長男〟になれたというわけです。日本には他の兄弟のことは見えていないから、小帝国じゃないけれど、戦前の体制が非常に隠微な形で戦後に移行する。

これはアイデアとしておもしろいし視点としてもいえると思う。この分業説は「なるほど、そうだな」って、吉見さんが考えたこともよくわかります。

吉見 でも、その先を書いてない(笑)。

加藤 そうなんです。そして第三が、アジアにおける「アメリカ」の問題を戦時期までの日本の植民地主義との連続性の中でとらえることです。これは第二が空間で横軸だったのに対して時間という縦軸です。

この本全体でいえば、第一の観点は非常に生きていて、それで政治と経済の問題を扱うのはすごく珍しいと思う。サッカーに喩えると、「なんでここにディフェンダーがいて、ゴールを決めているの?」という感じ。だけどあと二人、ツートップがいるけど、第二、第三の観点は、実はそんなに仕事をしていない。

吉見 いや、そのとおりですね。

加藤　結論的には、吉見さんがいわれた連続性と快適さの関連はアイデアとしておもしろいけれども、観点として示されているだけで、まだ第一の観点のように生かされていない。その観点に事実を流し込んだときにどうなるか、そこが見えない。これがひとまず僕の感想です。

加えて、この本の終章は「『親米』の越え方」なんだけれども、ここに何が書かれているかというと、親米と反米という政治的無意識があり、その構造を越えなくちゃいけないという。そうすると、どう越えるかという問題が立ち上がってくる。しかし、読んでみると、書いていない（笑）。親米を越えるにはどうすればいいんですかともお聞きしたいと思いました。

米軍基地をめぐる共同研究

吉見　いきなり核心に迫る問いがありましたが（笑）、さすがですね。本当に鋭い問いだけど、親米の越え方についてはあとで議論させてください。

たしかに、日本におけるアメリカニズム。二十世紀、あるいは戦後の日本においてアメリカは何であったかというのは、僕のライフワークに近い、きわめて大きなテーマです。このテーマを考えるときの軸が、さきほど加藤さんが整理して下さった三つの観点です。ご指摘のように、『親米と反米』では第一の観点しか十分には展開できていませんが、まず、それぞれについて補足しておきたいと思います。

第一の消費と暴力については、これが重要だと思ったのは、例えば湘南と六本木、原宿という、消費的なアメリカニズムだけで考えられてきた空間がつねにミリタリーベースと関係しているということです。

沖縄はもちろんそうだし、ハワイやグアムだってそうだし、その空間の両面性は、現代世界におけるアメリカニズムそのものがもっている両面性でもある。だから、六本木とか湘南の問題を横須賀やコザとの連続において考えていくことが、世界のアメリカの軍事的な覇権について考えることにもつながっていくと思っています。

第二の東アジアとの横断性についてですが、僕一人でできることではないのですが、米軍基地と周辺地域の文化や意識について世界全域で、ある種の共同研究が必要だと考えています。

いま、日本や台湾や韓国の友人たちと話しているのは「グローバル・アメリカン・ミリタリーベース・プロジェクト」です。これは世界中にある米軍基地とその周辺で同時代的に何が起こっていたか、横軸で全部ならべて、もう一回見直してみるという作業です。これができると、東アジアの全域の広がりの中で、日本におけるアメリカの位置が、よりはっきり見えてくるんじゃないかという気がしています。

加藤　本を読んでも、このプロジェクトの方向は見えていますね。

吉見　実際には、まだ具体的な作業はできていないのですが……。

そして、最後に第三の連続性の問題です。戦前から戦後への連続性というのは、国体から象徴天皇制にどう変わっていくかということでもあって、戦前・戦中期の日本の軍事的ナショナリズムの構造がアメリカの傘の下での平和主義・快楽主義に転換していくプロセスを追っていくということです。

この点は、今後それぞれの地域レベルや政治体制などいろいろな角度から考えられますが、鶴見良行さんが「基地周辺のひとびと」で実践された作業がすごく大切だと思います。

佐世保なり横須賀なり、地域社会の中で軍事的な体制を継続して受け入れていった人びとの意識はどうだったのか、メディアではどのような語られ方をしたのか、その連続性を追わなくてはいけない。そうした作業が必要なのですが、まだアイデアを示しただけで、歴史的な実証のレベルまで進めていない。加藤さんのご指摘のとおりです。

日本の位置のとらえ方

加藤　いまお話をうかがって、特に第二の観点に関連していくつか質問があるんですが。

米軍基地の共同研究のプロジェクトが、李鍾元氏の研究から非常に大きな刺激を受けたことはわかります。このプロジェクトを旧大東亜共栄圏の枠内で考えるんだったら、実現もしやすいと思うけれども、そのままだと日本が〝第一夫人〟で、そこに他の国の研究者が参加すると、研究自体が大東亜共栄圏になってしまう。

だから、ベトナムやインドネシアの研究者が来るというときに、自分の叩き台を用意して、それがどう壊れていくかを考えなきゃいけない。

吉見　そうですね。

加藤　僕だったら、その枠や叩き台を壊すような要素を投げ込みます。

『親米と反米』でもアメリカの国際政治学者チャルマーズ・ジョンソンの研究を引いていますが、彼は日本や中国など東アジアが専門ですね。ジョンソンによれば、アジアは僕が中学校のときに習ったソ連の東欧衛星国圏と同じ。つまり、アメリカにとっての韓国、台湾、香港、フィリピン、日本は、ソ連にとってのポーランドやチェコ、ハンガリーと同じで、日本は東ドイツと同じ長男の位置にくるという。このとらえ方がすごくおもしろい。

もう一つ、以前にこんな想像力があるのかと感心して、印象に残っているのは、元外交官・西春彦の指摘です（『回想の日本外交』岩波新書）。

彼は一九六二年にキューバ危機が起こったとき、安保闘争の頓挫が遠因となった可能性があると見る。ソ連から見ると日本は、アメリカから見たキューバと同じ喉もとの位置にあるというのです。西という人はすごいと思ったけど、安保がソ連から見て成功裏に推移していたら、キューバ危機はなかったかもしれないというんですよ。つまり、日米安保体制の確立にソ連は強い危機感を抱き、自分たちも何かしなければと考えた可能性がある。むろんこれは実証されていない。けれども、抜群の外交官的な想像力です。これくらい異質な想像力やとらえ方をプロジェクトに投げ込めば、壊れやすくなる。

吉見　壊れないと、やっていてもおもしろくないですね。

加藤　おもしろくないです。旧大東亜共栄圏の枠以外の国の研究者にも入ってもらうというのもいいかもしれません。

吉見　いまの話が、親米をどう越えるかという問いへの答えのヒントのようなものを含んでいると思います。

親米・反米の構造を越えるといった場合、東アジア共同体とか、再軍備とかだけが解ではないと僕は思うのです。アメリカの大きな傘の下でいくつかの親米国家によって構築された戦後のアメリカのヘゲモニーという構図は、チャルマーズ・ジョンソンが示したとおりです。ただ、この構図を世界各地の研究者や実践者の共同作業によって壊していくプロジェクトの仮設は、おそらく可能だと思います。そうした作業を続けていくことが親米を越えることにつながるのではないでしょうか。

加藤　チャルマーズ・ジョンソンについて付け加えると、彼の仕事を見ていておもしろいと思うのは、彼自身のスタンスが変わったきっかけです。なぜ変わったか、彼はこういっていますね。八九年に冷戦が終わり、九一年にソ連が崩壊し、その脅威もなくなった。その時点で、もう多額の軍事費を使う必要もない、世界中にあるアメリカの基地も削減されるのだろうなと思った。でもそうならない。なぜなのか。そこから、これまで自分が考えていたのとは別の理由で、アメリ力は基地を必要としているのではないか、と考え直すようになった、そうしたら違う構図が見えてきたというのです。

チャルマーズ・ジョンソンの見方には、指摘されているとおり、非常に乱暴なところもあります。けれども、この基地の話は、衣の下に鎧どころか、納屋があって、それが壊れてみたら、中にタンクがあったというような話です。

アメリカが、ソ連の脅威以外の理由で基地を必要とするような構造をいつからもつようになったのか。例えば、原発にしても、一見原水禁の運動なんかに脅威を感じて、手をさしのべた形に見える。でも、同時に、技術供与し、アレルギーを減らし、かつ先回り的に日本の核技術の進展を管理下におこうという深謀遠慮のあったことが最近の報道で知られています。

アメリカという国は、世界のコントロールを前提として国内の経済水準が作られています。住んでみてわかりましたが、アパートは電気料込み、ガソリンも遥かに安い。それを維持するのにどれだけコストをかけているのか、と思う。基地が軍事面の管理なら、原発は技術面の管理なので、そういう構造を含め、もし研究できるのであればさまざまなものが見えてくるだろうことが期待できます。

原発と基地の類似性

吉見　いま、僕のゼミの大学院生の開沼博君がこの六月に出した『「フクシマ」論』が話題になっていますが、その中に非常に興味深い記述があるんです。

彼はそこで、福島第一原発が建設されるとき、その地域がゼネラル・エレクトリック（GE）の技術者をどのように受け入れていったのかについて聞き取りを紹介しています。それによると、アメリカ人技術者とその家族によるGE村ができて、教会や学校、テニスコートなんかも整備される。そして、そこではアメリカ式のパーティや、クリスマスやハロウィンなどを通して、地域の住民たちはアメリカ文化にふれ、彼らと親交を深めたりしたわけです。

時期的には十年か十五年ずれているけれども、まさにこれは戦後の占領期から米軍基地周辺に建てられた米兵家族用の「ハイツ」の周辺で起こっていたこととかなり共通する。背景が異なりますが、これは沖縄にも通じるし、横須賀や岩国とも同じです。

その一方で、当時は米軍基地反対闘争だったり、原水爆禁止運動だったりが起こっていたという、完全な同時代性もあったと思います。

加藤　たしかにそうですね。

いまお話を聞いていて、思い出したんですが、「消費と暴力」の起点は典型的には占領期で、このとき、日本にいるのは兵隊さんですよね。暴力のほうに比重がある。だから、基地周辺の文化ってオリエンタリズムにならない。つまり、ちょっとインテリだったりすると、異国趣味が欲しくなるんだけど、そうではない。

吉見　そうそう。彼らは自分の国と同じものを求めるんです。

加藤　だから、「暴力」の消費ということだと思う。要するに、下手くそなのがわかっていても「プレスリーを歌ってくれ」といって、やらせる。やらされるほうはそれをなぞる。これは植民地文化なんですね。

吉見　そうです。

加藤　それが少し時期をへると、「消費」に比重が移って、エキゾチズムを主体にした「消費」の暴力的な空間演出に変わる。日本各地でこれと同じことが起こるというだけでなく、これを、アメリカの受容の仕方が変質していく過程と考えると、軍事基地から『「フクシマ」論』の原発村まで一つのラインにつながるのが見えてきますね。

吉見　原発も基地もアメリカにつながる問題です。

親米と反米は「二人で一人」

加藤　最後に少し話を戻すと、親米の越え方というのは、共同研究によってアジアにおいてアメリカの位置を明らかにすることでいいのかどうか。

吉見　その明らかにするというプロセスそのものの中で、新しい関係を編んでいくということも、一つの可能性ではないかということです。

加藤 僕も日米関係に取り組んできたから、親米・反米という政治的無意識について吉見さんと問題意識を共有していると思うんです。

例えば、こうした親米・反米のような政治的無意識の研究が、想像しにくいけれど、アメリカやフランス、イギリスにあるとする。でも、それが学問的な研究として成り立つような空間がもしあるとすると、すごいグロテスクなんじゃないかっていう気もするんですよ。つまり、親米・反米のような政治的無意識の存在が研究対象としての権利をもっている。

吉見 それは非常にわかります。

加藤 だから、本来、こういう構造はおかしいんじゃないかと光を当てるのがメディアや学問の役割であるはずなんだけど、そうはなっていない。

これは明治学院大学の院で教えた学生の双数的な幻想性についての研究がヒントなんですが、僕は親米と反米の関係は、『千と千尋の神隠し』に出てくる湯婆婆と銭婆の関係と同型だと思うんです。この二人の魔法使いの婆さんは双子で、単純に腑分けすると、片方が善玉でもう片方がやや悪玉ふうなんだけど、実は、一緒には登場していないと言うんです。「私たちは二人で一人」みたいなセリフもあって、実は一人なのかもしれない。つまり、親米と反米も政治的無意識だというのは、こういうことかもしれない。政治意識なら対立する。でも、無意識なら両立する。あるときは反米として出てくる、その同じものが別の状況下だと親米になる、ということなのかもしれない。

つまり、親米の越え方というのは、吉見さんの次の本のテーマだけれど(笑)、この政治的無意識を政治意識に変えることと。それが、答えになるのかもしれないのですね。日米関係を政治の問題として、もう一度しっかり取り出して考えるということをしないと、これは越えられないのじゃないだろうか。

吉見　おっしゃるとおりで、親米と反米は表裏です。ですから、一九五〇年代の基地反対闘争、原水爆禁止運動などがあったフェーズに対し、六〇年安保は大きい。その前後に、親米・反米の表裏の構造が無意識のレベルで確立したと思う。だから、安保とは何だったのか、そして何であるのか、その先には何があるのかということを問いなおす必要があります。

加藤　親米・反米という閉ざされた構造がある。あるというだけでなくて、これをどうすればいいかという問題まで考えないといけないんですね。

なぜそう言うかというと、やっぱり江藤淳さんの研究は「じゃあ、どうすればいいのか」と一歩踏み出したところで、足をとられたと思うからです。そこをしっかり進まないと、「政治」の場面で横滑りし、短絡的なものになってしまう。

僕にとっても日米関係というテーマは重要なもので、江藤さんとはちがったやり方を考えたい。つまり、政治的無意識の問題です。親米があって、反米があって、嫌米なんて言葉が出てくることを分析して考察した結果、考え出されたことが、それだけで、親米・反米という構造を終わらせられるのか。それこそ、親米の越え方じゃないけれどもそこにつながっていきます。やはり、日米関係を問題にする人間は、そこまで考えないとダメだろうと思うんです。
（「中央公論」二〇一一年十月）

吉見俊哉（よしみ・しゅんや）
1957年東京都生まれ。東京大学大学院情報学環教授。専攻は社会学、都市論、メディア論、文化研究。著書に『都市のドラマトゥルギー』『親米と反米』『夢の原子力』『大学とは何か』『「文系学部廃止」の衝撃』ほか多数。

2

人びとの生きる世界で

3・11以後をめぐって

×池田清彦

評論家、生物学者

電気とは何か

加藤　僕は原発災害以来、「IT」と「核」というものを改めて考えてみるんだけど、なんだか、両者の接点は「電気」じゃないかって気がしています。それで、電気ってなんなのかなって、いますごく不思議なの。

一般に「エネルギー」っていうと、最初は木を燃やして熱を出すところから始まるよね。そこから木炭、石炭、石油・天然ガスと、より縮減された燃料を求めて、高度な化石燃料へと向かい、より大きな熱量を得るようになっていく。これらは全部、化石燃料で、もとは植物だよね。植物が太陽エネルギーを光合成によって変換すると、それが炭素化された層になって出てくる。つまり生態圏に媒介があって、大きくいえば化学反応の範疇なわけです。

ところが、原子力っていうのは媒介なしに、原子核のなかに踏み込んでエネルギーを取り出してくる。でもね、そこまでして得たエネルギーを使って何をしてるかというと、電気を作っているわけ。いま再生可能エネルギーが注目されているけれども、それもそのエネルギーでどうするかというと、結局は電気を作るんだという。で、ITというのも、熱なんかじゃなくて、電気なんだよね。原子力と電気と、エネルギーとしてはどちらが進んでいるのか。

電気が人間の生活に入り込んでくるのは、十九世紀後半くらいですから、たかだか百五十年前くらいなんですね。何か違うものが生活世界に入りこんできたんだけど、これが何なのか、われわれはそのことをあんまり考えていなかったなって。われわれはというか、僕は、というか。そういうことに、エネルギーのことを考えはじめたら、気づいたわけ。

池田　まず大枠からいうと、水力は水車やダムだから位置エネルギーだけど、もとをたどれば海から蒸発した水分が雨になって陸に降るんだから、太陽エネルギーだよね。風も海流ももとは太陽からくるエネルギーの分布の偏りが引き起こす。潮の満ち干きは月の引力が主要因で、太陽と地球の位置も関係する。原子力は物質をエネルギーに変換するわけだから、原子力は物質の起源、すなわち宇宙生成にまで遡ることになる。

そのうえで、われわれが使うエネルギーというものを考えると、化石燃料やバイオマス（生物由来の資源）の基本は化学結合エネルギーなんだ。つまり石炭や石油みたいに、ある形に固定されている。それを分解する＝燃やすと、最後はCO_2と水になってしまうけど、そうやってエネルギーを取り出さない限りは、そこにとどまってるし、貯蔵もできる。

でね、電気はそれらとはフォルムの違うエネルギーで、要するに電子の流れなんだよ。だからパソコンでもテレビでも、デジタルの情報をコントロールするのに非常に便利なの。それから、エネルギーっていうのは流動性があったほうが使いやすいんだ。たとえば石炭と石油を比べたら、パイプラインで運べる石油のほうがよっぽど楽でしょ。導線一本でどこでも持っていける電気は、もっとも使い勝手がいいエネルギーなんだよね。

ただし、「流れ」だから固定できない、つまり蓄えられないという難点があるから、われわれは、化石エネルギーや核エネルギーを電気に変換するっていう、妙なエネルギーの使い方をしてるわけ。電気というのは、いわば二次エネルギーなんだよね。一次エネルギーそれ自体は、熱を出して動力源にするくらいしか使い道がない。

石油は液体でしかも貯蔵できるので、動力源としてきわめて使い勝手がよかった。何千万年から何億年もかかって自然が炭化させたものを、この百年くらいでパーっと景気よく使ってきたから、文明が効率よく発達してあたり前なんだよね、二十世紀のアメリカは、ただの石油文明だね。

加藤 原子力といっても、そのままで使えるのは原子爆弾くらい。だから、ほっといたら爆発しちゃうような核エネルギーを使って、お湯を沸かして水蒸気でタービン回して発電してるわけだよね、火力発電と同じ原理で。それはどういう技術なの？

池田 ウランの原子核に中性子をぶつけると、原子核がポコって割れて、核分裂生成物が二種類（セシウム137とモリブデン97）と中性子が二つできる。このときに質量が少し減って、エネルギーに変換される。生成した二つの中性子は飛び出して別の原子核にぶつかって……という連鎖反応が起こるんだよ。原子核がねずみ算式にどんどん分裂していって、そのたびにエネルギーが発生する。この核分裂を瞬間的に起こすと核爆弾になるけど、中性子の数と速度を制御すれば、核分裂をゆっくり進めることができる。そのときに生成する熱で発電するわけだ。つまり原子力発電っていうのは、核分裂をゆっくりとコントロールする、もしくは止める技術なんだよ。

チェルノブイリはそれを失敗したんだ。核分裂をコントロールしようとして、ちょっと制御棒を抜いたら、核分裂が急激に進んで高温になり、大量の水蒸気が発生し、水蒸気爆発が起きた。福島第一原発の事故はそれとはぜんぜん違う。緊急停止した原子炉を冷やせなかったんだよね。核分裂は止まっていたが、核分裂後の放射性物質からも熱は出つづけるわけで、そのため水が沸騰して、燃料棒が高温になり、燃料棒を被っているジルコニウムが溶けて化学反応を起こし水素が発生し、水素爆発に至ったわけでしょ。内部もメルトダウンしちゃったし。

そういう意味では、原子力発電は本来的に危ない技術なんだよ。自動車はブレーキを踏めば止まるよね。そのときに事故を起こしていたらべつだけど、止まってからおかしなことにはならない。でも、原子力発電所は止まってからが勝負なんだ。いま福島第二原発は冷温停止してるけど、あれだってなにかの拍子に冷却装置の電気系統がダメになったら、第一原発と同じ状況になっちゃうよ。

被爆者の祈念

加藤　福島第一原発の事故のことを考えると、どうしても反応として、「日本は戦争で二回も原爆を落とされたのに、どうして原子力の平和利用なんて危ないものに手を出したんだろう?」っていう疑問が湧いてくるみたいだよね。いろんなところに、そういう問いが伏在しているというか、見え隠れしている。実際、そういうことを口にする人がけっこういる。カタルーニャで、村上春樹が行ったスピーチも、そういう形だった。でも、僕は思うんだけど、二回も落とされたからこそ、平和利用という危ないものに希望を託さざるをえなかったって考えるべきなんじゃないだろうか。

つまり、原爆でとんでもない目にあった人たちにしてみれば、大量破壊兵器を準備したばかりか、使用して非戦闘員の無差別殺戮という大々的な国際法違反を犯したわけだから、トルーマンをこの間のフセインみたいに裁判にかけたいと思うだろう。でも、いくらそう思っても、国連、国際司法裁判所はおろか、日本政府もそれについてなにもいわない。彼らは長い間、そういう状況を生きてきたわけだ。

当然、米国は、謝罪なんてしない。他の核保有国も、核抑止政策を否定するわけにいかないから、英仏露中、みな、だんまりを決め込んでいる。そうやってもう六十五年以上きている。どうにもならない敗北感のなかで、あるとき、核の「平和利用」という考えが示されたら、これなら少しは死んだ人間も浮かばれるかも知れないって、誰でも思うんじゃないかな。もしこれで明るい未来が開けるなら、亡くなった人たちの無念も少しは晴らせるかもしれないし、自分たちの苦しみにも、少しは意味が生まれるって。ここに希望を託したとしても、そういう祈念の形には、権利がある。というか、そういう祈念を強いたことにわれわれ全員が関わっていると思うんだ、僕は。

でも、そういう祈念を持っていたからこそ、アイゼンハワー政権の核戦略につけこまれた。米国をはじめとして、正力松太郎や中曽根康弘といった原子力マフィアの人々が、こういう被爆者の祈念を利用する形で、この危ない核の「平和利用」というキャンペーンを、一九五〇年代なかば以降に展開するようになった。

　しかしながら、なぜ、核の理不尽と悲惨を知り尽くしている被爆者たちが――二度まで原爆を落とされたのに――原子力の平和利用に夢を託すようになったのか、なぜ彼らはアメリカの平和利用宣伝工作に乗せられたのか、騙されたのか、とまあ、こんなふうに言われることが多いわけだ。たとえば、広島市立大学の田中利幸という人が今回の原発事故を受けて、そういう指摘をしています。[*1] 被爆者団体の政府・東京電力への早急で適切な事故対処要請は一カ月後、福島県知事への要請は二カ月後で、どうも反応が鈍い。さらに歴代の広島市長のなかで、被爆体験のある三氏（浜井信三、渡辺忠雄、荒木武）のうち、原子力平和利用の反対者はいない、そういう事実を指摘して、被爆者たちはアメリカの原子力平和利用計画という世界的核戦略の宣伝工作に乗せられたのではないかと、この人は書いている。

　でも、二回も原爆を落とされたのに、じゃないんだろう。二回も原爆を落とされたのに、世界はまったくこれを「悪」だと言わないから、そういうことが長く続くから、だから、平和利用に夢を託した、そうせざるをえなかった。いわば追い込まれた形のやむにやまれない祈念があって、そこにつけ込まれた。それは、騙されてそういう祈念をもたされたということとは違う。イラク戦争のときの、ブッシュ風に言うなら、大量破壊兵器が使われたのに、正義が実現しない。そういう状況が長いこと続いたわけです。だから、危ない平和利用で、原爆の「悪」を乗り越える、それなら犠牲者も少しは浮かばれる。そういう祈念が生まれざるをえなかった。そのことの全体を考えることが「唯一の被爆国として」と言うときには、大事だと思うんだよね。

この危ない平和利用を、危なくないようにどれだけ、平和と安全に徹してやれるのか。そもそものことが、われわれ全員に問われていたんだということが、そう考えてみて、はじめて見えてくる。

でも、その苦しみを思わず、それを裏切る形でしか、日本の核の平和利用はなされてこなかった。そのうえで、その祈念の形がそのまま実現することは、途方もなく難しい、もしかすると、不可能だったのかもしれないってことが、今回、明らかになった。そういうことなんだと思うんです。

今回の事故後の政府、経産省、財界、一部の原発維持・推進論者、名前をあげれば、寺島実郎とか立花隆という人たちの言い方を聞いていると、これは後でもう少し言うけど、まったく脈がないよ。お話にならない。でもそれは、まずこうした原点の被爆者の祈念の形に照らして、ダメだよ、失格だよ、脈がないよ、ということなんだろう。そう思うんです。

事故直後の二、三週間が勝負だった

池田　人間の造る機械は必ず壊れるんだよ、ある確率でね。事実、原発もここ数十年で大きな事故を三つ起こしてるわけで、この先も必ずどこかでまた事故が起こるよ。そのとき、後始末がめちゃくちゃ大変なんだ。その点だけを考えてみても、やっぱり原発は、いい技術じゃなかったことは確かだよね。

加藤　後始末っていうことでいうと、放射線の健康被害については、いろんな仮説があるよね。

池田　少なくとも急性の障害に関しては、閾値《いきち》があることは間違いないよ。

加藤　「閾値」っていうのは、これ以上は浴びたらダメっていう、境目になる値のことかな。

池田　うん。たとえば僕が加藤さんを殴ったとして、ちょっと小突いたくらいじゃなんともないけど、だんだん殴る力を強くしていけば、あるところで青あざができるでしょ。そこからは毛細血管が切れる＝細胞が壊れるっていう限度があるんだよね。それと同じように、DNAも放射線があたると壊れるんだよ。もっとも、多少の損傷は細胞が修復してくれるんだけど、ある限度を超えると修復不可能になって、その細胞は「自分はもう役に立たないから」って自殺しちゃうの。その「ある限度」が、外部から被曝したときの急性障害の閾値になるんだ。

たとえば、一九九九年の東海村JCO臨界事故で被曝した大内久さんと篠原理人さんは、完全に致死的なレベルで放射線を浴びてたんだよ。僕は、二人が病院に運ばれてまだ元気にしてたときに採取した細胞の写真を見たんだけど、もう染色体がバラバラになってたんだ。われわれの皮膚や腸には幹細胞というのがあって、これが細胞分裂を繰り返して、次から次へと新しい組織が古い組織と入れ替わっていくのね。この幹細胞が死んじゃうと、古い組織はボロボロはがれ落ちていく一方なんだ。だから二人ともしばらくすると全身皮むけになっちゃって、「痛い、痛い」ってずっと叫んでたっていうんだよ。最後は口もきけない状態になった。極端にいえば早く楽にしてあげればよかったんだけど、国策で、大内さんは八十三日間、篠原さんは二百十一日間も生かされた。あれは気の毒だったよね。

一方で、ガンみたいな晩発性の障害の場合は、これもいろんなことをいう人がいるんだけど、僕は閾値はないと思うんだよね。

加藤 「閾値はない」っていうのは、これ以上は危ない、これ以下なら大丈夫っていう境目があるんじゃなくて、全部危ないってこと?

池田 全部危ないというか、放射線を浴びた量に比例して、直線的に危険度が増すってこと。DNAの損傷の度合いは線量に比例する。さっきもいった通り、壊れたDNAはある限度以内なら通常修復される。でも、完璧に直ったかどうかはわからないんだ。DNAっていうのはアデニン、シトシン、チミン、グアニンの四種類の塩基の配列なんだけど、修復時にこの塩基配列がちょっと間違ってても、生体は認識できないの。すなわちDNAの突然変異（配列の間違え）はリジェクトされない。つまりとりあえず直ったことにされるんだよ。だけど、もしそれがガンに関係するDNAだったら、おかしな修復をされたことで、細胞がガン化する可能性がある。だからガンに関しては、とにかく放射線を浴びないほうがいいのは、絶対に確かなんだ。「○○ミリシーベルト以下は安全」みたいな話じゃないんだよね。
そういう意味では、福島の、とくに小さな子どもたちは、十年～三十年後になんらかのガンになる可能性は非常に高い。とりわけ、ある確率で必ず発病することがわかってるのが、放射性ヨウ素によって起こされる甲状腺ガンだよ。これだけはね、チェルノブイリの例からも明らかなんだ。ただ甲状腺ガンは早期に発見できればほとんど治るから、とにかく政府はもうしばらくしたら子ども向けのガン検診を継続してやってあげないと、かわいそうだよ。[*2]
残念だけど、放射性ヨウ素131は半減期が八日だから、事故直後の一、二週間が勝負だったの。あのとき政府が、たとえば福島から、とりあえず数週間、子どもだけはどこか特定の場所に避難させておけば、おそらく甲状腺ガンの発症率はかなり抑えられたと思う。政府は、放射性物質の拡散状況を知ってたはずなんだから、そういう情報を流さなかったってことは、犯罪的だと僕は思うよ。

「環境問題」は人間中心主義

加藤　「環境」っていうのがまた、不思議な概念なんだね。江戸時代にこういう考え方がなかったことは確かだ。二十世紀前半でも、まだいまのような形では誰の頭にもなかっただろうね。一九六二年に『沈黙の春』[*3]が出版されて、「環境問題」がクローズアップされるよね。でも、地球環境を守ろうっていうのは、人間中心主義。要するに、これ以上自然が破壊されると「われわれ」が危ないって、人間を中心に自然というものを捉えている。で、それが、そうじゃないものに、このあと変わる。

最近YouTubeでチェルノブイリの動画を見たのね。[*4] それは、ニューヨーク科学学会から発行された『チェルノブイリ～大惨事の環境と人々へのその後の影響』っていう本に寄稿した女性科学者へのインタビューなんだけど、彼女によれば、あの事故以来、チェルノブイリ周辺の生態系がすっかり変わってしまったっていうんだよね。たとえば森からミツバチが消えてしまったとか。要するに放射線はＤＮＡを壊すでしょ。だから放射能の前では、人間も動物も昆虫も植物も微生物も、みんな一緒なんだよね、ＤＮＡを持つ有機体である以上は。「人類」とかそういうカテゴリーに関係なく、核災害の前では、有機物は、百円均一になる。平台にいっせいに並ぶ。全員が大安売りの叩き売り。で、環境が、「人間」じゃなくて「生き物」にとってのものに変わってくる。核災害というのは、そういうできごとなんだと思った。生態系という考えが浮上してきたことには、そういう背景があるのかなと思ったんだけど。

池田　いまのチェルノブイリは、特定の生物はいたりいなかったりするんだろうけど、全般的には野生動植物の宝庫になってるようだね。放射線に弱い個体はみんな死んじゃったけど、強い個体は生き残って繁殖してるわけ。生物っていうのはしたたかで、環境の変化にどんどん適応していくものだから。

極端な話、それほど高レベルでなければ、放射性物質をまき散らしても、それに適応できる生物だけが生き延びて、そこに人類が含まれるかどうか知らないけど、それなりに世界は回っていく。地球レベルで考えれば、人間は「地球に優しく」とかいうけれど、地球は放射能で汚染されようと何が絶滅しようと関係ない。二十八億年前、地球に磁場ができてバリアが生じたことにより、宇宙線(放射線)が遮られたんだ。それでDNAが破壊されなくなって、バクテリアが地球表面に進出してきた。確かに高濃度の放射能は生物にとって脅威だけど、低レベルであれば野生動物の生存にとってさほど脅威ではない。ガンになる前に繁殖してしまえばいいわけだから。

加藤　じゃあ、「放射能は全生物の脅威だ、生態系を壊す」みたいにはいえないわけか。

池田　そうなんだけど、一般的には、世界が放射能で満ちたら死ぬ生物はたくさんいるよね。いま僕はものすごく長い時間軸で語ったけれども、人間にとっては、やっぱり自分や自分の子孫のために、現在の環境、つまり人間に都合のいい環境をいかにして守るかってことが大事だよ。そう考えると、人間中心主義っていうのは、われわれの思考の基盤としてあるんだよね。環境保護団体なんかは「生物にも権利がある」みたいなことをいうけど、生物に権利なんかありっこない。人間以外の生物には「権利」なんて概念はないんだから。生物中心主義っていうのは人間中心主義の別名なんだよ。まず現在生きている人間と近未来の人間が住みよい環境を維持するところから始めて、そこからちょっとずつ射程を伸ばして、百年後、二百年後も人間が生存可能かってことを考えていかないと難しいよね。

だから、たとえば過激なディープ・エコロジストは、エネルギーが足りないなら昔みたいな生活を送ればいいっていうけど、それだとやっぱり死ぬ人が多くて大変だなって思う。エネルギーがなくなると医療の世界が破綻するんだよ。いつ停電になるかわからない所では手術はできない。自動車がなければ急病人は運べない。そのほか、公衆衛生のインフラもすべてエネルギーに依存している。それに、昔といまとでは世界の事情がまったく違うよね。もう世界がつながっちゃってる状況で、日本だけが三十年前の水準でしかエネルギーが使えないとなると、かなり悲惨なことになってしまう。それを考えると、やっぱりエネルギーは現状維持する必要があるんだよ。

加藤　そうか。生態系も人間中心の概念なのか。変わってないのか。これはいい勉強になりました。

生活水準の話をすると、僕は、基本的には原発は減らしていったほうがいい、最終的には離脱したほうがいい、なくなったほうがいいし、なくなるだろうと思っているんだけど、離脱のために生活水準を下げることも辞さないっていう考え方には、賛成しない。それは思想的に健全じゃないと思うから。

たとえば、京都大学原子炉実験所助教の小出裕章さんの原子力に対する識見と行動には深く敬意を抱くんだけど、一定の条件下で汚染された食べ物を自分が引き受けるとか、この人が言うのを聞くと、考え方がちょっと純粋すぎるというか、それを、他の人にも薦める形になったら、それはそれで困ることになると思う。宮沢賢治もそうだけど、理系の人は、大変すばらしい。でも、ときに、過度に純粋で、ちょっと単純だったりするよね。

パスカルは「繊細の精神」に対して「幾何学の精神」があると言ったでしょ。彼はその二つを併せ持った。僕はね、いま必要なのは、「理系の心」と「文系の頭」なんだっていう感じがしてる。つまり、いま起こっていることに対して、まずどう感じるか、というところでは、理系の心で対処する。単純に具体的に、事象に即して。数字を見て、恐怖する。

で、今後、そのことをどう考えていくかというときには、時間軸を広くとって、見えない人々、いまはいない人々、もう死んだ人々、まだ生まれていない人々への想像力を駆使して、考えの枠組みを作らなければならない。これまでは、パスカルの言葉は、「文系の心」と「理系の頭」というふうに考えられてきたと思うんです。でもいま思えば、パスカルが言ったのは、それと一緒に、「理系の心」と「文系の頭」をもつと、二つが併存するよ、ということだったんじゃないか。

原発の事故のあと、最新型の原発なら、問題ないと先の立花隆さんは言ってるわけだけど、でも、これって理系の頭、文系の心で考えてるんじゃないかな。原発災害というのは、技術だけの問題じゃないってことが、今回、はっきりわかったわけですね。原発を理系で考えて、被害を文系で受けとめるんじゃなくて、原発を文系で考えて、被害を理系で受けとめることも一緒にやるのがいいと思う。

東京湾でガスタービン発電

加藤 話を戻すけど、そもそもいつごろから生物学の領域では「環境」っていうことがいわれはじめたの。

池田 厳密にはわからないけど、「エコロジー」という言葉を作ったのは、十九世紀後半に活躍したエルンスト・ヘッケルっていうドイツの生物学者だよ。

だから、生物の個体の周りにはさまざまな環境があり、それが重要だっていう概念はそう古いものではない。で、「環境」とは何かというと、生物にとっての「情報」なんだ。生物はＤＮＡというくくりつけの情報に従って発生していくわけだけど、それに対して外から環境というバイアスがかかる。これもまた情報で、これによって生物は変わっていく。

つまり情報とは、ある主体を変えるものなんだ。いまの人は、「自分」っていう絶対に変わらないものがあって、そんな自分が危惧する情報を、必要／不必要、あるいは役に立つ／役に立たないってセレクトしてるけど、じつはぜんぜん違う。情報っていうのは自分を変えるものだし、自分が変わらない情報なんてなんの役にも立たないんだから。今回の原発事故にしたって、いろんな人が自分の頭の中をシャッフルして、「いままでの考えはマズかったかな」って考え方を変えてるよね。そういう人は偉い人で、絶対に自分を変えない人っていうのはアホの極みだと僕は思うよ。

加藤 そうだよね。このあいだウェブを見ていたら、東大の上野千鶴子が最終講義で、「私は、原発事故が起こってから『反省した』『変わった』などという人は一切信用しない」みたいなことを言ってる。ああ、俺なんて「反省した」ほうだな、信用されないんだろうな、って思ったけど、それも困るよ。要するに、最初から「原発はおかしい」と主張していた人だけを信用するっていう考え方だからね。やっぱりなにか重大な出来事が起きれば、人間って変わる。それを「信用しない」なんていったら、思想の領域で言えば「転向」を否定するのと同じことで、学問は狭くなるよ。

池田　僕は「原発は危ない」っていうような話をずっと本に書いてきたけど、こんなに悲惨なことになるとは思わなかった。そのへんでまだ認識が甘かったんだけど、あの事故のあといろいろ考えてみると、日本はとりあえず〝つなぎ〟で火力発電をやって、その間に新しいエネルギーを開発するのが最も合理的な選択だよ。二十年ぐらいかかると思うけどね。

　一方で僕は、原発はとりあえずはいちばん発電コストが安いっていうのを信用してたんだ。でも、円居《えんきょ》総一『原発に頼らなくても日本は成長できる』っていう本を読むと、そうじゃないらしい。原発の稼働率が80%なのに対して、火力発電所は41%しか稼働してなかったっていうの。なぜかというと、春秋に電力が余るから火力発電所を停止するんだけど、原発は動かしっ放しが一番効率がいいから止めない。で、火力発電所は止めるわけだ。

　どんな発電所でも再稼働するのにすごいエネルギーが要るから、いちいちそれをやる火力発電所は、原発より発電コストが高くなるんだよね。両方とも稼働率80%で計算すると、実はすでに火力発電のほうが安かったんだ。
　加えて、原発の発電コストには、政府が出した補助金のたぐいは計上されないんだよ。たとえば島根原発がある松江市は、年間で四十億円とか、多い年で七十億円以上の原発交付金をもらってる。さらにいま稼働中の原発の廃棄物を処理するのに、どう見積もっても四十兆円くらいかかる。ついでにいえば、福島第一原発の事故の後始末には少なくとも百四十兆円は必要なの。ひっくるめて計算すると、もう太陽光より高い、とんでもない発電単価になるよ。
　だからどう考えたって、火力発電がいちばん安いんだ。いまのところはね。僕は石原慎太郎のことはあまり好きじゃないけれど、彼は東京湾に百万キロワットのガスタービン、つまり天然ガスの火力発電所を造るって、猪瀬直樹に指示出してるでしょ。あれはいい判断だと思うよ。

加藤　あれ、本気なの？

池田　どうもその気みたいだよ。で、そうなると「CO_2で地球温暖化が……」とかくだらない話に結びつける人が出るんだけど、温暖化の恐怖をあおっているIPCC（気候変動に関する政府間パネル）は、もともとイギリスのサッチャーが原発を推進するために始めたものだからね。彼女は北海油田が枯渇するのがわかってたから原発をやりたかったんだけど、チェルノブイリの事故もあってそういう空気じゃなかった。そこで、「地球温暖化が大変だ！」って大騒ぎしたんだよね。チェルノブイリの事故は一九八六年、IPCCの設立は一九八八年だからね。日本もそれに乗ったわけだけど、CO_2悪玉説なんて原発産業の回し者が考えたペテンだよ。僕はもう三、四年前から書いているけど。

外交センスの欠如

加藤　僕は池田さんの本を読んで、CO_2と温暖化の因果関係が疑わしいっていうのはわりあい説得力があるなって思ったんだよ。でね、環境問題専門家でいま活躍している飯田哲也《てつなり》って人がいるじゃない。かなり優秀というか、信頼できる人だと思うんだけど、彼は宮台真司との対談『原発社会からの離脱　自然エネルギーと共同体自治に向けて』で、やっぱりCO_2っていうのをけっこう問題視してるんだよね。池田さん、それについてはどう思う？

池田　CO_2が温暖化効果ガスであることは間違いないんだ。要は、そのコントリビューションがどのくらいあるかって話でしょ。ＩＰＣＣの報告でも、今後百年間の平均気温の上昇幅はせいぜい２～３℃なんだよ。石油枯渇の件は横に置くとしても、もしその数字が正しいとして（僕はウソだと思っているけどね）、その２～３℃の上昇を抑えるコストと、上昇したあとにかかるコストはどっちが高いかって話だよね。

たとえば社会学者の橋爪大三郎さんは、農業が壊滅的な打撃を受けるっていうけれども、それは国という区切りがあるからなの。シベリアやカナダは、すごい穀倉地帯になるよ。北海道の米なんか200％くらい増産するっていう試算があるくらいだからね。要するに、作物が収穫できる場所がずれるんだよ。だから困る国とそうでない国があって、たとえばアメリカ中部あたりはダメになっちゃうんだけど、地球全体で見れば、平均気温が上がれば穀物の生産性が高くなるのはあたり前の話だからね。いまから六千五百万年前、白亜紀の終わりに恐竜が滅びたときは、地球のCO_2濃度はいまより数倍高くて、気温も4〜5℃ほど高かったんだ。そこであんなにでかい恐竜が生きていけたのは、そいつらが食べる植物がものすごく繁茂していたからだよ。

ただし、現在の農作物は現在の気候に合わせて作り出したものだから、そのままだとマズい。だけど、そんなのは百年がかりで新しい環境に適する作物を作り出していけばいいんだから、さして問題ないんだよ。

加藤　そのあたりが、「環境」は「情報」だという池田さんの面目躍如のところだね。僕は面白く聞くんだが、飯田さんのように現在の世界の議論の「文法」を重視する態度も大事だと思うの。このあいだ京都に行って、中尾ハジメという環境社会学の先生の話を聞いてきたのね。中尾さんはスリーマイル事故のときに、すぐアメリカに飛んでいった、上野千鶴子いうところの昔からの筋の通った反原発派なんだけど、その彼がね、アメリカにはマンハッタン計画[*5]をやった組織が姿を変えて残っているっていうわけ。AEC（原子力委員会）といって、その国際部門として生まれてくるのがIAEA（国際原子力機関）なんだね。

世の中には頭のいい人間がいて、アメリカのDOE（エネルギー省）のアルビン・ワインバーグという人物は、原子力の世界は、一貫してひとつの施政が続くローマ法王庁みたいな体制を理想としなくてはならない、政治の世界のように施政者がころころ変わる体制では維持できないと考えた。そこからＩＡＥＡのような国際機関が生まれてきたらしい。

でも、それだけじゃない。次に彼らは、これから永続的な原子力の施政を敷くには、原子力よりも恐ろしいなにかが必要だと考えた。原子力は世界の脅威だけれど、より大きな脅威を作り出せれば、「原子力のほうがまだマシだよね」ってなるからって。それで、ワインバーグは、ハワイのマウナロア大気研究所で大気の研究をしていたチャールズ・キーリングという変わり者の科学者に目をつける。その変人科学者がたまたま気温上昇とCO_2の濃度上昇がややずれながらも対応していることに気づく。それを深謀遠慮のもと、一大キャンペーンに仕立てた。CO_2の問題はワインバーグがいちばんの仕掛人だったと、中尾ハジメは言ってる。

だからね、池田さんの話も説得力があるなって思うけど、やっぱりいまの国際社会は「CO_2は悪者」っていう文法に則って動いてるから、これをなかばフィクションだとは知りつつ、それにも合致する形で話を作らないと、国際的な場では交渉が成り立たないのかなと思うわけ。

池田　CO_2と温暖化の因果関係っていうのは、実は誰にもわからない。実証実験がまったくない分野だからなんとでもいえるわけ。でも、世界の流れに一応は乗っていかないと難しいというのも一理あるよね。日本は国策として、いかにうまく立ち回れるかが大事だよ。鳩山由紀夫が首相だったときに「温室効果ガス25％削減」と国際会議で明言しちゃったからいろいろ面倒なんだけど、僕は震災はかなり同情を買ってると思うんだよね。つまり「日本はいま非常に厳しい状況にあるので、とりあえず復興期間中のCO_2削減は大目に見てください」ってお願いしても通用するんじゃないかな。

それに、日本は新エネルギーに関してはかなりいい技術持ってるんだよ。ただし、それを開発するためにはエネルギーが要る。太陽光発電を開発するエネルギーを太陽光で賄うわけにはいかないから、必ずCO_2が出るんだ。だから「日本が新エネルギーを開発した暁には、それを安価で世界に提供するので、その開発に要するCO_2については目をつぶってくれ」みたいな約束を取りつけてくるとかね。

そういう外交センスが、日本の政治家には欠けてるよね。「25％削減します！」なんて演説をぶって、スタンディングオベーションで拍手されて喜んじゃってさ。そりゃあ、日本だけが損をするんだから、みんな手を叩いて笑うよ。そのへんの立ち回り方は中国のしたたかさを半分くらい見習うべきだよね。

村上春樹の十四年前の提言

加藤　今年の六月に、村上春樹がカタルーニャ国際賞を受賞して、スペインのバルセロナでスピーチを行った。そこで彼は、日本人は「原子力発電に代わる有効なエネルギー開発を、国家レベルで追求すべきだった」と言ったわけ。「それは我々日本人が世界に真に貢献できる、大きな機会となったはず」で、「広島と長崎で亡くなった多くの犠牲者に対する、我々の集合的責任の取り方」ともなったはずだと、そう言ったんです。原爆を二回も落とされたんだから、「我々日本人は核に対する『ノー』を叫び続けるべきだった」。そうも言った。つまり、そこに底流しているのは、先に述べた被爆者たちの願いに原型を持つ日本人の「祈念の形」と、同じ考え方なんです。原爆による被爆体験を原点に据えて、そこから、「世界に何らかの貢献をする」っていうところですね。

ここで面白いのは、先ほどちょっとだけ名前をあげた、寺島実郎、立花隆という原発維持・推進派の人たちにも、これと考えの同型性が見られることなんです。寺島実郎は、テレビ番組の「報道ステーション」で、この村上春樹のスピーチを受けて、「そうなんだ、だから、被爆した唯一の国として、原発の平和利用を事故を乗り越えて推進していくことが日本の責務なんだ」と言って、「エー、それ、違うでしょう」と司会の古舘伊知郎からも批判され、視聴者の総スカンを喰った（二〇一一年六月十日放送）。立花隆のほうは、あまり大きなところでは発言していないけれど、「週刊文春」の読書コラムなどでは、やはり『長崎の鐘』の永井隆や『原爆の子』の長田新らが原発の平和利用に夢を託したことを踏まえて、今回の福島第一の原発事故は、古い型だったから起こったので、第三世代以降の最新型なら、そんなことは起こらないと、「技術」的に問題が解決できるというようなことを言っている。その前の堺屋太一との対談でも、「日本は東芝の絶対安全の小型原発を売り出すのがいい」となんだか技術オンリーの発言をしているんですね

（それぞれ、「週刊文春」二〇一一年九月一日号、同四月七日号）。
同じく、原爆を投下された経験に立ちながら、村上は、原発の平和利用はもうダメだ、原子力に代わるエネルギーを作り出さなくちゃいけない、という技術的な立言と、でも原点の核の悲惨さを忘れてきたのは倫理的な敗北だった、という倫理的な立言をリンクさせて語っている。これに対し、寺島と立花は、今回の事故に至ったことへの倫理的な反省はなしに、原発の平和利用、より安全な原発の推進と、技術的な立言に終始しているわけなんです。
僕は、この分岐点から、現在の日本の核平和利用が、被爆体験を原点にしていることの意味が、問われるべきだと思う。こういう点に関して、寺島や立花という人たちの考えを批判する文章を一つ書いたんだけどね。[*6]
これは知人から教えてもらったことなんだけど、村上は、実は今回とほぼ重なる技術的な提言を、十四年前、一九九七年にもしている。原子力に代わる新しいエネルギーの開発が、被爆国としての日本の世界への寄与となる、みたいな話で、『村上朝日堂はいかにして鍛えられたか』っていうエッセイ集に入っている「ウォークマンを悪く言うわけじゃないですが」というエッセイなんだけど。で、池田さんに聞きたいんだけど、村上の言う原発に代わるエネルギーというのは、この最初の発言から十四年経って、いまどれくらい技術的な可能性があるんだろう。そして、これと寺島実郎、立花隆のいう原子力技術立国論を比べると、技術の問題として、どちらに理があると考えられるんだろう。

池田　僕は、風力発電と太陽光発電はあんまりいい技術じゃないと思ってるんだよ。まず、なぜ風力発電がダメかっていうと、日本はすごくアンバランスに風が吹くから。要するに風が強いときと弱いときの差が激しくて、そういう条件下で風力発電所を造るのは難しいんだよ。海の上はわりとコンスタントに風が吹くから、洋上に造る手もあるけど、そうするとメンテナンスも送電も大変なんだよね。それから風力発電をすると、風下に風が行かなくなって生態系に影響を与える可能性がある。太陽光発電はね、やっぱりエネルギーの変換効率がどうにも悪くて、いまの火力発電よりも安くなるってことはたぶんないと思うんだよ。それに、広大な面積が要る。パネルの下の地面には太陽光が届かなくなるから、土壌生態系は甚大な影響を受ける。いずれにしても自然環境に優しい技術というのはウソで、大規模にやりだすと大変なことになると思う。

加藤　だけど、火力発電だって、燃料の枯渇の問題があるよね？

池田　いろんな試算があるけれども、おそらく液体の石油はもう可採年数が百年ないんだよね。オイルシェールやオイルサンド（岩石中や砂に浸み込んでいる石油）は液体の石油より沢山あると言われているが、今のところ取り出すコスト、つまりお金がかかって環境負荷も大きい。ちなみに原子力でいうとウランもあと百年。天然ガスは、以前は六十年くらいっていわれてたけど、シェールガスなど非在来型の天然ガスを開発したことによって百年以上、一説によると三百〜六百年くらいは平気じゃないかっていわれてる。

だから当面は、シェールガスを使うかガスタービンの火力発電でつなげばいいんだよ。そのあとで、日本にできることは安全な原子力の開発か、それ以外の新エネルギーかという選択肢だよね。しかし、前者の選択肢は危険だ。人間の造る装置に絶対安全はないからね。事故を起こしたあとの始末を考えれば、原子力は社会に対する悪影響が大きすぎる。火力発電所はたとえ大事故を起こしても、その周辺に事故後何十年も人が住めなくなることはないからね。とすると後者の選択肢ということになるが、いまのところ考えうる、日本が自力でできる技術は三つしかないんだ。

ひとつは地熱で、これは相当いけると思うんだよね。地熱の潜在エネルギー量は甚大で、環境学者のレスター・ブラウンは日本の電力需要は地熱だけでまかなえると発言しているほどだ。問題は立地条件が良い場所は国立公園になっていて開発が難しいことと、いまのところコストが高いことだ。

もうひとつはメタンハイドレート。これは化石燃料だけど、日本の近海にたくさん埋まってるから、これだけ掘ってれば六十〜七十年もつし、よそから買わなくて済むっていうメリットもある。採掘コストが下がれば実用化できるだろう。

最後がバイオマス。僕はにわかには信じられないんだけど、オーランチオキトリウムっていう沖縄の近海で採れる藻類が、すごく効率よく石油を作り出すんだって。これを筑波大学の渡邉信教授が一所懸命研究してて、彼によれば、東京都の十分の一程度の面積の池で、日本の一年間の石油輸入量くらいはできるっていうの。[*7]

加藤　なんでそういう話が、つまりバイオマスの研究が進んでて、可能性が出てきてるっていうのが新聞とかに出てこないのかな？　村上の言う原子力に代わるエネルギーになるんじゃないの？　原発維持・推進派にとって邪魔だから？

池田　なんでだろうね。政府の会議レベルで検討してるところはあると思うけど、新聞やテレビには出てこないよね。これが本当だとしたらすごい技術だよ。とにかく各県にちょっとでかい池を作ってやれば、それでエネルギーが足りちゃうんだから。そういう研究にバンバンお金をつぎ込んで、国をあげて実用化を目ざすってことは必要だと思うよ。

「電子活字」と「活字」

加藤　いまの世界を冷めた目で見ると、先進国で原発を推進してるのはアメリカ、ロシア、イギリス、フランス、中国だよね。国連の常任理事国で、みんな核クラブのメンバーなんだ。これは、先進国にとって、原発問題が、核兵器製造・保有と切っても切れない関係のうちにあるっていうことでもある。同時に、これが世界の現体制を作った第二次世界大戦における戦勝国と、敗戦国の間に横たわる問題でもあることがわかる。

一方、別の角度から見れば、この五カ国は、巨大化した軍産複合体の力が強大で、原発というよりは、核兵器の開発から抜けられないとも言えるよね。他の先進国、つまり旧枢軸国のドイツとイタリア、それからスペインや北欧諸国とかはね、もう、みんな脱原発なんだよ。

これから原発をつくろうとしてるのは紛争可能地域の新興国。たとえばベトナム、トルコ、アラブ首長国連邦（ＵＡＥ）といった国々。彼らがなぜ原子力をやりたいかというと、ミャンマー、シリア、イランっていう核疑惑のある国が近くにあるからなんだ。

原発との関係で一番大きな要因となるのは、膨大な人口と産業規模を抱える中国とインドがどうこれに対するかということ。

これが大きな問題なんだけど、とにかくもはや「日本だけ脱原発じゃマズいんじゃないの？」とか、「米露も英仏も原発推進だっていうよ？」って言っててすむ話じゃない。先進国中のあの五カ国と、インド、あといくつかの新興国を除いたら、完全に趨勢は脱原発なんだよ。

池田　原発の技術っていうのは、いまのところ核兵器を作るのに必要な技術だからね。でも、軍事的にはいま原発をやるメリットってないよね。だって、原爆落とせないんだもん。五カ国はメンツと意地で原発推進してるようなものだから、そんなことやってるあいだに、もっと新しいエネルギーの開発に国費を投入したほうがよっぽど得だよ。日本は原発に少なくとも年間で数千億円、地球温暖化対策には一兆円もつぎ込んでるでしょ。その金で、世界に先駆けて新エネルギーを開発できれば、一気に売れるよ。そしたら、それが日本にとって起死回生のヒットになるわけでしょ。

技術っていうのは、より新しく魅力的な技術ができなければ、以前の技術をやめることはできないよね。だからいま太陽光だって風力だってもてはやされてるけど、補助金制度ではダメなわけ。新しいエネルギーが一番安い技術になれば、ほっといてもみんな飛びつくんだから。そうやって認められて、はじめて自然再生エネルギーの技術が一本立ちするんだよ。

加藤 でも、聞いていると、そういう大きな流れができているなかで、一連の新エネルギー開発の持つ意味っていうのは、どこにあるんだろう。そのことが問題になってくる気がするね。

つまり、これから、何をするためのエネルギーが、一番必要になるのかってことね。産業革命の頃は、工場を動かすこと、蒸気機関車を動かすことが問題で、エネルギーは動力を生むために必要だった。世界の一点から一点への物理的移動のためのエネルギー、ものを短期に大量に生産するためのエネルギー。

でも、いま、エネルギーって何のために必要なんだろう。われわれがこの夏、節電だなんて馬鹿なことを強いられて、身体で知ったのはそのことでもあるよね。震災にあって、ライフラインが止まり、電気が来なくなって知らされたこともそのことだった。

でも今後は何のためのエネルギーなのか。すると、一つは食糧、もう一つは快適な生活手段。ここまではこれまでと同様だが、新しい要素として浮上してくるのが、世界の一点から一点への情報の移動ということだろうと思う。もはやこれがないと、社会が成り立たない。その意味では、これも食糧と同位のもう一つの生存権の基礎になりつつある。だから、最初の問いじゃないけど、もう一度、電気というエネルギーの形に、戻っていく。

中沢新一が『日本の大転換』という本で、原子力の次に来るのが、太陽光発電の第八次エネルギー革命だと言ってるでしょう。原子力の次が、電力なんだよね、そこでも。結局、原子力の次のエネルギーといっても、当面は、電気を作るエネルギーを考えることになる。電気がいまのＩＴを支えている。電気というものをもう少し考え直すことが大事かな。情報って何なんだろうということも、ここから浮上してくる。

言葉には、情報になるものと、情報とはなりきらないものとがある、というような言い方があるよね。道具としての言葉と、モノとしての言葉というサルトルの言語観なども、この範疇に入る。でもこれは、言葉が情報の上位にあるという時代の考え方だね。

もう一歩先に行くと、言葉というのは、情報として考えると、どういう情報なのか、あるいは情報は言葉として考えると、どういう言葉なんだろうか、と両者を同位に置いた問いが現れてくる。聴覚記号と視覚記号とが相互に関連しないはずなのに、ともに言語と呼ばれることに注目して養老孟司などが面白い脳科学的アプローチをしているけど（『唯脳論』）、そのあたりが、そういう考え方にあたっていると思う。つまりいまは、グーテンベルクの時代に「活字」が生まれ、情報流通革命が起こったように、「電子活字」が生まれてそれに匹敵する革命が起こっている時代なんだろうけど、そこで、「電子活字」と「活字」の違いはなにかと言うと、電気なしには存在しないことが、両者の間のたぶん一番の違いなんだね。

専門の人の話を聞くと、グーグルやアマゾンなど、巨大データセンターを抱える最先端ＩＴ企業の死活問題は電力らしい。グーグルは水力発電所の近くにデータセンターを作ったり、原発の研究をしたりしている。原発についてはリスクがかなり高い、という判断をしているらしい。われわれの一回の検索で、巨大データセンターでは〇・三ワット消費、という試算もあるらしくて、膨大な検索は、実は膨大な電力を必要としているみたいなんだけど、これってちょっと、すごい話なんじゃないんだろうかって思うよね。

既存メディアへの不信

加藤 僕はあの地震と原発事故が起こったとき、アメリカにいたんです。向こうではね、事故からたった二日で、全米で安定ヨウ素剤が売り切れた。この反応の違いって何なんだろう。アメリカでは事故後すぐに、放射性物質が何日かけてどういう形で日本からカリフォルニアまで届くのかっていう気象予測がネット上を出回っていたね。一度北上して、アラスカあたりから降りてくるシミュレーションだった。三日も経てば、ニューヨーク・タイムズも、福島第一では「完全にメルトダウンしてる」ようだって書いたし、ドイツ気象台が放射線拡散シミュレーションをしていることをフランスに住む知人とか、アメリカの友人とか、けっこう何人もの人から知らされた。そんなとき、日本のニュースは何をやっていたかというと、ＮＨＫの七時のニュースで計画停電なんだ。そりゃ、みんな困るのはわかるよ。でもね、そんなもの、外から見たらなんの情報価値もない。これが延々と続く。ちょっと驚くよね。

それから、「がんばろうニッポン」でしょう、被災した人を励まそうって。ジャーナリズムはね、国民を励ます必要なんかないよ。国民はそんなにヤワじゃない。批判しなくちゃいけないよね、権力を。それから日本に帰ってきて一週間後に、南相馬の知人のところへ行ったんです。そしたら、外国の記者しかもう来ていないという。その知人は市議会議員をやってるから、市長室の広報室長のような人に会わせてもらって話を聞いたんだけど、やっぱり日本のマスコミはみんな電話で取材するんだって。あのとき新聞に原発周辺の被災地の記事は出てたけど、実際に取材して書いたものではないんだね。そういうことが重なって、既存メディアに対する不信感が募っていって、僕はとうとうITメディアの世界に入った。ツイッターに手を出したんです。その結果、ますます不信感を募らせることになったんだけれど、まず怒りを感じたのが、さっきも話に出た小出裕章さんの、五月二十三日の衆議院行政監視委員会における発言を多くの新聞が報じなかったこと。これはNHKも中継してない。それこそネットで検索すればすぐ出てくるから、未見の人はぜひ見てもらいたいんだけど、これが感動的だった。日本の議会でもこんな格調高い質疑がやれるんだと、心が揺すぶられた。だから、旅先だったんで次の日の新聞を買った。サッカーの日本代表の好試合の翌日の気分だよね。ところが載っていない。そこで怒りを発した。

池田　僕はツイッターはやってないけど、インターネットにはそこそこお世話になってるよ。グーグルで、英語で検索すると面白い記事がいっぱい出てくるもん。日本語だとそうでもないけどね。玉石混淆だけど、リアルタイムの情報を見るのはネットじゃないとダメなんだ。新聞は記事をセレクトするでしょ。それはあるバイアスをかけられているわけだから、面白い記事もあるけど、どうでもいいのも多くて、僕は新聞は十分ぐらいしか見ない。多くは既知の、ときには何カ月も前の情報だったりするから。

加藤 よくすでに終わってる出来事を記事にするよね。原発災害でも、「検証」とかなんとかいって、そんなの役に立たないよ、週刊誌じゃないんだから。だからネットメディアに一回ふれてしまうと、日本の新聞の弱さがいよいよ際立つ一方なんだよね。

池田 リアルタイムで情報が出てこないっていうのは、原発事故で完全に裏目に出たよね。あのときすみやかに情報を流していれば、逃げられる人は逃げたでしょ。その対応ひとつで、のちの子どもたちの健康被害はぜんぜん違う。そういう情報こそ知りたい情報でしょ。それがほとんど出ない。いまごろになって「福島の人にヨウ素を飲ませておけばよかった」って、新聞に書いたってしょうがないよ。

加藤 僕ね、デンマークにいたとき、日本がＧＤＰで中国に抜かれたことについてニューヨーク・タイムズに書いたんです。中国に抜かれた記事を見ての自分の第一印象、それは「ほっとした」だったたって。今後は、世界五位でも、十五位でもいいんじゃないか、みたいなことを書いて、この先は「成長の停止という、新しい方向への成長」が必要になる、としめた。それを優秀な訳者が、今後の課題は、「outgrowing growth」であるとうまく訳したら、こういう表現は初めてだ、こんなに成熟した日本からの反応とは驚いたとか、今度はエコロジーの世界でナンバーワンを目指すのか、いい加減にしろとか、次の日から、読者からかなりの反響がきた。ニューヨーク・タイムズはね、問い合わせれば記事を書いた人間のアドレスを教えるらしいんです。日本で、たとえば僕が朝日新聞に書いて、それに批判的な人が連絡しても、「個人情報ですから」ってそっぽ向かれるでしょ。まさか、直接メールは来ない。そういうところがぜんぜん違う。

日本はね、ネットメディアと活字メディアのあいだの、ダイナミックな連携というか、交流がないよね。朝日なんかも、有料の壁が高いし。ニューヨーク・タイムズとか、インディペンデントとか、もっと読めるでしょう、無料で。たとえば新聞で「今週のネットウォッチング」でもなんでもいいんだけど、インターネットに関心を持った人のために、ITメディアへの入り口をもっと用意してもいいと思う。読む価値のない記事を削って。東浩紀が去年、ITメディアに力を入れて朝日新聞の論壇時評をやったらしいけど、そういうことをもっとやっていくといい。相互の尊重、相互の交流がもっとあってもいいと思うんです。

池田　活字メディアにしかアクセスできない人はいっぱいいるからね。東北の被災した人たちだって、ITなんて使えない。そういう人たちにとって、ドイツ気象台のシミュレーションでもなんでもさ、世界で起こっていることをリアルタイムに近い形で流してくれる活字メディアは、非常に価値があるよ。欧米だとタイプライターの文化があるから、高齢者でもキーボードに抵抗がない。だから、日本よりは高齢者がインターネットに接しているだろうね。

加藤　僕はかつて国会図書館に勤めていて、まあ勤勉に働いたつもりだけど、暇な時間によく、新聞の縮刷版を読んだんです。戦争中の記事なんかは、ページ数も少ないのでほとんど読んだけど、一九四五年の八月十五日からマッカーサーが来るまでの一カ月半くらい、天岩戸《あまのいわと》が完全に開いてるんだよね。国民がみんな、どうしていいかわからない。社説なんかも、かなり揺れ幅が大きい。換言すれば、完全な自由なんだね。

「3・11」のとき、僕はそれを海外から見てて「ああ、また天岩戸が開いてる」と思った。読者が完全に空白状態になっている。新聞に実に多くのものを期待する、また、そこに載る意見を受けとる用意がある、そういう状況が現れていた。そのときマスメディアがしっかりしていたら、かなりのことができたと思う。それなのに、南相馬市に行ってみれば、記者がいない。新聞社の人たちは、あまりそこのところがわかっていなかったんじゃないだろうか。うやむやのうちに従来の報道姿勢に逃げた。それが、「励まし」だったんだと思う。「がんばろう　ニッポン」だったんだと思う。

だから今回のことが示唆したひとつの可能性は、僕の場合、ＩＴメディアなんです。もう天岩戸は閉まっちゃってるけど、開いてるあいだに人々はどんな空を見たのか。そのときの記憶から、どんな構図をつくっていくかはとても大きい課題になるだろうと思う。

池田　西條剛央《さいじょうたけお》さんは、僕と共著で研究書を書いたりする若手の学者なんだけど、今回の震災では、被災地支援にインターネットをフル活用したらしい。いまは千五百人のボランティアを組織しているっていうから、すごいよね。彼は仙台出身で、今回の震災で伯父さんを亡くしているんだけど、とにかく現地に行って、被災者の声をじかに聞いて、その要望をインターネットにのせて支援者につなぐ。支援者は、物資だったら宅配便を利用したりして、行政を介さずに支援する仕組みなんだ。行政を通すと遅くなるけど、ツイッターやブログで呼びかけると早いらしいね。

加藤 震災で携帯電話の通話がつながらなくなったとき、ツイッターがずいぶん役に立ったっていう。あれは一四〇字以内のメッセージだから、要するにデータが軽くて負荷が小さいからみんな利用できたんだね。

これって、何か示唆的な話で、「ITなんていうものは叡智ではなくて、ただの情報じゃないか」っていう話があるじゃない。でも状況によっては叡智が情報だし、情報が叡智になるんだね。僕は両方必要だと思ってる。元外務官僚の孫崎享《まごさきうける》さんも、自分の主たる舞台はツイッターだっていってるね。この人は独特の文体を作って、長い文章は小分けにして呟く。それが実に面白い。教示に富む。そういう、まったく新しいタイプの知識人が登場してきている。僕が若い編集者なら、加工せずにただ並べて『孫崎享全ツイート』という本を出すだろうね。

池田 短いメッセージは届きやすいからね。昔は、たとえば重工業とか、エネルギーを大量に使って重いものを右から左に動かすような技術が重要だったよね。それを補助するためにITが出てきたんだけど、いまやITがメインというか、立場が逆転してる。ただ、ITっていうのは、あまりにも軽くて、要するにやりとりするものが言語だったり情報だったりするわけでしょ。でも、現場に行ったり実物に触れないとわからないことって、いくらでもあるんだよ。そこを飛ばしちゃって、すべてわかった気になってる人がかなり増えてるよね。

加藤　そう、それが問題かな。ITにおけるリテラシーって、情報を引き出すだけじゃないんだよ。自分が手にしたその情報は、氷山の一角にすぎない。そう受けとる感受性というか、レセプターが必要で、それがITリテラシーの核心だね。要するに、見えてないことがどう見えているか、見えていない八分の七をどのように復元するか、あるいは復元するために何ができるか。そういうことが重要になってくる。

言い方を変えれば、ITが社会に広まったことで、われわれはあらゆる分野において、氷山の一角レベルの情報へなら簡単にアクセスできるようになった。だから今度は、ITとIT以外、ITの外部とのインターフェースが問題になってくる。

池田　目新しい技術にも、長所・短所が必ずある。だいたい登場したときは、「これで明日が開ける」みたいな話になるから、それには気をつけたいね。

加藤　結局、いままでIT弱者だった僕のような人間が、ITに手を染めれば、両方がわかるわけで、得をする。若い人は、逆に、ITから書物のほうに、また、自然のほうに、また、現場のほうに、出向かないといけないだろうね。書を捨てよ、街に出よう、じゃないけれどね。電子活字でも活字でも、メディアとして使いこなすには、それ以外の筋肉が必要になるだろう。メディアからも、メディアリテラシーからも遠い力、情報、感受性。池田さんの昆虫採集みたいな、何にもすぐには役に立たない、無関係な力かもしれないね。

（インプレス選書『ＩＴ時代の震災と核被害』二〇一一年十二月）

編注

＊1 『世界』二〇一一年八月号「『原子力平和利用』と広島 ―― 宣伝工作のターゲットにされた被爆者たち」

＊2 福島県は二〇一一年十月九日から、福島第一原発事故による未成年者（〇～十八歳）の被爆状況を調べる甲状腺検査を福島県立医科大で開始。三十六万人を対象とし、生涯にわたって定期検査を行う予定。

＊3 レイチェル・カーソン著。春に鳥が鳴かなくなったという事象を通して農薬や化学物質の危険性を訴えた作品。

＊4 二〇一七年九月現在、編集部確認済 http://www.universalsubtitles.org/en/videos/zzykyq4iiV3r/

＊5 第二次世界大戦中、原子爆弾の開発・製造のために推進されたアメリカの国家計画。原子爆弾が製造され、広島に一九四五年八月六日、長崎に同年八月九日に投下された。

＊6 加藤典洋「3・11 ―― 死に神に突き飛ばされる」（岩波書店・二〇一一年十一月）に、「祈念と国策」として書き下ろし稿を収録。

＊7 原発および、地熱、メタンハイドレート、バイオマス（藻類）等については、池田と養老孟司の共著『ほんとうの復興』（新潮社・二〇一一年六月）に詳しい。

池田清彦（いけだ・きよひこ）
1947年東京都生まれ。生物学者、評論家。早稲田大学国際教養学部教授。構造主義生物学の立場から、多分野にわたって評論活動を行っている。著書に『構造主義科学論の冒険』『生物学の「ウソ」と「ホント」』『真面目に生きると損をする』『この世はウソでできている』ほか多数。

×養老孟司

東京大学名誉教授、解剖学者

『身体の文学史』をめぐって

加藤　養老さんとは数えきれないくらいお会いしているのに、まともに対談をするのは実は初めてです。
養老　そう、いまさらながらですが、ぼくも驚いていました。
加藤　『身体の文学史』の選書版刊行にあたり、「ボーナストラック対談を」ということでお呼びいただきました。この本は、「新潮」で一九九三年から九六年の間に、十回にわたって連載され、その後「表現とはなにか」を加えて、一九九七年に単行本になっていますね。四年後に同じタイトルで文庫化されたこの本が、今度は選書化される。
　今日の対談のためにじっくり読ませていただいたのですが、「なんと激しい本だ」という感想を持ちました。最後のほうの文章は、かなり迫力がある。芥川龍之介にはじまって夏目漱石、森鷗外と続き、深沢七郎から大岡昇平に入ると、平坦なところから急坂をガガッと登るという印象ですね。最後は三島由紀夫で終わりますが、そこで全体のモチーフが明確になっていく。
　内容として、全体の見取り図や明確な結論を出すという書き方ではないのですが、ここで終わっていいという説得力がありました。ご本人は忘れているかもしれないけれど、熱くなって書かれたという気がしましたが、いかがですか？
養老　書き始めたのは五十五歳くらいだから、若かったんでしょう。最初は、当時の「新潮」の担当者が三島由紀夫について書いてくれというので始まったんです。どーんと全集が送られてきましてね、家族に怒られました（笑）。

加藤　そうでしたか（笑）。三島由紀夫全集って何冊？　え？　全三十五巻に補巻一で全三十六冊ですか。それは大変でしたね。

養老　それぞれがまた分厚いんですよ。文学を身体で実感できました（笑）。その編集者のアクションから、この企画は始まった。

加藤　それは感謝しなくちゃいけませんね。

さて、最初に本の感想をお伝えしておくと、大きく三つのことを感じました。

まず一つ目は、この本は文学なり、哲学、思想の本としてなり、いずれにしても非常に大きな構えを持つ作品だということです。連想したのは、フーコー、レヴィ＝ストロース、ラカンです。このあたりの著作は読まれているんでしょうか？

養老　フーコーは読みましたけど、分厚くて（笑）。フーコーからは、たとえば「人間はいなかった」というような、概念の有無で決まる歴史の取り扱い方を学びました。

加藤　ご自分と同じ方法論をそこに読んだ、ということでしょうか。レヴィ＝ストロースやラカンはいかがですか？

養老　到底「読んだ」とはいえませんね。

加藤　なぜお聞きしたかというと、こういう人たちの仕事ぶりに養老さんと共通するものを感じたからです。大きな構えでものを言おうとすると、大きな仕掛けが必要になる。彼らは十年も二十年もかけて、それを作っている。

二十世紀のなかばに、西洋近代に確立された人文学的な人間観、人間のありようとでもいうべき大きな枠組みを見直して、大きなパラダイムシフトを生じさせたのがこの三人ですね。それに対して、養老さんは「身体の喪失」=「脳化」を語ることで、大きな枠組みで同じことを語っています。

たとえば、フーコーは西洋近代の知を博物誌的、考古学的に外から構造として見ています。養老さんが日本の知を解剖学的に、外から構造として見るのと同じです。フーコーの場合は近代以降、西洋では「人間」という観点が特権的に介入して「偏向」が生じた、そのことが無意識的に浸透して「制度」と化したといいます。それに無意識的にとらわれているいまのあり方を脱しなければならない、というのが『言葉と物』の最後の頁の砂浜のくだりで名高い「人間の終焉」といわれる「人間中心主義の批判」です。こう考えてくると、中世の終わり以降、日本の知は「脳」中心主義に陥っている、しかもそのことがまったく見えていない、そこから外に出ろという養老さんの「身体の喪失」の論と、とてもよく似ていることがわかる。

一方、レヴィ=ストロースは、フーコーが西洋近代の知を古代、中世のほうから時間軸で外部的に見たところを、非西洋の「未開」の地のほうから、空間軸で外部的に見て同様の批判をしている。そして「未開」の知のあり方を「野生の思考」と呼んでいます。養老さんがよく昆虫だ、田舎だというのは、やはり、養老さん流の「野生の思考」のススメなんです。

ラカンには、「ばらばらな身体」という表現があります。簡単にいうと、赤ん坊は最初、芋虫のような状態で、体の各部位がバラバラでコントロールが利かないまま、生きている。それがなぜ、自我を摑み、統一的な身体をもつようになるかというと、五感の間の落差がカギになるんだという。聴覚、触覚的にはまだバラバラなんだけど、ある日、赤ん坊がふと鏡の中を見ると、誰かがいて、もぞもぞと動いている。「何だろう、こいつは」と思い、「あ、これが俺なのか」と、「俺」を見つけ出す。視覚だけを頼りにその「俺」に乗り移る。「ギョエテとは俺のことかとゲーテいい」です。ラカンはこれを「鏡像段階」と呼んでいます。赤子は、この段階をへて、視覚の優位と他の感覚とのギャップをてこに、自我＝統一的な身体を獲得するという。一方、赤ん坊として触覚的に感じていた「ばらばらな身体」のほうは抑圧され、忘却される。身体感覚と脳のあいだの落差という、一種のプレッシャーから自我が出てくるという説です。

詳しい説明をすると一冊の本になってしまうので省きますが、養老説とこの「ばらばらな身体」との同型性についてすぐにぼくが思ったのは、ペンフィールドの「ホムンクルス」です。『身体の文学史』を読んでいて、三島由紀夫の生首とホムンクルスの話が出てきたときに、あ、これはラカンと地続きだとすぐに感じました。

この本は、読む間にこの三人が自然と思い浮かんでくる。思想のレベルでいってもとても面白い本でした。いま挙げたのは外国人ですが、日本人にもそういう人がいます。

ひとりは吉本隆明です。『アフリカ的段階について』には、ほとんど同じ事が書かれています。

吉本さんは、ヘーゲルが世界史の枠の外においたアフリカ的な世界を人類史の原型と考えて、この「自然まみれ」のアフリカ的な世界がいかにすばらしい感性や情操に満ちているかを論じています。北米インディアンや古事記の記述を考察し、そこで身体性がどんな風に表出されているかについて、養老さんがこの本や別の本で述べているのと似たような事を指摘しています。ヘーゲルが世界史から排除した「旧世界」というのが、吉本隆明のいう「アフリカ的世界」にあたっているのですが、吉本さんはこれを、日本でいうと古事記の段階に同定しています。

もうひとり思い浮かべたのは、江藤淳です。『近代以前』という本ですね。八世紀以来今日までの日本の文学史をひとつの連続体としてとらえようという気宇壮大な論考なんですが、冒頭、とある日本文学史年表を見ていたら空白を発見したという。それがなんと関ヶ原の後の六十年間だというんです。そこに文学の断絶があると。そこにこう書いています。できれば、「江戸期における漢文学定着の過程が、明治における西洋文学摂取のパターンを先取りし、その基礎をつくっていたこと」を明らかにしたい、と。

驚くべきは、ここでの時代の区切りについての視点なんです。普通は「近代」というと、江戸と明治で区切る。でも、そこじゃなくて、関ヶ原の前と後における違いのほうが日本の場合は大きいんじゃないかと言っているわけです。養老さんも、その時代区分については、まったく同じでしょう。身体の喪失は江戸時代から始まったと、はっきりとこの本で書いてある。

ぼくは、なぜ江戸は「近世」と呼ばれるのかについて調べたことがあるんですね。で、その答えは、「近世」は日本独特の術語だが、「近代」と「中世」を合わせた言葉だった(笑)。西洋史にはこの区切りは、ないですね。英語で日本の歴史全体の見方を教えようとしたら、なんと「近世」の訳語がない。プリモダン（pre-modern）だけ。江戸をどう捉えるかについてはもちろんいろいろな説があるんですが、ぼくが考えついたのは、西洋的には江戸は「経済的に近代」なのだけど、「政治的には中世のまま」だということです。そのふたつが一緒くたになっているから、経済と政治を分けて考えていかないといけない。明治維新が政治改革とされるのは、そのためではないか。そんなふうに思っていたら、この本にもそう書かれていた(笑)。

だからこの本を読んで、「和魂洋才」とか「世間」とか養老さんがいう場合の言葉の意味がはじめてよくわかりました。そこには二重の意味がある。江戸という日本の近代ではじめてうまれてくるのが「世間」、明治という断絶をすり抜けて江戸的近代を明治以降の西洋近代につなげた工夫が「和魂洋才」です。ともに「使える」。でも中世以降の「身体の喪失」の産物でもある。肯定的と否定的。二つある。ニュートラルだから、両義的に捉えられるんですね。養老さんの言うことがときどき分からなくなるのは、そのせいもある(笑)。

養老　確かに、昔から「お前の言っていることは翻訳が必要だ」って言われ続けてきました。

加藤　というよりも、養老さんは言わない事が多い人だという気がします。

養老　言いたい事言ってますよ(笑)。

加藤　いやいや、言わない事がたくさんある。というか、言わないのだけど実はあるよ、と思わせるようなところがありますよ。ヒトの体を開いて、死体に触ってきたわけでしょう？　死体に触るっていうことは、実は大したことがないのかもしれないし、大したことなのかもしれない。それはわからない。わからないけれど、この本の中では、死体に触れることは何でもないし、ヒトの肉を食ったことがあるとさえも書いてある。後者は、解剖中に口の中に欠片が入った可能性があるという書き方だけれど。その「もっとほかに言いたいことがあるのかもしれない」と思わせるところがある、というのがこの本から受ける、大きな感想の二つ目ですね。

三つ目の感想として、前半の芥川の論である、大正三年（一九一四）＝アヌス・ミラビヌス（驚異の年）説。これが文学史的にとっても面白い。独創的だと思う。芥川がなぜ『今昔物語』に関心を持ったのか、それがどんな結果をもたらしたのかについて、とてもユニークな「発見」をされている。芥川はすごい勉強家で、当時に広く読まれていたとは思えない『今昔物語』を一気に読み込むわけですよね。読んでみたら今までとまったく違う世界がそこにあった。その芥川が見いだした異様な世界の紹介、なんていうのは、試験問題に出したいくらい（笑）。芥川の発見を、さらに養老さんが発見していく過程がそこにある。もちろん国文学でも、『今昔物語』への着目は数多く論じられているけれど、養老さんのような枠組みの中で語られていないから、中世の意味がまったく違う。

「表現」の定義もおもしろい。時代について考察しながら、文学を追っていきますね。なにが起っていくかというと、まず心理主義ですよね。端折って話していくけれど、この次に起ってくるのが自然主義。そこでは普通は「自然」ならありのままに放っておけばいいんだけど、そうしないから倫理になってしまう。その後に出てきたのが表現主義。このあたりが三島由紀夫になる。どれをとっても掘り下げると一流の文学論になっていくはずなんだけど、それをしないところに養老さんのおもしろさがある。そんなもの、受け取ったやつが解釈して、そこからもっとおもしろい解釈が出てくることも含めて表現なんだ、という話が出てくるけれど、書くことも書かないことも含めて「表現」だというのが、養老さんの「表現」観なんだと思う。だから、身体と文学とは両極端にあるのに、その両極端が互いに関心を持つということを、文学に関係ない養老さん自身が興味を持つことを通して書いていらっしゃる気がします。両極端の深淵の中で、自分が深淵をにらむと、深淵も自分をにらみ返す。その表現も含めて、この本は外部から見た文学論だという感想も持ちました。

あと、外部から見るという同様の視点で、思い出したことがあるんですね。

それは、「七一二年に『古事記』、七二〇年に『日本書紀』となぜ続けざまに編纂されたか」というノーベル物理学賞の湯川秀樹さんが提出した質問です。歴史家の上田正昭さんたちとの「仏教文化の伝来」という座談会で湯川さんが、「伺いたいと思うんですが、『古事記』をこしらえて、何でまたすぐに『日本書紀』をこしらえたんですか」と訊いているんです。だれもそれまでそんな質問をしなかった。こういうものって誰も気づかない。大きすぎて気づかないんですね。解剖学者の養老さんのこの本での大きすぎて誰も気づかないことの指摘にも、似たところがあると思う。

結局、芥川を中心にして、鷗外、漱石、それから私小説論のあたりの日本近代史の動きは、コップの中の嵐だと、養老さんは言っているんだと思うんです。社会的自己と自己的自己の喧嘩だから、江戸と明治の区切りのようなもので、実は同じ穴の狢《むじな》ではないかと言っている。僕もそうだと思います。中世のほうから、もっと大きな枠組みの中で身体のほうから見ると、その両方がすでに身体を忘れているという点では同じなんです。こうやって大きく枠をとらえると、コップの中の嵐を囲んでいる、もっと大きな絵が見えてくる。非常に刺激的で、この本にだいぶ教えられました。

最初の話に戻ると、そういうわけですから、「身体の喪失」から見る、他に例のないこの時代区分がわかると、この本はますますおもしろくなります。「中世」という見方がこの本のいちばんの醍醐味ですね。いろいろなことがこの見方にあてはまってくる。中世で区切るとまったく違う形が見えてくる。たとえば、ホムンクルスの首の部分が、関ヶ原にあたるんでしょう。

なんだかぼくばかり話して申し訳ないのですが、もう少し感想をお伝えしてしまいますね。

養老　ぜひお願いします。今日は、加藤さんの話をじっくりと聞くつもりですからご心配なく。

加藤　西原理恵子さんの『ぼくんち』という、子供たちを描いた漫画作品があります。かの子という姉さんに一太と二太と、弟が二人いる。ともに成長していくんですけど、なぜ成長の物語に二人必要なのかということを、教えてくれるんです。長男でしっかりしなくちゃと考えている一太は「どのように子供は大人になっていくか」を教えてくれる。でも次男の二太は「どのように子供は子供ではなくなるのか」を語りかけているように思う。この二つは違うことなんですね。Aがなぜ Bになるのか、と、Aがなぜ Aでなくなるのか、というのと。しつこいけれど、それを日本の西洋化と近代化にあてはめていうと、今後は、外在的に見た「西洋化＝近代化」の見方――一太が大人になること――とは違う、内在的な「近代化＝西洋化」の問題――二太が子供でなくなること――を取り出さないといけないと思う。そのためにも、中世の視点を持たなくてはだめだと感じました。

だから、フーコー、レヴィ＝ストロース、ラカンなんていう名前が浮かんでくるわけです。この本をじっくり読んでもらえればわかるけれど、中世が「ばらばらな身体」だとすると、江戸は身体を記号化していく「型」の社会です。で、明治はその「型」がなくなって自分で心を意識しないといけなくなっていく。だからこその「心理主義」でしょう。型から追い出されたことを檻から出たことのようにとらえて、自由になったと喜んでいるのかもしれないけれど、すなわちそれが近代ということになっているような気がします。

養老さんは、身体的には三島由紀夫を「生首」ととらえ、夏目漱石を「胃潰瘍」ととらえています。日本の近代文学を言いえているなあと感じました。養老さんの師匠筋でもあり、人間が誕生前から持つ「生命記憶」を唱えた三木成夫さんは、身体の構造と機能を独特な切り口で論じていますが、三木さん風にいえば、「神経系」と「内臓系」ですよね。

そこで質問なんですが、どうして、こういう中世の視点に気づかれたんでしょうか？

養老 いつの間にかなんですよ。解剖をやると、死体を取り扱うことになる。具体的に扱ってて気づくのは、世間の常識と大勢の人がやっている実際とは、違うということです。死体を扱うと扱い方ひとつとっても、「そうじゃない」「こうしろ」と違うことをいろいろと言われる。主に遺族ですが、つまりは世間ですよね。そういう常識論が凝縮されたのが、脳死問題でしょう。脳死の議論というのは、理屈がめちゃくちゃ。極端な人は脳死を「それ以降は必然的に死に向かって進行する過程」と定義するけれど、それってだれでも生まれたときからそうでしょうに。赤ん坊だって死に向かっていますよ。何も考えていないに等しい。

あきれかえるんですけど、その裏には「世間」があるということに考えが至るんです。「常識」と「実際」の乖離については、それこそ『蘭学事始』なんてまじめに読んだらびっくりしますよ。杉田玄白のところに奉行所から「あした小塚原で解剖があるから」という知らせが来るんです。禁止されているはずなのに、解剖は幕府の主導でやっているんですよ。杉田玄白はびっくりして知り合いのところに使いを出し、「明日解剖があるってさ」と知らせる。

加藤 だれが解剖をするんですか？

養老 玄白が書いた『蘭学事始』には、えたの虎松という人と約束をしていたが、病気になってしまったので、替わりに祖父だという九〇歳くらいの老人がやってきた、といったことが書いてあり、その老人が非常に経験豊富な様子なども続けて書かれています。

加藤　解剖の理由はなんですか？

養老　それがなんと幕府の政策なんですよ。医学のために必要だという認識があったんでしょう。幕府の高位の医者は、解剖を見たことがあるといって威張っているけど、あいつらは自分が持っているような貴重な参考書を見ていないから何を見ているかわかっちゃいない。そんなことを玄白は書いていますよ。解剖の様子も丁寧に書かれています。

調べていくと、官許の解剖の最初は、山脇東洋の一七五四年で、実は有名な玄白の解剖の十七年前なんです。おまけに「官許の解剖」と断るということは、官許の前に官許じゃない解剖があったということなんですね。それで結局どこまでさかのぼるかというと、関ヶ原のしばらく後なんです。

加藤　あの関ヶ原後の空白期間ですか？　中世の視点で見ると符合することが多いですね。

養老　そうやって調べていくと、普段読んでいる文学では身体はどう扱われているんだろうと疑問に思い始めました。どこかで身体に対する考え方が変わったんじゃないかと思ったんです。その構えで読んでいくと、いろいろと見えてくる。たとえば、『平家物語』を読むと、最後が印象的ですが、平家の公達《きんだち》の首を獲ってきて四条の河原に晒します。後白河法皇を中心とした朝廷は反対しているのに、それでも義経と範頼が強行して晒す。平安時代は死罪のなかった時代ですから、そこでひっくり返ったということです。普遍的であるはずの身体が変わったことで、中世が始まったと捉えられる。だから、中世は生首から始まったといえる。

加藤 関ヶ原後の空白の時期に書かれた数少ない作品のひとつに小瀬甫庵《おぜほあん》の『太閤記』というものがあります。これを読むと、とにかく生首なんですよ。書いているのは信長麾下《きか》の武将に始まって四人の武将に仕えた中世人の侍です。斬って、塩に詰めて、持参して、という繰り返し。その秀吉の甥から養子となった秀次は、関白になった後、一族郎等全員が三条河原で殺される。そのときに女性が辞世の句を読むんですが、十代の娘でも公家出身の教養がある。その公家の教養と、斬殺、生首の組み合わせ。その落差に、身体性がひっくり返ったことの衝撃というのが出ていますね。

生首というのは、大きな問題で、三島が最後にただ自殺したのではなく生首になったというのは、これも養老さん流の「表現」でいうと大きな意味を持ってくる。

養老 今の話を突き詰めると、ずっと解けない疑問が残るんです。侍はどうして発生したか？それ以前の奈良から平安の時代の歴史には、登場していないでしょう。侍の起源というのは、歴史学者がはっきりいわないけれど、わからないんです。突然平家が出てくるけれど、今の日本でいったら、自民党が突然に侍になるようなもんでしょう。狩猟採集民や猟師がルーツだという説があるけれど、どうしてああいう政権を握る集団として現れたのかはわからない。学会の大勢は、なんとなく出てきたということらしいけれど、納得がいかないんですよ。

加藤 平安時代が崩れて中世が始まったときになにが起ったのか。この本は、声を大にして言いたいけれど、歴史の見方を変えますね。フーコーだのなんだのという前に、日本人が自ら考えなくちゃわからない。

養老　いやあ、今日は聞き入ってしまいました。真摯に読んでくださって、本当にありがとう。

（新潮選書『身体の文学史』二〇一〇年二月）

養老孟司（ようろう・たけし）
1937年神奈川県鎌倉市生まれ。解剖学者。東京大学名誉教授。解剖学を土台に宗教、文学、文化論など、ひろく評論活動をおこなう。著書に『からだの見方』（サントリー学芸賞）、『解剖学教室へようこそ』『唯脳論』『バカの壁』『養老訓』ほか多数。

×見田宗介

東京大学名誉教授、社会学者

現代社会論／比較社会学を再照射する

さまざまな主題の連関

加藤　この雑誌（「現代思想」）の編集の人から見田さんの特集についてい話があったときに最初の企画案を送ってもらったのですが、タイトルが「見田宗介＝真木悠介」となっていました。それで「見田＝真木」というカップリングが企画のコンセプトだとすれば、面白いと思ったのです。

見田さんのこれまでのお仕事は、「一人二人」全集方式の定本著作集の構成からもわかるように、見田さんの仕事と真木さんの仕事と二つのラインがあります。ですが、いま見田さんが向かわれているのはこの二つの仕事の綜合というか、それが合流する地点なのではないでしょうか。

まず私が見田さんの仕事にひときわ強い関心を抱かされ、その後、お話をさせていただくようになったきっかけからはじめるのがよいでしょう。きっかけは一九九六年刊行の『現代社会の理論――情報化・消費化社会の現在と未来』（岩波新書）です。私は九六―九七年の間日本を離れ、フランスに滞在していて、九七年三月に帰国したら、行く直前に書いた「敗戦後論」と、いない間にフランスで書いて発表していた「戦後後論」、「語り口の問題」というものに対する風当たりが一通りのものではありませんでした。いない間に日本に出てきた自由主義史観という動きと同調するものと一括りにされていて、ちょっと面食らいました。帰国後、これらをまとめて『敗戦後論』（講談社、現在ちくま学芸文庫）を出したのですが、これもさっそく左右両陣営から批判を受けました。その後、一段落ついて、自分がいない間に出た本を見る余裕が生まれ、ほどなく発見したのが見田さんのこの本です。これには一読、びっくりしました。凄い本だと思いましたね。でも周りの人にこんなにエポックメーキングな本が出ていたんだねと評判を聞いても、「えっ、あんまり知らない」と（笑）。しかし、そういう黙殺にあった理由がわからないでもなかったのです。

この本は消費・情報社会の「光」と「闇」の双方を「みはるかす」統合の視点を掲げています。私から見ると、左派と右派の両方を「みはるかす」視点を持たないと戦後問題の本質が見えてこないと書いた自分の『敗戦後論』と、モチーフが同型だと、思います。何しろ、消費化・情報化社会の「光の巨大」を否定するのをやめよう、その南の世界を搾取する「闇の巨大」の側面と同時に、「光の巨大」の肯定面もしっかりと受けとめようという当時としては驚天動地の主張がなされている。みんなこれをどう受けとめてよいかわからず、あいまいにスルーするしかなかったのだろうと思うのです。本質的なものが出てくると、日本のように小さな閉回路の社会では、えてしてこういうことが起こる。しばらく模様見が続くのですね。

そこで、もう刊行から一年半くらい経っていましたが、これが画期的な本であるゾと、七〇～八〇枚くらいの長文書評のかたちで当時勤めていた大学の紀要に書きました（「二つの視野の統合」一九九八年、『可能性としての戦後以後』岩波書店、所収）。自分としてはかなり踏み込んで書いて、それへの批判と考えられる点も挙げたと思います。そしてそれを見田さんに、読んでもらいたいとお送りした。竹田青嗣さん、橋爪大三郎さんなどとやっていた勉強会、読書会で御本を取り上げるので来てもらいたいとお願いし、来ていただきました。大澤真幸さんもそのときには顔を出してくれたと思います。

ポストモダン思想全盛の時期に、それを相対化する視点を失わないで独自の足場を築く、強固な頭脳と希有な姿勢・態度がここにあると思ったのです。

それで、その後、９・11が起こったときにも、ぜひ見田さんの考えを知りたいと思い、当時勤めていた明治学院大学でシンポジウムを企画するのでそれに出席してくれとお願いしました。受諾の答えをもらうのに半年以上かかりましたね。極力いやだと言われるので（笑）。それでも、とうとう引き受けて下さいました。それで書いていただいたのが、「アポカリプス――『関係の絶対性』には向こう側があるか」という文で、直後に『論座』（二〇〇二年一月号）に発表された後、少しかたちを整えて、『社会学入門――人間と社会の未来』（岩波新書）の第五章におさめられています。この文章を見田さんの９・11への応答として受け取ったときには、身が震えるような思いがしたことをついこの間のことのように覚えています。

さらに、もう一度この続きのシンポジウムを行う必要があるということは、すぐに思っていて、シンポジウムを聞きにきてくれていた東大の竹内整一さんなどとも話していたのですが、竹内さんが中心となり、その続きとして開かれたのが、結局五年以上かかったわけですが、二〇〇八年十一月に東大で開かれた、「軸の時代Ⅰ／軸の時代Ⅱ――いかに未来を構想しうるか？」という公開シンポジウムです。そこで初めて、見田さんの「軸の時代」というコンセプトにふれます。「軸の時代Ⅱ」とあるので、どこで軸の時代の一回目のシンポジウムをやったのだろうとつい思ったくらい（笑）、これは不意のテーマ領域の出現でした。

そのレジュメは凄かった。時間の都合上、見田さんのお話は三分の一くらいで終わってしまいました。僕は何時間でも深夜までかかっても聴きたいと思っていたのですが。でも、そのインパクトはとても大きかった。大きな宿題をもらったと感じました。それから四年ほどして、3・11を挟んで、『人類が永遠に続くのではないとしたら』（新潮社）という一冊の本を書くのですが、それはその応答でした。

そこでは、『現代社会の理論』が、なぜ世界的な論の広がりのなかにおいても画期的な意味を持つものであるかということも書いています。社会学的に関心が重なる著作家としては、ウルリッヒ・ベックを挙げています。私は社会学の人間ではなく不勉強で、ベックのことを知りませんでしたが、3・11が起こると、みんなが当然知っていたような顔をしてベックのことを話すので、もっと早く教えてくれよと思いましたね。ベックを読んでみると、面白い。見田さんが『現代社会の理論』で書かれたことに別の方向から現代社会の内部限界の問題にアプローチしているのです。チェルノブイリ原発事故があった一九八六年に、ベックはリスク社会論という考え方を出すわけですが、これも画期的な展開でした。そして、その十年後に見田さんが『現代社会の理論』を書く。そこでベックにはなかった「有限性の近代」のなかで生きていくという問題を提出される。もともとはバタイユから見田さんが取り出した「普遍経済学」という概念の核心にあたる側面です。有限性の問題、限界問題は、無限性から出てくる。「光の巨大」と「闇の巨大」というのは、無限性と有限性ということでもあります。無限性ということが先にあるんだ、という発想がここにすでに顔を見せています。見田さんは「統合した視野がなければダメだ」と仰ってきましたが、そうした発想のかたちはバタイユと非常に似ている。なぜ全体的でなければならないかと言えば、素朴、シンプルでなければならないからで、直観の力がただごとでないバタイユにもそういうところがあります。

さて、私が今日お話をするにあたって、最初に用意した問いは、見田宗介にとって真木悠介とは何者なのか、という設問です。『現代社会の理論』のあとがきに、ご自分のお仕事の全貌の構想が七章構成で示されていますが、前半のまとめがこの本で、後半はまだだ、と言われている。その後半つまり今後の展開には、真木悠介名でなされてきた仕事の合流が不可避だろうと思うのです。むろんすぐに答えられるものではないのでいまは聞き流して下さって構いません。でもそんな関心から、お話をはじめさせていただきます。まず、一九七七年に『気流の鳴る音——交響するコミューン』（筑摩書房）と『現代社会の存立構造』という二冊の本が、真木悠介の名で発表されていますね。しかも、そのどちらとも始まりは七三年です。『気流の鳴る音』のなかで、最初に掲載された文章は、「交響するコミューン」（原題　欲求の解放とコミューン）で、七三年一月の「朝日ジャーナル」に載っています。そしてこの文章から発するメッセージが極めて鮮やかなのです。こんな話です。『更科日記』で夢に猫が登場して、自分は大納言の息女なのだと言う。作者の菅原孝標女《すがわらのたかすえのむすめ》と姉の藤原道綱母《ふじわらのみちつなのはは》は、それから猫のことをお姫様として遇するようになる。つまり夢を見て、そこから仮象の色を貰って現実に加える。そうすることで生きる喜びが深くなるのです。で、それはフロイトの夢解釈とは逆なんだと見田さんは書いています。フロイトがやったのは、夢の色を全部剝がして、「あなたにはこのようなコンプレックスがある」と示すことです。当時は、ソシュール、マルクス、フロイトがそんなふうに現実の仮の色あいを脱色して本当の構造は何なのかと示すことが学問であり、新しい知だと言い始められた時期でした。みんながそれになびいていた。そのときに見田さんは正反対のことを言う。仮象の色あい、それに目を向けよ、と言っていたわけで、これは非常に挑発的な宣言なのですね。ですから、『気流の鳴る音』はある意味ではまったく反時代的な作品なのですが、同じ七三年の五月にはやはり真木悠介名で、これとまったく違う『現代社会の存立構造』の最初の文章が「思想」に発表されているのです。大澤真幸さんによれば、柄谷行人さんの『マルクスその可能性の中心』（講談社）とほぼ同時期に、まったく影響関係なしにマルクスの価値形態論から別のものを導き出したのが『現代社会の存立構造』だった。

この真木悠介はどこから出てきたのでしょう。真木悠介名で最初に書かれたのは、どの文章だったのでしょうか。「朝日ジャーナル」に発表された当初から、真木の名を使われていたのですか。

見田　そうですね。真木悠介を使っていたと思います。

加藤　では、最初に書いたのは何でしょう。

見田　今では読まれないほうがいいのですが、『人間解放の理論のために』という文章です。本になったのは七一年のことですが、「展望」に連載を始めたのは六九年からでした。それが真木の名を最初に使った文章です。

加藤　なるほど。「すばる」十月号で鶴見俊輔さんの追悼インタビューを受けられていますが、そこで『気流の鳴る音』が自分にとっての折り返し地点となったというお話をなさっています。そこでの「折り返し」とは、何と何の間の折り返しなのでしょうか。

見田　ああ、そうですね……。それは時間があればお話ししますが、ちょっと長くなるので後にしましょう。

加藤　わかりました。なぜこんなことをお尋ねするかというと、七三年の前年の七二年というと、連合赤軍事件があった年だからです。私くらいの年齢の人間にとっては、連赤事件というのは非常に大きな経験で、彩色も脱色もなく、世界から色がなくなるような出来事でした。ですから、それから一年もたたないうちに、私とほとんど同年代の沢木耕太郎が『敗れざる者たち』（文藝春秋）を書いていたと後に知ったときには、驚嘆したのですが、あの時期に、ほぼ同年代の人間が、まったく違う場所でプロフェッショナルな著述の仕事をはじめている。なぜこんなことがありうるのか。何がそこにあるのだろうということで、沢木耕太郎という書き手に対する関心が芽生えました。沢木さんにはそれなりの背景があって、それは非常に面白かったのですが、見田さんの、真木悠介名の『気流の鳴る音』『現代社会の存立構造』の出現のなかにも、似た驚きと関心を禁じえないのです。このまま進んでいったら駄目になるんだといった気持ちが、「あとがき」などでは表されています。自分がここに書いたことは、異世界についてではない。現代社会を「その存立の構造においてみるかぎり、巨視的な世界の構造においても、微視的な自我の構造においても、〈異世界〉への抑圧のうえにはじめて、われわれの合理化された日常性がなりたっている」と書いておられますね。一方で、『現代社会の存立構造』の「あとがき」には、「本書の仕事の直接的な展開としての現代社会の理論の完成という課題に立ち戻るのは、これから何年か後である」と述べられています。確かにこの後で、メキシコやインドへと見田さんは赴かれます。「だからこの課題を完成してくれる若い研究者が出てくれるのならば、著者としてこれほど嬉しいことはない」とされているのですが、誰も出てこなかったわけですよね(笑)。

つまり、真木悠介の二つの大きな仕事のどちらともが、すでに『現代社会の理論』を念頭に置いている。この二つの著作が『現代社会の理論』のほうから見ると、それぞれ社会学の埒外の赤外線と紫外線の位置を占めていることがわかるのです。しかし一方で、八一年の『時間の比較社会学』(岩波書店)の「あとがき」でも、自分のこれからの仕事について一から十までのプログラムを書かれています。時間論に次いで取り上げられる主題は自我論と関係論だということで、「時間の比較社会学」「自我の比較社会学」「関係の比較社会学」、それから「身体」「人生」「教育」「支配」「翼」「解放」と挙げられています。これもまた、自分一人ではとてもできないので、若い人に参加してもらえると嬉しいと書かれている。しかしこの最初にある「時間」「自我」「関係」という三つは、『現代社会の理論』の関心とは重なっていません。

ですから、それから十五年を経て、『時間の比較社会学』では前景化していなかったことが、『現代社会の理論』で書かれている。七三年から見れば繋がっているのですが、八一年のプログラムでは前景になっていなかったことがせり上がったことで、新たな展望ができて、もう一度新しい地図を書き直し、更新されているわけです。

それで言うと、見田さんの二〇〇八年以降の展開というのは、さらなる更新を要請するものなのではないか。『現代社会の理論』では十分に前景化していなかった「有限性」や「軸の時代」といった発想がせり上がってきて、将来構想がもう一度新たな地図に書き直されつつあるのではないかと思います。私は昔、初めて『時間の比較社会学』を読んだとき、なぜこのような「比較社会学」的考察が真木悠介名で書かれているのかがわかりませんでした。でも、今回改めて読んでみると、幼少期から死んだらどうなるのかという恐怖に震えていた見田さんの姿が、行間から浮かび上がってきます。そしてその始原性が、考察の始原性、時間のアフリカ的始原へと直接続いていることがわかる。ここで書かれていることは、ほとんど「軸の時代」を先取りしているんだなとはじめて了解しました。

今回、私は、見田さんに三つのことをお話しいただきたいと思っています。一つは、『時間の比較社会学』で示されたテーブルが、『現代社会の理論』で「情報化」や「消費化」、そして資源の問題などを組み込むことで更新がなされたように、いま改めて『現代社会の理論』（と『社会学入門』）の論のテーブルが更新されようとしていると思います。そこで、現時点から今までのプランを照らし直した上でいま改めて見取図を描きなおすとすると、どのような構想になるかということです。

もう一つは、冒頭に挙げましたが、真木悠介と見田宗介の両者が、見田さんのなかでどのような関係になっているのか。真木悠介はどこから出てきたのかということです。私は見田さんにとっての社会学とは、ある種の拘束衣だと思うのです。それがなければ「ドグラマグラ」のようなものが出てくるところを、拘束衣でもって抑えこんでいる（笑）。だからこの拘束衣はかなり強くなければ駄目で、それがやはり真木名での『現代社会の存立構造』だったのではないか。見田さんは学問として書いているのではなくて、自分が必要だったために書いている。そのなかで一番堅い『現代社会の存立構造』と、一番柔らかい『気流の鳴る音』が、どちらも真木悠介の名前で書かれている。それはなぜかということも含めて、伺いたいと思っています。

三つ目は、「軸の時代Ⅰ・Ⅱ」についてです。私自身はレジュメを拝見していて、お話しされていない部分も知っていますが、見田さん自身はその後どこでも話されていませんから、ぜひ一度展開していただきたいと思ってきたのです。ただ、今回改めて『自我の起原――愛とエゴイズムの動物社会学』（岩波書店）と『時間の比較社会学』を読んでみると、その材料はすでに提示され、書かれていたことにも気づきます。鋳貨の問題などは、『時間の比較社会学』で非常に詳しく書かれていますよね。ですから、材料はすべて出しているのだから、後は若い人がやればいいというお気持ちかもしれません。しかし見田さんのなかにはその原型のような構想があるでしょうから、その点についてお尋ねをしたいということです。

「現代社会はどこに向かうか」——視座の転回

見田　非常に大きな本質的な問題を提起していただいたと思います。まず一つ目と三つ目の質問から申し上げます。

本質的な問題の中身に入る前に、テキスト論的な確認を二つだけしておきたいと思います。一つ目は加藤さんに提起していただいた「軸の時代Ⅰ・Ⅱ」「人間の歴史の三段階」という新しいテーブルについてですが、私がこの話について全体として凝縮して書いたのは、『定本見田宗介著作集Ⅰ』（以下『定本』）に収録している「現代社会はどこに向かうか」という短い論文だけです。実は弦書房からもう一つブックレットで同じ題名の本が出ています（『現代社会はどこに向かうか——生きるリアリティの崩壊と再生』（FUKUOKA uブックレット1））。多くの読者がその二つを同じものだと思われて、肝心の『定本Ⅰ』に書いたほうが読まれていないらしいという困ったことが起きています（笑）。当時ぼくにとって現代社会がどこに向かうかが中心テーマだったので、講演などを頼まれるととりあえず同じ題名で届けて、その場の雰囲気や主催者の注文に応じて中身を変えて話をしていました。そのうちの福岡のユネスコ協会で講演した後、講演を印刷してもいいかという問い合わせが来て、ぼくはユネスコ協会の内部文章と考えて了承しましたが、弦書房できれいなブックレットにしていただいて、全国的に知られるようになり、意外と今でも版を重ねているようです。弦書房は志のある良心的な出版社であるし、福岡の講演も非常にいい雰囲気のなかで気軽に話したことですので、ぼくとしてはそれも読まれることは嬉しいのですが、そのために、一番読まれて欲しい肝心の『定本Ⅰ』に収録したテキストがほとんど読まれていないということはちょっと困ったなと思っているのです。ぼく自身の不注意から起きたことなので一〇〇パーセントぼくの責任です。今回ぼくの話のもとにするのは『定本Ⅰ』に収録したほうの、「現代社会はどこに向かうか」です。

二点目、「現代社会はどこに向かうか」というテーマをもっと広く全面展開しようと試みたことがあって、それが、お話にあった「軸の時代Ⅰ／軸の時代Ⅱ」というシンポジウムです。時間切れで話していない部分の内容は、恐らく永久に誰にも知られないだろうと思っていました。ところが、加藤さんの『人類が永遠に続くのではないとしたら』を読んだら、びっくりしたんです。というのは、ぼくがシンポジウムで話せなかった内容、断片的なレジュメだけを配布して当然誰にもわかってもらえないだろうと思っていた部分について、実に見事にその箇所の重要な点をよみがえらせてくださっている。この著作ではぼくだけでなく他のさまざまな著者の仕事について取り上げておられますが、いろいろな著者の仕事に対する加藤さんの読みの深さ、正確さに驚嘆していますが、ぼくのシンポジウムの内容も見事に復元してくれています。そのとき配布したレジュメも、この特集（「現代思想」）に収録したので、参照してもらえるとわかりやすいと思います。まとめて言うと、今回ぼくは「現代社会はどこに向かうか（二〇一五版）」を主なテキストにして、シンポジウムのレジュメと加藤さんが『人類が永遠に続くのではないとしたら』で復元してくださった内容をもとにお話しします。

一つ目の質問にお答えします。大きく言うと、人間の歴史の第Ⅲ局面の幸福な安定平衡期とその思想である有限性の哲学、という新しい視座から、『現代社会の理論』『時間の比較社会学』『自我の起原』がどのように照らし返されるかを考えてみたいと思います。

その前に、初めての読者のために少し前提となるポイントをお話しします。

いろいろなところで書いていることですが、生物学の理論でロジスティック曲線というものがあります。これは生物のさまざまな環境条件のなかにある、種のたどる運命についての実証的な理論です。この理論によると、基本的に三つの局面があります。第Ⅰ局面は発生してしばらくの間少しずつ増殖していく。そのうちに、環境条件によく適合した生物種の場合、第Ⅱ局面の急激な（ときに爆発的な）大増殖期を迎えます。環境容量の限界に近づいてくると、うまくいく生物の場合は周囲の環境に適合、共存して第Ⅲ局面の安定平衡の時代に入ります。

吉川浩満さんの『理不尽な進化』（朝日出版社）にあるように、九〇パーセント以上の生物は第

Ⅱ局面の爆発期に環境を食い尽くしてしまったりして滅んでしまいます。成功して生き延びた生物は三つの局面を経るわけですが、人類がどちらの運命をたどるかということが大問題です。人類がもしうまく生き残るとすれば、第Ⅲ局面の幸福な安定平衡期に入っていくことができる。第Ⅱ局面の高度成長期が限界に達した後で、第Ⅲ局面の幸福な安定平衡の軌道にのることができるか、無理矢理に成長を続行しようとして滅亡するか、岐路に立たされる。

この曲線には変曲点が二つあります。人類の歴史に当てはめると、最初の変曲点は、貨幣経済と都市社会の成熟によって、人びとがこれまでの共同体の閉鎖的な世界から解放されて、初めて世界の無限性を知ると同時に、そこに投げ出されたことで哲学や世界宗教が生まれてきた時期です。この時期をカール・ヤスパースは「軸の時代」と名付けました。

人類でいうと、第Ⅱ局面の大爆発期にあたるのが、近代社会の萌芽である貨幣経済、都市社会ができあがった文明初期から、これらの全面的展開である近代社会、そして現代の時期だと思います。この大爆発期が終わりに近づいてきていて、人類が安定平衡期に入るか滅ぶかの岐路に立っているのが「現代」です。それがいわば「軸の時代Ⅱ」であり、新しく思想や社会システムが、根底から構想されなければならない。誤解を恐れずに単純化して言うと、ロジスティック曲線による人間の歴史の基本的な三局面論と、曲がり角、変曲点としての「軸の時代Ⅰ」「軸の時代Ⅱ」という二つのポイントがあります。その観点から見て、世界が無限であるという前提で自然を征服しつづけてきた第Ⅱ局面が、限界に近づいてきた後で、（抽象的には宇宙は無限ですが）人間が生きることのできる空間と時間は有限であるという認識の上で、新しい価値観やシステムが展開されなくてはならない。これが有限性の哲学です。

以上が骨組みとなる視点ですが、来るべき第Ⅲ局面の「有限性」の思想からぼくのいくつかの仕事がどのように照らし返されるかを考えてみます。

『時間の比較社会学』――無限性の感覚の起原と展開

見田　一番関係が簡単で明快なのが『時間の比較社会学』なので、これから先に短く片付けてしまおうと思います。

ニーチェがニヒリズムの元凶は時間であると言っていますが、時間というものは抽象的に無限かつ不可逆的に続くものであって、過去はすべて次々と帰無していくという時間観は、近代人からすると疑いようのない真理だと思われるわけです。一個体である人間は当然死ぬし、人類の全体も何億年か後には宇宙のなかに跡形もなく消え去るのだから、あらゆることは虚しいのではないか、という近代的な時間感覚と自我そして人類の絶対性を前提にするならば、どう考えても逃れようもない真実をどうやって乗り越えることができるかということが、この本の問題意識です。抽象的な無限性としての時間、過去を次々と帰無していく不可逆性としての時間という感覚が、実はぼくたちが生きている近代にいたる世界の構造から来ているわけです。その萌芽は古代社会の貨幣経済と都市社会の成熟から来るわけです。そうした虚無の源泉としての時間の感覚というものがどこから来るのか、その時間の感覚を支えている現実の人間たちの生きる社会の構造はどのようなものか、そして抽象的な無限性としての時間と不可逆的に帰無していく時間という感覚を相対化、対象化してみる、ということが本書のモチーフです。近代的な時間意識の萌芽は、近代社会にいたって全面展開するわけですが、もとはヤスパースの言う軸の時代――古代ギリシャの都市社会やヘブライズム――に生まれてきたわけです。詳細は本書に譲り結論から言うと、抽象的な無限性としての時間という観念は古代ギリシャの貨幣経済と都市社会から生まれてきます。不可逆性としての時間、過去を帰無していく時間はヘブライズムから生まれてきます。その二つが結合したところから近代思想のもとが生まれてきます。面白いことにニヒリズム、虚無の思想の源泉とされているのが旧約聖書のなかの、「空なるかな空なるかなすべて空なるかな」という一節で始まる、「コヘーレス」（日本語訳では「伝道の書」）という文章です。ヘブライズムの思想が抽象的に無限化するヘレニズムと出会ったところで生まれているのです。

『時間の比較社会学』を書いたときはヤスパースの議論は知らなかったのですが、古代の貨幣経済と都市社会の成熟した時代に発生してきたということを詳細に見た第三章を転回点として、それ以前の原始的な社会の、具象的で反復する時間との比較と、それ以後の近代社会に至る無限性×不可逆性としての時間への転回を追求したのが『時間の比較社会学』でした。そのため有限性の思想という視点からこの本を照らし直すと、無限性の思想というものを相対化し、対象化し、客観化するという最初の試みであったと思います。三十年ほど前の本なので、今のような一般的な理論が出てくる前だったから、そのときはそういう意識はありませんでしたが。「現代社会はどこに向かうか」の問題意識で言えば、『時間の比較社会学』は、第Ⅲ局面の精神の基底である〈無限性〉の感覚の起原と、現代社会に至る展開、徹底を追求する仕事であったと思います。

『現代社会の理論』――無限性のシステムの成果と臨界

見田　『現代社会の理論』の話に移ります。

この本は四部構成になっています。第一章では現在の現代の情報化／消費化社会の資本主義は人間がつくりだしたこれまでのシステム――ソビエト的な社会主義なども含めて――のなかでは最も相対的に優れたものであって、自由で楽しくて明るい輝きに満ちた豊かな時代であるということをきちっと言ったうえで、それがなぜなのかを追求しました。その理由は、情報化と消費化を車の両輪とすることによってマーケットの無根性、成長の無限性が解放されたからです。従来の古い資本主義はマーケットが有限だったため、ほぼ十年ごとに恐慌が起こり、大戦争が起こった時にだけ、恐慌を避けることができた。そのことを社会主義陣営などに批判されたりしてきたわけですが、そのような古い資本主義の限界を乗り越えて、成長空間の無限性を解放したということが、情報化／消費化社会の成功の秘密と言える。二十世紀の後半のうちの三十年間ほどは大きい恐慌はほとんどなく、未曾有の素晴しい繁栄の時代を迎えたわけですが、無限性のシステムの最終的な可能性を解放したのが情報化／消費化社会だと思います。

しかし、いいことばかりかというとそうではなくて、いろいろな批判者が言うように大きな限界があることも事実です。その限界は大きく言うと二つあります。一つは環境資源問題、もう一つは南の貧困／北の貧困問題です。おおざっぱに言うと、究極的には無限性のシステムというものは本当の無限性ではなく、地球上の資源の有限性や環境の有限性というものに制約されている。これまでの資本主義とか他の社会とは異なり、無限の可能性を解放したというまさにそのことによって、限界まで成長・繁栄してしまったゆえに、その最終的な有限性、限界が初めて現実に露呈してしまった。無限性を徹底的に解放したがゆえに、逆にその有限性の限界に達したということ、これが第二章、第三章に書いたことです。

第四章は解決策について書きました。情報化／消費化社会をやめてしまえばいいのかというとそういうことではなくて、むしろ、情報化と消費化をラディカルに徹底させることによって解決し得るということが第四章の主張です。まず情報化について簡単に言うと、情報という概念は普通は知識を伝達するなどと使われるのですが、根本的に言うと、情報科学の徹底的な理論家である吉田民人が概念規定するように、西洋哲学の伝統のマテリーとフォルムということと対応している。世界は情報と物質からできています。例えば遺伝子情報やデザインやアートも情報です。

情報という概念を普通の「知識」という概念から解き放ってもっと一般的な、マテリーを秩序づける原理のようなものとして考えるならば、デザインやアートや文学も情報です。そういうものから生み出されてくる価値というのは、資源を浪費しなくても価値を生み出しうる。典型的なのは、何十億円もするゴッホの絵に使われている絵具やキャンパスといった物質的資源はわずかなもので、何十億円のうちのほとんどが情報だけの価値です。つまり、情報という概念をデザインやアートや文学などに徹底して拡張すれば、マテリーの有限性を越えた無限の自由と幸福が可能になると思います。

消費の概念もそうです。バタイユの「消費」概念は非常にラディカルですが、ボードリヤールはそれをもう少し通俗化して商品の消費として展開します。ボードリヤールの想定する消費社会は商品を大量に使うという意味での消費ですから、環境資源問題に抵触するので限界があるわけです。日本語ではどちらも消費と訳されていますが、バタイユが述べた〈消費〉consumation 概念は、ボードリヤールの「消費」consommation とは異なります。バタイユの〈消費〉は必ずしも商品の消費ではなく、それ自体として無償の歓びをもたらすような「奢侈《しゃし》」の感覚とつながっている。例えばバタイユは至高の奢侈として、「奇跡のように街の光景を一変させる、朝の太陽の燦然《さんぜん》たる輝き」という経験を挙げています。バタイユは生産の至上主義を批判して、消費こそが人間の根源的なことなんだと主張する。パーソンズ派の社会学の用語で言うなら、コンサマトリーです。コンサマトリーはインストゥルメンタル（道具的、手段的、何かの役に立つ）の反対語で、「それ自体が喜びである」ということです。ワーズワースの「私の心は虹を見ると踊る」という言葉のように何の役に立つということではなく、それ自体が喜びだということです。

加藤　日本語に訳すとどういう言葉になりますか？

見田　それが訳せないんですよ。無理して訳すと「即時充足的」となりますが、少し違ってしまいます。バタイユが言う〈消費〉はコンサマトリーな生き方とか感覚のことを言っていて、必ずしも商品を消費することを言っているわけではないのです。バタイユの言うように消費という概念を根源的に考えると、資源の消費や環境の汚染を必ずしも必要としない。そこから人間は無限の〈消費〉、バタイユの言う「奢侈」、ぜいたくをすることができる。幸福や喜びを感じることができるのですから、有限な資源と環境の世界のなかで、無限の喜びを感じることを可能にすることができる。つまり、情報化も消費化も、強いてストップさせなくても、ラディカルに情報化も消費化も徹底すれば、世界の有限性のなかで人間は無限の幸福と喜びを感じることができるということです。

『現代社会の理論』も第Ⅲ局面の有限性の思想ということから現代社会を見直した場合の具体的な展開の例として位置づけることができる。

実は、「定本」第Ⅰ巻に「現代社会の理論」と、先に述べた「現代社会はどこに向かうか」を一緒に収録するに当たって、矛盾があってはまずいし、「現代社会はどこに向かうか」のほうが正しいと思うので、当初、『現代社会の理論』を全面的に書き直すつもりでいました。しかし、読み返してみるとまったく書き直す必要を感じなかったので、データが更新されていた関係で短い節「資源消費なき成長の可能性と限界」を挿入した以外はそのまま収録しました。

現代社会の理論は、「現代社会はどこに向かうか」の問題意識で言えば、人間の歴史の第Ⅱ局面＝大爆発期を駆動してきた「無限性」の感覚と思考、そのシステムの、最終的な到達点――成果と限界とを確認する作業として定位できると思います。

『自我の起原』――共存的解放の根拠

見田　最後の「自我の起原」ですが、二〇〇八年のシンポジウムで配ってほとんどお話しできず、加藤さんが『人類が永遠に続くのではないとしたら』の中でまとめて下さった「森という他者」やカイロモン的存在というコンセプトと関わってくる問題です。『自我の起原』は科学的な生物学のオーソドックスな議論だけをもとに「人間的自我」の起原を追求した仕事です。この仕事はダーウィンの『種の起原』の向こうを張るという大それた野望というか関心があり（笑）、種の起原はわかった。種の中で「個」というものはどうして現れたのだろう。

『自我の起原』の結論的な部分を二つだけ言うと、一つは、個体とか主体、自我というものがどうして生まれてきたかということを見ていくと、もともと自我というものは、コギトに代表される近代的自我の議論のように、自我自体を自己目的とするようにつくられているわけではなくて、自我の存立構造それ自体が個というものを自己裂開する構造を持っているということです。

もう一つはカイロモン的な存在ということです。ドーキンスの『利己的な遺伝子』（紀伊國屋書店）は、その刺激的なタイトルと書き方によって非常に有名になりましたが、内容としては生物学者が言うように極めてオーソドックスです。ドーキンス本人はもう一つの著作『延長された表現型――自然淘汰の単位としての遺伝子』（紀伊國屋書店）のほうが理論的に大事だと述べていますが、『利己的な遺伝子』のほうが面白いし、世界的に有名になってしまったので『延長された表現型』はあまり読まれていません。簡単に言うと、表現型とは遺伝子によって人間の背が高くなったり色が黒くなったりすることです。しかし、延長された表現型はそれだけではなくて、人間や動物が外界を変えていくことを含みます。『延長された表現型』の本の表紙は、小さな動物のビーバーが、ものすごく巨大なダムをつくっている絵です。そのダムはビーバーの遺伝子がつくらせるわけで、ビーバーという一つの身体だけではなく、それがつくり出す環境世界というものも遺伝子の表現型と考えるべきだと、ドーキンスは主張します。さらに面白いことは、表現型というのはいろいろな生物がお互いに誘惑し合っている世界だということです。ビーバーがダムをつくるときに木の枝などを利用することと同じように、生物は他の生物の存在や行動を、自分の環境の一部分として活用することもある。一番いい例として、動物のなかで圧倒的に繁栄している昆虫類と、植物のなかで最も繁栄している顕花植物は、生存のサイクルのなかで、お互いに前提し合っていることが挙げられます。昆虫の遺伝子が植物の花の咲き方などに影響をおよぼす一方、花はきれいな色や蜜の甘い香りや味で虫を誘惑する。つまり、昆虫の行動もある部分までは顕花植物の遺伝子の表現型であると考えられるし、顕花植物のあり方も、ある意味で、昆虫の遺伝子の表現型でもあると考えられます。

これはものすごい発想の転換なのですが、例えば人間がコンクリートのなかにいるよりも森のなかにいる方が、身体が沸き立ってくるような感覚を持ったりするわけですが、森というのは、いろいろな植物や鳥、虫、そして人間も含めてさまざまな生命体が、異なった種相互の間で誘惑し合っている、そういった誘惑の磁場空間のようなものとして考えることができます。もちろん、森というのは比喩的なイメージで、理論的な言い方をすれば生態系です。人間というものは人間以外の植物や動物からも誘惑され、それに対して歓びを感じるようにつくられてしまっているわけです。そのことがとても面白いと思います。生態系というものはさまざまな種というものをお互いにいい意味で誘惑し合っている。誘惑という言葉は、もともと自分のために相手を都合よく誘うことですが、人間の場合でも誘惑されるということはとても楽しいことで、ある意味では誘惑されることほど楽しい経験はありません(笑)。誘惑という言い方をするとネガティブなイメージに響きますが、いろいろなものが、たがいに幸福を与え合っている、という側面があるわけです。そういった関係作用を生物学ではシノモンと言います。ホルモンは一つの生体内での各部分の調和であり、フェロモンは、女王蜂がフェロモンを出して働き蜂をコントロールするような同じ種のなかでの各個体同士の調和です。そしてシノモンは異なった種と種との間の調和のさまざまな物質とか現象です。人間はシノモン的存在であって、他の動物や植物のなかで、歓びを交感しながら生きています。人間という存在の一番ベースには、当然生命的な層があるわけですが、フロイトを始めとする議論ではだいたい人間の生物学的な基礎というと、セックスや生殖のことばかり考えてきました。しかし、そうではなくて、他の種との間にもシノモン的な関係があると把握すると、これまでの議論よりはるかに開放的なイメージを獲得することができます。

三局面論の「有限性の思想」から『自我の起原』を把え返すと、第Ⅱ局面では、自然は戦いと征服の対象であり、近代は自然を征服することで成長し、人類は無限に展開してきました。第Ⅲ局面の有限性の時代、幸福なプラトー（高原）の時代においては、自然は共存と交歓の対象になるわけです。例えば第Ⅱ局面の昆虫にとって森はもっぱら征服の対象であり、増殖しつくした後に環境条件が飽和すると、昆虫にとって森は共存の対象になってくる。つまり、自然は第Ⅲ局面において交歓の対象になってくる。

『自我の起原』で確認してきた、自我というものの自己裂開的な構造、さらにシノモン的な構造は、第Ⅲ局面のプラトーにおける、人間の解放のためのベーシックな根拠の一つとして把握することができると思います。

「現代社会はどこに向かうか」の問題意識でいえば、『自我の起原』は、第Ⅱ局面の展開の絶対化された主体であった〈自我〉の、起原と構造とダイナミズムを確認することをとおして、第Ⅲ局面の課題である人間の〈共存的解放〉のための、可能性の根拠の一つを確定する作業としてみることができる。

他の二つ、『気流の鳴る音』と『宮沢賢治――存在の祭りの中へ』（岩波書店）も、第Ⅲ局面の課題である、人間の〈共存的解放〉の、ポジティブなイメージを追求したものとしてみることができると思います。

以上、三つの仕事を、それぞれ骨組みだけですが、人間の歴史の三つの局面と「有限性の思想」の視座からそれぞれ把え返してみました。具体的な内容は、それぞれの著書を読んでもらえると、よく伝わると思います。

主体の変容。贈与と誘惑。

見田　以上が基本的な骨組みですが、もともと「現代社会の理論」は全体の構想としては七部構成で、現在発表されている四部構成の本の後、第五、六、七章の構想を「あとがき」に書きました。第二、三章の「環境の臨界／資源の臨界」と「南の貧困／北の貧困」という問題は外部的な限界です。一方、第五章「現代人は愛しうるか」、第六章「リアリティ／アイデンティティの変容」の問題は現代社会の「内部問題」として考えられます。これらの問題を深く考えようとするときには、普通の社会調査や社会学的データだけでは深みがなく、文学やアートという領域を探求しなければならない。そうするとそれは相当冒険的な思考を含むことになるので、その手前の誰が見ても納得がいくであろう確実なところでまとめたわけです。しかし、いずれ第五、六章の「内部問題」はやりたいと思っていますし、この問題に取り組むに当たって、現代文学や現代アートなどを読み返したり見返したりしてみたいわけです。

「軸の時代」シンポジウムで現代社会は二つの力線――第Ⅱ局面の無限に成長し得るという幻想のもとに無理やりに成長を続けようとする力と、未来の安定平衡期に軟着陸しようとする力――のせめぎ合いだという話をしましたが、その観点は『現代社会の理論』を書いた段階では、無限性の近代が生み出す内部のさまざまな解体、行き詰まった状態としての現代、つまり力線で言う前者しか捉えられていなかったわけです。しかし、「現代社会はどこに向かうか」という三局面論の視点から言えば、現代を前者だけではなくて、後者の未来の安定平衡期、ぼくの言葉で言えばプラトーに向かう力線と拮抗し合う過渡期として考えるようになりました。そして、プラトーに向かう萌芽のようなものが、文学やアートのなかに表れているのではないかという期待が出てきたことで、これまでの文学や芸術に対する読み方でいいのか、考えるようになりました。例えば、加藤さんも『文学地図――大江と村上と二十年』（朝日新聞出版）のなかで書かれていますが、二〇〇〇年代の日本文学の中心的な焦点は阿部和重の『シンセミア』（講談社）でした。優れた文学だと思いますが、第Ⅱ局面の行き詰まりとしての現代だけを描いていると思います。現代社会の「内部問題」の考察としては優れていますが、プラトーに到る萌芽のようなものは別の作品に求めないといけないだろうと思った。つまり、これまで考えていたものとは別のポジティブな萌芽のようなものを見たいというふうに大きく変わったわけです。

加藤　今お話しを伺っていると、見田さんの物の考え方は、ちょうどヨットのようです。ヨットというのは、風がどのように吹いても自分で帆の方向を変えて、自分の行きたい方向に進む。逆風でもそれをうまく受けて、船と帆の向きの組み合わせによって、前に進むことができるのですね。見田さんの物の考え方にはそういった機構があると思います。あるいは仮象を偽物と考え真に還元させるというのではなく、その仮象性、過ち、偶然の揺らめき自体を喜ぶ、楽しむというような原的なポジティブ性が備わっていると思います。

お話の通り、二つの力線のうちプラトーの観点は、九六年に『現代社会の理論』を書いた時点ではなかったのですが、その後加わったのだろうと思います。見田さんのおっしゃる内部問題のうち、「リアリティ／アイデンティティの変容」の問題とは何かというと、自然との関係です。つまり、人間が生きていく上での自然との関係のなかで、生きるリアリティを失う。一方で「現代人は愛しうるか」という問題は、今までの見田さんの考えから言うと、人との関係性ですね。おっしゃる通り、二〇〇〇年代の日本文学でこういう関心にふれるものというと、阿部和重の『シンセミア』ということになるでしょうが、的確に指摘されたように、この作品は、いわば往相だけで還相を持たない。症例としては深いが、それ自体の誘惑の力は少ない作品だろうと思います。浅い社会学で見るなら面白いが、その先に進むと物足りないところがあるかもしれません。

しかし、一方で、社会学で見田さんのおっしゃった観点からアートや文学を見る場合、そのままこれを適用すると、アート、文学を症例として見ることになってしまう、という問題が出てくると思います。症例として見た場合でも、それなりの指摘ができますが、いわば作品を見る観点が一方向的になり、シノモン的な関係が生まれなくなります。夢あるいは作品と『更級日記』ふうに双方向的に——誘惑的に——関係を結ぶのではなく、フロイトふうに一方向的に解読、解釈で対するだけになりやすい。すると作品からやってくるメッセージも、こちらの解釈格子を壊すほどに元気のよいものとはなりません。その先、作品に解釈側の見方自身を揺るがせられたいという場合は、症例として見る見方だけでは駄目で、それこそ歓ぶという見方が必要になるという感じを持ちます。

作品に、シノモン的な誘惑力の弱い作品があるように、批評というか、受容にも、シノモン的な力の弱い受けとり方、解読一方だけの、受けとり方ができてくるのです。深い受けとり方が必要で、文芸評論の場合だと、そういう言い方ですむのですが、これが社会学だとすると、ここから、やはり社会学自身が変わらなければならない、という問題が出てくるのではないかと思います。つまり、このたびの将来構想の書き直し、更新では、社会学的な方法自身の更新、拡大も含まれるのではないだろうか。見田宗介の仕事が真木悠介の仕事とここで再度合流する理由が、ここに生まれているのではないか、と思うのです。

それはやはり社会学——に限らず学問が持っている——暴力性の問題にかかわってきます。暴力性と言うと、「暴力的でないほうがいい」という話になりますが、そうではなくて、暴力性というのは学問の原罪でもある。それがないと取り出せない問題が多々あるはずです。そこからモチーフをどう軟着陸させていくかという課題も出てきます。そのことで私が考えたのは、今回の問題で言えば、例えばコンティンジェンシー（偶然性・偶有性）とか、「しないことができる」とか、「してもしなくてもいいことから自由が出てくる」とかといった概念だったのですが、概念の暴力性という手がかりを手放さないで、デリケートな森のなかに入っていく作法が今必要だろうという気がするのです。見田＝真木問題でいえば、そういう課題に、見田さんは、フェルナンド・ペソアの「一人二人」的あり方、異名の複数性で答えているという感じです。「しないことができる」という力能についても、見田さんは真木さんとしてすでに、『気流の鳴る音』で「しないこと」が大事だとドンファンの口を通じて言っていますね。つまりこういう言い方が、またあり方が、すでに、従来型の社会学とは違っているわけです。

結局、社会学というものが見田さんにおいて、見田宗介だけではやれない、誰もが二つの名前でやるような、そういうところに来ている。そういう問題が社会学の問題として出てきているという感じです。でもこれは社会学のことだけではない。有限性の哲学という話が出ましたが、それが総体として、こういう構えの変化をもたらしているのかもしれないのですね。これについてはここでは言いませんが、今後、文学自体が、これまでの構えを「ほどかれる」かもしれません。

私自身、先に『人類が永遠に続くのではないとしたら』というものを書いているあいだじゅう、自分が何をしているのかははっきりしていなかった。このめまいの感じは、その後もつきまとっているのです。外から見たら、要するに「評論家」なわけですが、ここにもドーキンスの延長された表現型の問題があるのかもしれません。自分が取り組み、考えようとしている対象によって、表現型ではないですけれど、自分も姿を変えさせられる。その対象も変わってくるかもしれない。論じ方、その表現自体が、変わるかもしれない。考えようとしていることが更に深くなると、芋虫から蝶への変態を強いられるように、また自分の考え方も姿を変えないといけません。

以前、鶴見俊輔さんの『戦時期日本の精神史――1931-1945年』（岩波書店）と『戦後日本の大衆文化史――1945-1980年』（岩波書店）のもとになった講義を、たまたまカナダで聴学生として聴講したことがあります。英語の授業だったので当時は跡を辿るだけで精いっぱいだったのですが、後から振り返ると、なぜ戦時期は「精神史」で、戦後は「大衆文化史」になるのか。なぜ戦時期の「大衆文化史」と戦後の「大衆文化史」でも、戦時期の「精神史」と戦後の「精神史」でもなくて、「精神史」から「大衆文化史」に変わるのか。そこが疑問として浮かびました。そこでわかったのは、ある一つのものをずっと追いかけていくと、魚だったものが両生類になって、陸に上ってくる。日本の精神史の核心を追っていくと、その追求は先に精神史だったものが大衆文化史に変わることに、気づかなければならないということです。変容する対象の追求を完遂するには自分も水陸両用で追いかけて行かないと、それができないのですね。そういった自分なりの発見を『戦時期日本の精神史』の解説に書いています。

見田さんは鶴見さんについて、子どもの感覚がずっと生き続けていると書いていますが、見田さんにもそういうところがあると思います。ただ、見田さんの場合の「子ども」は、とても虚無的ですね。一つは死んだらどうなるのだろうとか考える、ニヒリスティックな子どもなんです。それこそ内部問題というのは、無限性をどこまでも突き詰めていったら、こういうふうな子どもができるという問題でもある（笑）。小学生で『資本論』を読んだという話があるけれど（笑）、そういうところまで行ってしまった人はどうすればいいのか。そんな問題に、かなり初期の時代、幼いときにぶつかっています。だから私は、「なんで見田さんが社会学なんかに」と言っては悪いけれど（笑）、そう思うのですが、あるいはだから、見田さんは一番資質とは反対の社会学を必要としたのかもしれません。社会学というのは見田さんにとって自分を拘束する、あるいは解毒用の薬物のようなものなのではないかと思うのです。また私は『現代社会の存立構造』を、「真木悠介」という名前で出されたのは、それがまったく個人的な書物だったからではないかとも思っています（笑）。この本で足場を用意したので、この後は旅行に行くという感じの置手紙みたいな「あとがき」が書いてありますけれど。そのへんを考えようとすると、やはり社会学自身がもっといろいろなかたちで膨らんで、揺らいで、変容していく必要があると思うのです。

二〇一四年の十二月号の『現代思想』（「特集＝社会学の行方」）で見田さんは、十九世紀、コントが〈予見するために見る〉学問として社会学を構想したけれど、二十一世紀の現在は、世の中が激動していて、未来を予見する、あるいは先取りするだけではなくて、存在しない未来を〈構築する／構想する〉というような対象創造型の社会学が必要になってきている、と書かれています。

「未来を構想する」というのは、想像＝創造の行為です。つまり、違う分野や異種に対する影響形態としてのシノモンの発信行為なのです。これに対し、未来予見というコントの社会学は、同種間の交信であるフェロモンなわけです。それが異種のところまで広がるというのでないと、もうダメなのではないか。逆に言うと、そういうシノモン的な関係を、学問として、また脱学問的探究として、見田＝真木の連関のうちに見田さんはつくってきたのではないかと思うのです。

しかし、だからこそ、このシノモン的な学問をどう基礎づけるかという問題は重要で、厳密な検討を要する点でもあるでしょう。先に「現代社会の理論」に関する最初の書評で、できるだけ批判的観点も書き込むようにしたと言いましたが、それは、このことと関係があります。『自我の起原』では「エージェント的主体」と「テレオノミー的主体」という二つの概念が最後に出てきますね。つまり、裂開していくだけでは個体とならないのでどこかでひとまとめにする生成子の機能的なケアの側面が必要です。そこから、免疫系、脳神経系中心の系列化などが生まれる。その機能中立的な主体構成の側面を指すのが「エージェント的主体」で、免疫系、これはエージェント的主体です。これに対し、目的論的な自立化の進化の果てに生まれてくるのが「テレオノミー的主体」です。見田さんは、これは「ヒトという種の出現をまってはじめて確立する」と書いていますから、別の言い方をすると、この「テレオノミー的主体」がビオス（意識存在性）とゾーエー（生き物性）にいう、ビオス的主体にあたっています。私は、この、それ自体正当な指摘に対し、これへの評価として、自我の本質は、裂開性にあると結論してよいのだろうか、自我の本質は、この裂開性と自立性の二層構造性にあると言うべきではないのか、という疑問を呈したのだと思うのですが、これなど、かなり厳密さを要する点だろうといまも思っています。

先に少し話の出た吉川浩満さんの『理不尽な進化』に展開されている進化論の問題、ドーキンスとグールドの論争などもこの問題だと思うのです。テレオノミー的な主体があるとはじめて、その主体はさらなる高次の集合への自らの帰属とそこからの独立との双方の関係意識を持つことになります。人間の場合の「人類」がそうです。そして人類というような高次の集合を意識するのでそのための犠牲・贈与というものが生まれてくる。利己的な遺伝子と個体のあいだと類比的な関係が、新たに個人と人類のあいだに生じてきますが、その場合両者の関係の蝶番としての個人存在は、「利己的」だけでなく「利他的」でありうる。マザーテレサのような個人が生まれてきて、贈与とか自己犠牲を実行するわけです。吉川さんの論じる進化の論争では、グールドがなぜ圧倒的な劣勢の論争に打って出るのかが一つの焦点ですが、私から見ると、グールドの異議申し立てにはしっかりとした根拠も存在理由もある。圧倒的に不利な土俵で戦われたのですが、別に負けなくともよかったのです。以前お伺いしたとき、見田さんが、ドーキンスが来日したときに、「利己的な遺伝子」説では人間の問題は説明できないのではないか、と質問したら、ドーキンスは、「ああ、人間というのは exceptionel なんですよ」と簡単に一言で答えた、というお話を聞きました。ドーキンスの「利己的な遺伝子」に代表される学説は、人間を除いた生き物に妥当するが、人間は例外だというのがまさしくそのこと、グールドの足場を指しています。人間だけは、「エージェント的主体」のほかに「テレオノミー的主体」を持っていて、ドーキンスの学説ではこの「テレオノミー的主体」がいろいろ悪さをする、ノイズを出すのですが、ドーキンスもそのことは重々知っていたのだろうと思うのです。

そもそも誘惑作用はシノモンの働きで、生き物の個の裂開的本質（エージェント的主体）に基づきますが、誘惑される喜びを感じるのは、「テレオノミー的主体」ですよね。裂開的本質、ということが、一つある。しかしそこから、また、もう一つ、贈与、犠牲、誘惑が出てくる。「ある意味では誘惑されることほど楽しい経験はありません」と見田さんはキルケゴールのようなことをおっしゃったけれども（笑）、なかでも一番奥深いのは、誘惑されることかもしれません。

それでは「誘惑」とは何なのか。私はぜひ「誘惑」とは何か、見田さんに聞いてみたかったのですが（笑）。

見田　先の話と少し重複しますが、なぜこの世界に花というものがあるのかということです。花がなぜ、あんなに美しかったり可愛らしかったりするかというと、基本的には昆虫を誘惑するためです。つまり、先に述べたように、花が美しいさまざまな色彩、さまざまな香しい匂い、さらには蜜みたいな美味しいものを持っているのは、昆虫を誘惑するためにあらゆることをしているのです。基本的に、この世の中の美しいものは、他者を誘惑するためにできたのではないかと思います。他者は他の生物の種類、シノモン的な関係を含めた他者です。進化の過程において、いわば誘惑的な関係は、非常に基本的な現象なので、あまり生物学者も真正面からは取り上げていないと思いますが、人間だけの世界についても、そうではないかと思います。『現代社会の理論』で言えば、現代の消費社会がなぜあれほど楽しくて美しいかというと、資本が大衆を誘惑して、一生懸命デザインをして楽しいものや美しいものをつくったりするからです。現代社会のネガティブな面は別として、ポジティブな美しい面というのは、例えば昔のソビエトみたいな社会や中世などと比べても、資本による大衆の誘惑の試みがあるということです。だからそれが悪いというのは左翼の理論だけれど、その誘惑が楽しいものであることは、それはそれで一つのいいことではないかと考えています。情報化／消費化社会における誘惑の楽しさについては、ボードリヤールも触れていると思いますが、それから花と昆虫に至るまで、この世界の美しいものは、相互の誘惑的な関係から生まれているように思います。

加藤　今質問していて気づきましたが、そういえば、誘惑は、例えば親子や兄弟とかの間ではないですね。自己犠牲や贈与とかはあるけれど、一般的には、誘惑は他者でないといけません。だから、まるっきり関係のない人が自分を誘惑してくれることが喜びなので、やってくるのがまるっきり他者であることが喜びの条件、源泉なのかもしれません。例えば、中世のお姫様と騎士の恋愛物語といった宮廷物語の場合、結局そこで恋愛、誘惑し、されることから喜びが生じるのは、そこに身分などの関係を無化するものがあって、純粋な他者性を浮かびあがらせる力があるからかもしれませんね。関係の真空が突然生まれることの喜びというか。ですから、片方に犠牲や贈与といった関係の一つの契機として置き、もう一方に誘惑を置くと、かなり見田さんいうところの第Ⅲ局面での関係性の広がりがとらえられるのかもしれません。また、ひるがえって言うと、シノモンとフェロモンは誘惑ですが、ホルモンも生体のなかでの誘惑関係として捉えられるかもしれない。

筆名周辺。寺山修司。

見田　先の真木悠介と見田宗介の関係の話に戻ると、真木の筆名を使ったときにいち早く共感してくれたのが、寺山修司でした。真木の名前を使ってすぐに「僕は非常によく分かります。見田さん好きなことをやりたくなったのでしょう」と言われた（笑）。それはある意味ではずばり当たっていました。

加藤　寺山修司さんとはどの辺りで接触があったのですか？

見田　「思想の科学」が縁でした。「思想の科学」は、鶴見さんが特にそうだけれど、新しい感性のいい人を発見するのが早いでしょう。ですから、寺山修司が出てきた頃に鼎談の写真が載っています。その寺山の写真というのが、刈り上げのいかにも不良少年的で、家出少年だったぼくはそれを見て、言っていることも含めて「ああ、気が合うなあ」と思いました。

加藤　見田さんは家出少年だったんですか？

見田　中学の頃から家出のことばかり考えていました。特に家が悪い家だったわけではなかったのですが、家族とか家庭というものが一般的に嫌だったのですね。今はそうではありませんが（笑）。寺山と気が合ったのは、そういう家出少年的なことがあったからです。

加藤　寺山さんとは年代的にはほとんど同じですか？

見田　彼のほうが二つ上です。その後ある雑誌で、森秀人と寺山とぼくと三人で、東京都内のあやしげな場所を探訪して、その探訪記を毎月書くという企画がありました。企画はとても面白かったのですが、そのときぼくは大きい仕事に入ろうとしていたので、ぼくは不器用でいろいろなことを同時にできないタイプだから、「ぼくはこちらの仕事に集中したいから抜ける」と言いました。今から考えると惜しいことをしたと思いますが。そのときに喫茶店で寺山さんに話をしたときも、「見田さんはいろいろなことを同時にはできないタイプなのですね」と言って、そのままＯＫしてくれたことが印象的でした。彼自身はマルチ人間なので、何でも同時にやれるんです。

加藤　いい理解者です。

見田　一つだけ対立したことがあって、「僕は歴史が好きで地理は興味がない」と言ったら、寺山は「僕は歴史に興味がなくて、地理が好きだ」と言ったことです。「歴史は待たなきゃいけないからきらいだ。ぼくは走って行く人だから」と。

加藤　ほう。その通りですね。

見田　そうでしょう。「空間の思想／時間の思想」（『定本 X』に収録）という短いエッセイは、このときの寺山との対話がきっかけなのです。ぼくはそれまでは時間の思想でしたが、寺山の話を聞いていて、空間の思想もいいものだと思いました。今思うと、この短い会話は、ぼくにずいぶん深い影響を与えたように思います。

加藤　寺山さんも子どものときの感情が後の仕事に繋がって生きていた人だから、見田さんに理解があったのではないかと思います。私のような社会学の素人も含め、いろいろな人が見田さんの社会学を面白がるけれど、その面白がり方が少しずつ違うんですね。

『現代社会の存立構造』を真木悠介の名で書こうと思ったのはなぜですか。

見田　締め切りがない仕事を真木で書こうと思ったからです。締め切りがある仕事は見田で書く。締め切りがある仕事は、テーマが決まっていたり、どこの出版社で出すかなどが決まっていたりして拘束があるけれど、締め切りがなくて、書きたいものを書けばいいというものを真木で書きたかったのです。見田の名前だと、過去に書いたイメージなどが世間にあったりするから、それに縛られるのも嫌だった。ペンネームというのは、家出なんですね。自分を純化して解放する方法なのです。それを寺山はすぐにわかった。

『現代社会の存立構造』は読もうと思ってくれた方はわかるように、非常に抽象的で難解で面白くない。つまり、誰にも読んでもらわなくてもいいから自分のノートみたいなものとして書こうと思ったものを真木で書いた。

加藤　なるほど。ペンネームは家出。これできまり、というお答えです（笑）。ペソアも行ったっきりの家出少年だったんだ。注文ではなく、自分で書きたいときに真木悠介の名前を使うというお話でしたが、『現代社会の存立構造』を七三年から七四年かけての時期に書こうとされた。これと『気流の鳴る音』の並行性はどういうことなのでしょう。

見田　それは単純な話で、その時期『存立構造』を書いた後、インドやメキシコ、ブラジルを二、三年放浪していましたいるのです。旅の前後ですから。『気流の鳴る音』はその後なんですね。だから書いた年代は全然違っているのです。旅の前後ですから。『存立構造』のほうはもともと『思想』に連載した後ですぐに外国に行ってしまったから単行本にならなかっただけで、自分からすると旅の前に昔書いたものが後で単行本になった、というだけのことなのです。『気流の鳴る音』と出版年が同じ年になりましたけど、旅の前後の三年間は私にとって全然違う転回の前後なので、単純な話なわけです。『存立構造』については、近代市民社会の存立の構造みたいなものが明確にできるという感じがあった。それをきちんと押さえておこうという気があったのです。ただ、難しい議論だし、誰にも読まれないだろうと。だから『定本』から外しました。

加藤　それを見て大澤真幸さんが「これはいけない」と、解説を書いた。（『現代社会の存立構造／『現代社会の存立構造』を読む』朝日出版社）

見田　ぼくとしてはありがたいことです。

『定本』は見田宗介で十巻、真木悠介で四巻です。真木の四巻では『気流の鳴る音』を最初にもってきて、その展開として『時間の比較社会学』と『自我の起原』を持ってきたかったのです。感性的に柔軟な高校生のようなタイプの人に一番読んでほしかったから、『気流の鳴る音』を最初に持ってきたかったのです。

加藤　『定本』もそうですが、大澤さんの本で、真木悠介はこの後また読者を広げるのではないでしょうか。

「見田ゼミ」の空気

――いわゆる「見田ゼミ」は、社会学に限らずさまざまな領域の第一線で活躍する人材を輩出してきました。見田さんはゼミ生に対して「特に指導はしなかった」とお話しされることが多いですが、本当の意味で「何もしない」ということとは違ったのではないでしょうか？　例えば、見田さんの一度肯定した上で話を進めるコミュニケーションのスタイルに、ゼミ生は触発されていったのではないでしょうか。

見田　基本的には今言われたとおりで、個性的で自分でどんどんやっていきたい学生はぼくが放牧主義なので――これは橋爪大三郎君がぼくのゼミについて言った表現です――梁山泊みたいに自由な空間として集まって来たのだと思います。

もう少しポジティブな言い方をすれば(笑)、ぼくは「教育」ということをほとんど考えないで、その時々に自分が熱中している研究を、そのままストレートに講義でもゼミでもぶつけていました。『時間の比較社会学』のときは、比較社会学の話ばかり、昂奮して話していました。『現代社会の理論』のときは現代社会の話ばかり一節ずつの主題を夢中になって話していました。

ぼく自身の学生時代の経験があって、ぼくが一番面白く、感銘を受けた講義は、金子武蔵《かねこたけぞう》の精神史の講義で、一回だけもぐりで聴いたのですが、そのときの金子教授は学生の方は全然見ないで、自分のノートを二時間棒読みするだけという(笑)、授業の技術としては「最低」の方法でした。けれどもその内容は実に興奮させるものであり、さまざまのことを考えさせられました。ルネサンスの「青」の感覚についての講義でしたが、大学の授業というのは技術ではなく、内容なのだなと、強く思いました。

教える側が自分自身の全身でノリノリに乗っていることをそのままストレートにぶつけることが、結局一番深いところから触発する力をもつのだと、ぼくは思っています。

それから、ご質問のもう一つの点、まず肯定するということでいうと、ぼくは学生に対してだけでなく、他の著者や過去の思想家など、その人の一番ポジティブなことにしか興味がないのです。他の欠点にあまり興味がなくて、その人の一番素晴らしいところ、こちらが学ぶべきもの、可能性はどこかということだけにしか興味がない。学生のレポートを見ても、その学生の一番いい可能性はどこかと考えます。例えば九〇パーセント大したことのないお勉強論文を書いていても、一パーセントの煌めきがあったりすれば、ぼくはその一パーセントに対してだけ「あそこはすごい。あそこをもうちょっとやれば誰もやっていない仕事になる」とコメントしたりします。絶対に嘘は言わないけれど、学生に限らず人の一番優れた可能性がどこにあるかということにしか興味がないのです。それによって自信をつけた学生も、いるかもしれません。

加藤　批判することと肯定することがあるとして、七割くらいは批判よりも肯定することのほうが意味があるし、また難しいことかもしれないですね。肯定するということは批評としても難しいですし高度です。

お話を伺っていて、見田さんの方法にまさにそういうものを感じました。先ほどヨットの話を出しましたが、見田さんの若い頃の「思想の科学」周辺でのあだ名は「幸福な王子」だったと聞いています。それはあたっている（笑）。本当にどんなところからも前に進む力を受け取る力、ポジティブなところをつくり出す力があるというのが、見田さんの方法の源泉かもしれません。

前出の「すばる」のインタビューで「吉本さんは『殺す』思想家」で、「鶴見さんは『生かす』思想家」とおっしゃっていますが、確かに殺されて生きる人と生かされてそれがいいかどうかわからない人がいるのでそこはどちらがいいかわからないにせよ（笑）、見田さんも「生かす」人なんだろうと思います。そういう教育者的な側面のほかに、非教育者的側面――挑発者、誘惑者的側面――を持っている。そのことが人を引き寄せ、人を育てたのだと思います。シノモン、誘惑の力ですね（笑）。やはり社会学と見田さんの組み合わせというのは、異種格闘技ではありませんが、非常に異質な人が学者になって仕事をしてきた。その落差のダイナミズムが大きいですよね。やはり見田宗介＝真木悠介という非近代的なあり方に、人が集まり、育ったことの可能性がひめられていたのだと思います。

すでに教員を辞められているから伺っていいと思うのですが、ゼミナールなどの選考においてはどんな基準でもってあたられていましたか？

見田　ゼミのメンバーを選考する基準は、今だから言うと（笑）、センスのいい人です。批判されると思いますけど（笑）。それからもっと批判されると思いますが、人柄のいい人です。人間がいいということは、とても大切なことです。頭が良くても、シニカルな人や攻撃的な人は（東大生などに多いのですが（笑））、他の学生を委縮させる、とくに後輩たちや、デリケートなセンスのいい人を委縮させるので、のびのびとした自由な空気をダメにしてしまうのです。

その人一人を見るのではなく、ゼミという場の自由な空気をイメージして選考しました。そこから百花斉放《ひゃっかせいほう》で、さまざまな創造をする若い人たちが、出発していったのだと思います。

文学の主題／科学の方法

見田　フロイトの精神分析学の方法論の宣言みたいな、「飛んで行くことができないなら、這ってでも」という一説に、若い時強く共鳴しました。ドイツの古い民謡か、大衆の歌から採ったのでしょうね。フロイトはこれまで理論的な研究の対象外と思われてきた主題に、何とか理論という方法で、「這ってでも」迫ろうとした。その成否については、いろいろな議論があるでしょう。「異種格闘技」をやることのできるアリーナが、ぼくにとっては、社会学という「自由の空間」

だったのです。

ぼくがほんとうにやりたかったことは、他のところでも書いていることですが、「ほんとうに歓びに充ちた人生を送るにはどうしたらいいか」、そして「すべての人が歓びに充ちた人生を送るにはどのような社会をつくればいいか」ということ、その中でもとくに二つの焦点として、〈死とニヒリズムの問題系〉〈愛とエゴイズムの問題系〉ということでしたが、それは基本的には文学や思想の問題なのです。けれどもぼくは、これらの問題を、現実的な事実の実証と、透徹した理論という方法で追求したかった。つまり文学や思想の主題を、科学という方法で追求したかったのです。

そんなことがどこまでできるか、できないのかはわかりません。けれどもそういう統合の冒険に一生を賭けてみる人間が、一人くらいいたっていいじゃないかと(笑)。

加藤　対立するものの肯定と統合ということは私なんかにとってもいい教えです。自分にはできないとしてもめざすべき方向として深い共感をおぼえます。『現代社会の理論』を初めて読んだときに、全然違う考え方を出してきて統合した二つを見晴るかすという構え方という点で、『敗戦後論』と重なっていると思ったと言いました。しかし、私は両方を肯定してしっかり受け止めるという構えがいささか弱かったといま、反省があるのです。特に古くからの護憲派の人々、一部の保守派の人々には深い尊敬の念を抱いていましたが、言い方としてこっちも駄目でむこうも駄目、両方駄目じゃないかと言ったことで両方からひどく反発を喰らいました。藤田省三さんのように、電話をくれて、趣旨はいい、しかし言い方が乱暴すぎるじゃないかと注意してくれた方もいたのですが（笑）。今年十月に『戦後入門』（筑摩書房）という本を出したところですが、別に今度は褒めてもらおうと思ったわけではありませんが、今回はどっちも正しいと書いているかと思います（笑）。どちらからも学ぶ、肯定するかたちで受け止めるというお話は初めて聞きましたが、非常に大事なことだと思います。

今のお話を伺っていて思い出したのですが、しかし、何かをしっかりと肯定するということは、別のものをあっさり、はっきりと否定することでもあるんですね。『時間の比較社会学』を読んでいて一番驚いたのは、最後にジャン・ジャック・ルソーの『孤独な散歩者の夢想』の主張を、これでいいんだ、と肯定するところで、これを批判しているジョルジュ・プーレを、このプーレが駄目なんだと明白に書いていることです。その逆転の発想が、非凡。他の人にはできないところだなと思いました。『現代社会の理論』でもマルクスの言ったことを逆転している名高い箇所がありますが、そうした箇所を読むと、ハッとさせられます。つまり見田さんが言わなかったら誰もが何となく「そうなんだけどな……でもそれだけじゃないと思うんだけど」と気色の悪い感じで進むところを逆転する。そうすると、日が陰っていたところに急に日が照って光が差してきて、風景が一変する。ルソーの最晩年の作品である『孤独な散歩者の夢想』は、同時代の人びとからも孤立して書かれた、ルソーの一番心の弱い部分の出ている本ですが、私は好きなものの一つなんですね。でも、最後、ルソー、落魄《らくはく》して、半分、自然のなかに逃げ込んじゃった、くらいに評されている。でもそれを見田さんは取り上げてきて「これでいいんだ、ここからひっくり返さないと駄目なんだ」と、これを否定するプーレのほうをばっさりと切る。こういうことは、見田さんにしかできません。『時間の比較社会学』は古代から現代までを一つの線で貫いている。ゴルフで言うと刻んで進むのではなくてホールインワンするような射程距離を持った作品だと思います。文学とのかかわりで言うと、ミラン・クンデラの『存在の耐えられない軽さ』（集英社）の冒頭はニーチェの、永劫回帰で始まるわけですが、『時間の比較社会学』とこの本は、最後にニヒリズムを超えていくという点で構造が似ています。この本の主人公は事故ですでに死んでいて、有限性が決まっている。書き手も死んでいると書いてしまい読者もそれを知っているなかで、最後当事者たちが死ぬということを知らないで、二人でダンスして「ここに今幸せがある」と言って終わります。往相のほかに還相を持っているんです。この作品が、二〇〇〇年単位で見たとき、浮かんでくる現代作品だというので、一度お話ししたときに意見が合ったのですが、二つの著作が、有限のなかに無限があるということで共通しているように思いました。タイトルは『時間の比較社会学』ですが、前半部分は国文学や短歌、万葉集を取り上げていておもしろい。子どもの頃からの虚無や無限、ニヒリズムなどの感覚に裏打ちされている不思議な本だと思います。

これが真木悠介名で書かれていることにもう一度立ち止まりたいですね。いま、「現代思想」という雑誌が見田宗介＝真木悠介特集を組むのは、時機を得た試みだと思います。

（「現代思想臨時増刊　総特集・見田宗介＝真木悠介」二〇一六年一月）

見田宗介（みた・むねすけ）
1937年東京都生まれ。東京大学名誉教授。専攻は現代社会論、比較社会学、文化の社会学。著書に、見田宗介名で『現代社会の理論』『社会学入門』『宮沢賢治』などがあり、真木悠介名で『気流の鳴る音』『時間の比較社会学』『自我の起原』などがある。

×見田宗介

東京大学名誉教授、社会学者

吉本隆明を
未来へつなぐ

吉本・見田が共有するもの

加藤　三月十六日に吉本隆明さんが亡くなられてから一ヵ月あまりになります。今日は、3・11後の情況を視野に入れながら、いくつかの事柄をめぐって見田さんと、吉本さんの仕事や思想のもつ可能性を未来に投影するような話ができればと考えています。そして、吉本さんが生きた過去の話が未来に向けて意味をもつやりとりになればいいと思っています。

実をいえば、吉本さんが亡くなった後、見田さんとお話ししたいという気持ちがとても強まりました。

見田　加藤さんとは昨年十一月に「週刊読書人」の対談で久しぶりにお目にかかったのですが、今回こういう形で対談することになるとは思ってもみませんでした。

加藤　なぜそう思ったかといいますと、これは僕の見方ですが、吉本さんが日本社会の思想動向に対して示してきた距離感、独立の姿勢に響きあうものを、また別様に見田さんが共有されてきたと感じたからです。戦後からポストモダンへという思想の進み行きの中で、そのいずれにもなびかず、一貫した姿勢を保ったさまが似ている。

日本人はある時点までは、戦後の遺産をどう生かすかというように、「戦後」を基軸に考えてきました。ところが、ある時期から「ポストモダン」の枠組みに移行していった。若い人は自然にその吸引力に引き寄せられたでしょうし、戦後的な主題を緩めずにもちつづけた人は少しずつ時代遅れだといわれるようになりました。

ただ、面白いことに、戦後からポストモダンへと枠組みが変わる中でも、生き延びたものがあります。それは、一つは資本主義の否定で、もう一つは国家に対する否定です。この二つが戦後のマルクス主義、そしてある意味ではそれに批判的であったポストモダンの中でも、不思議な形で、否定の対象として命脈を保ってきた。

吉本さんは、一九八〇年代末のガタリやリオタールといったポストモダンの思想家との対談の中で「資本主義を否定してマルクス主義の可能性を広げているけれど、それは違うのではないか、その広げ方の中には倫理が密輸入されているのではないか」ということを強調して語っています。いま読むと、吉本さんがポストモダンとは距離をとりながら、戦後的な言説が弱まった時代の中で、独自の基軸を探していることがとても明瞭にわかります。

一方、見田さんは、「現実」の対になる言葉として、一九五〇年代を「理想の時代」、六〇年代を「夢の時代」、八〇年代以降を「虚構の時代」という広く知られるようになる区分を提示されました。この区分は「戦後」に沿っていますが、実は「戦後」という枠を内側から解体していきます。社会学的な方法を援用しながら、自分たちが経験してきた「戦後」を、その中に新しい視座を導入していわば脱構築している。その延長で、ポストモダンの考え方に、有限性という概念を対置されました。真木悠介名義で刊行された『気流の鳴る音』（七七年）や『自我の起原』（九三年）などでは、これを自己の内側から解く試みもされています。

魅力の核は文体にある

加藤 今回、一九九七年一月に「東京新聞」で見田さんと吉本さんが対談されていたことを初めて知りました（「世紀末を解く」）。見田さんが前年十月に『現代社会の理論』を出された、その直後に行われたものです。

あの本が出た時、僕はたまたま日本にいなかったのですが、翌年帰国してほどなく読んで、そこに提示された地球と世界の「有限性」という問題の提示のされ方にとても触発され、長い書評を書きました（「二つの視野の統合」）。ところが、僕が受けた衝撃ほどには、大きな評判にはならなかったらしい。

いまならわかりますが、見田さんはそこで、はっきりと、資本主義を否定しないと述べられ、これを前提に、国家への批判的スタンスを外した全く新しい問題提起をされています。そのことに、人々は戸惑った。困惑したのでしょう。その結果、黙殺された、ということだったと思います。

対談の席上、吉本さんは宮沢賢治のほか、オウム真理教の事件、「アフリカ的段階」というテーマをあげています。おそらく、見田さんの原初と先端を押さえた思考と問題提起に、ご自分の姿勢に通じるものを認められたのではないでしょうか。まずは対談の時の印象からお伺いできればと思います。

見田　吉本さんにお会いしたのは、あの対談が初めてでした。吉本さんが書かれたものの多くに目を通してきたわけではありませんが、『固有時との対話』や『転位のための十篇』といった初期詩篇、「マチウ書試論」や『共同幻想論』など、読んだものに関しては熱烈な共感を抱きました。以前から吉本さんは怖い人ではないかというイメージを抱いていたのですが(笑)、意外にも和気藹々と話したのを覚えています。ぼくの『現代社会の理論』も読まれていて、喜んでいただきました。

加藤　吉本さんの書かれたものを読み始めたのはいつ頃ですか。

見田　意外と遅くて、一九六〇年代の終わりです。その時分、ぼくは学生運動をしていた学生たちが打倒すべき教授会のメンバーで、一方、吉本隆明は激論を吹っかけてくる連中の神さま的な存在でしたから、それならばと腰を入れて読み始めました(笑)。

ぼくにとって吉本隆明さんの魅力の核は、あの人の文体なのです。吉本さんの文章はとてもゴツゴツと節くれだっていて、深みや澱みを作りながら決して流暢に流れていかない。その文章が、ぼくには何より信頼できるものなんです。そうなるのは吉本さんの内部に矛盾があるためだと思います。

「矛盾」というのはぼくにとっては最大の褒め言葉で、シェイクスピアでもゲーテでもマックス・ウェーバーでも巨大な思想家の仕事には必ず矛盾が孕まれています。吉本さんの矛盾の出所をぼくの言い方でいえば、巨大な情念とそれに拮抗する明哲な論理が軋んでいることから来るように感じられます。自分の中にある処理に窮する大きな情念を、明哲で強靱な論理で押さえつけるような文体がどこから来るのか。この問題を解かなければ自分は生きていられないのだというような、切実な問題に真正面から取り組んでいる葛藤や拮抗から、それは立ち現れていた気がします。思想の内容以上に、ぼくには信頼の理由でした。

宮沢賢治について、吉本さんは「狂者の拘束衣」という言い方をしています。賢治ファンには抵抗がある捉え方でしょうが、吉本さんには自分の似姿を投影した積極的な評価だったのでしょう。賢治の中にも得体の知れない情念や憤怒があって、それを法華経の規範が押し留めていた。その規範的な宗教性から見てしまうと、賢治の言い草は説教臭くてつまらないものになりがちです。でも吉本さんは逆からのぞいて「狂者の拘束衣」という言葉で、自身も抱いていたような無意識の領域につなげていったのではないかと思います。

読み返すとさまざまな刺激が

加藤　僕も読み始めたのは遅かったです。大学入学が『言語美（言語にとって美とはなにか）』の出た翌年の六六年で、まわりがトンカチを振り回すように「吉本はすごい、『言語美』はすごい」といっていたこともあり、最初は敬遠して読みませんでした。二年留年を重ねた後で働き始めたのが七二年ですが、その年の二月には連合赤軍事件があり、中原中也くらいしか読めなくなっていました。その時、俺の中也観を揺るがすほどの力があるのか、と挑戦するような気持ちで手に取り、『言語にとって美とはなにか』を読んだのです。一年間くらい（笑）。学生の頃に『言語美』を振り回していた連中は、何もわかっちゃいなかったんだな、とわかりましたが。

さらに七〇年代の末、時評的な文章やエッセイを集めた『擬制の終焉』を読んで、緊張感も瑣末さも含めた、その時々の出来事に対して辛抱強く付き合いながら思考を深めていく臨場感やダイナミズムに舌を巻いた。それからです、本格的に読み出したのは。結局、全共闘運動の記憶から離れたくて渡航したカナダで、吉本さんの面白さに捕まり、その地で知り合った鶴見俊輔さんに吉本さんの話をふっかけてはイヤがられた（笑）。実は、鶴見さんという人も拘束衣を着た「狂気」の人で、以後、心服することになるのですが。日本に帰って文芸評論を始めましたが、吉本さんと会いたいとは思いませんでした。それでも、お会いする機会が生まれ、それから何度かお宅に寄せていただいた。吉本さんは、場数を踏んだ左翼の人たちが振りまく尊大さ、鈍感な啓蒙性、エリート臭と全く無縁です。とにかく他には会ったことのないような人で、蠟燭でいうなら、火が点っている。暖かい。でも、触れられない（笑）。それまで抱いていた窮屈な印象が大きく変わりました。

見田　会ってみると、ご本人は書かれているものとイメージが違います。

加藤　そうですね。こちらの成長に応じて、吉本さんの書くものも変化する。3・11で、僕はだいぶ物事をもう一度しっかりと考え直さなくてはならないなと思わせられたのですが、一九九一年からの二十年間が、いま僕には、見田さんの概念をお借りしていうと、無限性の近代から有限性の近代へ、となるような、大きな転回期の過渡期をなすのではないかと見えています。

人間は宇宙に飛び出し、月には行ったが、火星には行けなかった。二度まで事故が繰り返されて、ＮＡＳＡのスペースシャトル計画も中止されました。ソ連の壮大な共産主義の実験も、五〇年代末にはアメリカを追い越す勢いでしたが、以後、失速し、問題を露呈し失敗に終わり、マルクス主義という大きな未来構想の形は潰えた。いつまでも無限には人間の未来は進展していかないんだということに、その後、世界は三様の仕方で直面させられる。それが一九九一年のソ連崩壊、二〇〇一年の9・11、そして二〇一一年の3・11だったと思います。そして今度こそ掛け値なしの第二の近代、有限性の近代、ポストモダン期に入ったのではないか、そう思っています。

そういう中でもう一度吉本さんの仕事を読み返すと、さまざまな形で刺激を受けるのです。晩年の『アフリカ的段階について』などだけでなくて、親鸞、心的現象論、共同幻想論、転向論、宗教論といったところまで。これまでさほど興味がなかった論点も、とても鮮やかに見え始める。

例えば、「戦後世代の政治思想」（『中央公論』一九六〇年一月号）なども、いま読むと、吉本さんの考えは当時の反安保の考え方とは相当違うものだったんだなあと驚きます。多くの知識人が、対米従属、中立志向を理由に安保反対を唱えるのに、それじゃ戦争の時と同じじゃないか、といっているのですね。石原慎太郎、大江健三郎もその点同じだ、と切って捨てています。そして、同年代の政治思想家の分析のほうが数段よいとして、ブントの文書をあげている。対米従属とか、国単位の感情論ではない、クールな「社会構成」分析で、戦前と戦後の連続性を指摘していると。執筆者は当時のブントの活動家で、姫岡玲治、いまの経済学者、青木昌彦さんです。このような見方の原点に吉本さんの戦争体験がある。いまは吉本さんの戦争体験が、再追尋してみるべき一つの謎のように見えています。

普遍性をもつ思想

見田　知識を広げるようなお勉強で読むと、むしろとっつきにくくて、こちら側に読む理由や根拠がある時に、より面白く光るものがある人ですね。

吉本さんと対談した時に、彼が「最近の若い人たちはあらあらあらあらと思う間に出来ちゃっている」といわれたことが印象に残っています。

吉本さんが力をふりしぼって闘ってきた相手、それは天皇制的な軍国主義や日本的な共同性であり、ソ連型の共産主義や左翼的な党派性でしょうが、例えば『共同幻想論』はそれらを串刺しにしたわけです。しかし、そういうものを現代の若い人たちは事もなげに乗り越えて別の地平に出てしまっている。そのことへの驚きと拍子抜けみたいなものから（笑）、ふと漏らした呟きでしょうが、それは若い人たちが闘って勝ち取ったのではなく、高度な情報／消費社会の力がそこに押し上げたわけです。そういう若い世代に吉本隆明を読ませてもあまり面白がらない。それは若い人たちの側に吉本さんが格闘したような動機がないからで、だいたいが「僕らとはテーマが違いますから」などという。

加藤　小癪《こしゃく》にも(笑)。

見田　そうなんです。

例えば、吉本さんがこだわってきた「大衆の原像」という言い方が、若い人たちにはピンとこない。大衆に即して生きれば間違いを犯さないということはないわけで、先の戦争でも大衆的な動向に必ずしも義があるわけではない。だからこそ、吉本さんも「原像」といったのでしょう。大衆を根拠にする発想は「知識人と大衆」という古典的な二分法から出てきました。

知識人は文字が発生した文明史の中で登場し、古代エジプトの神官のように権力と一体だった。やがて近代のある段階で西洋の周縁であるロシアや日本で権力と分離し、「反体制知識人」と呼ばれるような反権力の役割も担い始めた。ところが高度情報社会になると知識人そのものが溶解して大衆と区別がつかなくなる。近代末期の段階で知識人は役割を終えて、その分だけ「大衆」という存在も稀薄に感じられるようになったのだと思います。

話は前後しますが、いずれにせよ、吉本さんは勝ったわけです。しかし、ボクシングでも戦った相手が強いほど、勝利のオーラが出てくる。天皇制も共産主義も党派性もある時代までは十分に力とオーラがあり、それを倒したファイターは「勝利だぞ」とリング上で宣言して脚光を浴びた。ところが、勝利の結果と記憶だけ残して、「戦後」という戦いの舞台からいつの間にか観客が帰ってしまった。にもかかわらず、本当は、吉本さんが摑み取ったものはそんな時代の様変わりで色褪せるものではなく、普遍性があると思います。

リスク近代と有限性

加藤 九七年の対談「世紀末を解く」では、吉本さんの『ハイ・イメージ論』「アノリカ的段階について」と見田さんの『現代社会の理論』をめぐってやり取りが行われていますが、3・11以後、本当ならもう一度、お二人の対談を読みたかったというのが、僕のいつわらざる気持ちです。吉本さんの科学技術をめぐる自然史的な見方に、見田さんの有限性の考え方をぶつけてみて、吉本さんがどうお答えになるかを聞きたかったと思うのです。

僕が今回の原発災害をへて、もう一度、見田さんの有限性という考え方に向き合うことになったのは、今回のできごとがこれまでの資源、環境、人口といった、どちらかというと外在的な有限性に対し、いわば北の側の資本制システムのもつ内在的な「有限性」をあぶり出すものと見えたからです。

ドイツの社会学者ウルリッヒ・ベックが、「リスク近代」という考え方を提示していますね。彼は産業災害の大規模化、質的変化に注目して、これまでは産業はその生産性に正当性の根拠をおいて考えられたが、今後は、それが事故によってもたらしかねないリスクへの配慮に正当性の根拠を転換させなければならない、見方を逆転しなければならないと述べています。この見方が面白いのは、従来のモダンからポストモダンへという考え方に対し、産業近代からリスク近代へという、別種の布置の提案となっているところです。

産業資本主義段階から高度産業資本主義段階への移行を、前者は、生産から消費、リアルからヴァーチャル、大きな物語から差異の戯れと見て、「大きな物語」の失効を語ったのですが、資本制システムについては、否定的に見る一方、皮肉にも、無限に続くだろうと楽観視しています。これに対し、ベックの「リスク近代」はこれを生産からリスクへの移行と捉える。また、資本制システムと国家体制の内部でこれを「サブ政治」等によって変革していく構えを取る。つまり、見田さんのいう、無限性から有限性へという方向に通じる考え方になっているのです。ベックの産業リスクという観点を有限性と重ねると、高度産業資本主義が、消費社会化、情報社会化の趨勢をへて、労働者を消費者の形でシステム内に再回収し、金融領域をヴァーチャル資本の形で二重にシステム内に取り込んだ後、いわば外部を失い、産業の技術革新、高度化、効率化、大規模化を通じ、もっぱら内部の収奪を昂進させることで存続してきたさまが浮かび上がってきます。二〇〇八年のサブプライムローンの金融危機は、そのヴァーチャルな外部性取り入れの破綻でした。でも、そうなら、二〇一一年の3・11は、その内部収奪、つまり技術革新、高度化、大規模化の「限界」の露呈だったのではないか。

産業が無限に大規模化してくれれば、どこかでリスクの激甚さが、産業システムへの回収の限度を超える臨界に達することは目に見えています。そして事実、産業事故の激甚さと保険金額の巨額化、高度化の趨勢を調べてみると、八〇年代以降、こうした事例が激増していることがわかります。例えば、いま被害総額の大きかった世界史上の事故ベスト10というようなサイトを調べてみると、九位までがすべて八〇年代以降の事故なのです。

今年の一月、損害保険会社でつくっている「日本原子力保険プール」が福島の事故を受けて、東京電力に対し契約の更新をしない決定を打ち出しました。史上初ではないでしょうか。保険というのは、事故、テロ、自然災害等の不測ファクターを数量化し、算定可能なものにしたうえ、産業システムに回収する仕組みですから、つまり、これは「リスク」が「生産システム」の可損性の限度を超えるようになった。その合図、のろしです。このことは、見田さんが提示してこられた資源、環境、人口という地球大の有限性の問題が、いまや、北の産業資本制システムの只中から内在性として現れてきたことを示しているのではないでしょうか。つまり、資源、環境、人口の限界がなくとも、北の我々は、内在的に、有限性にぶつかる、ということです。

有限性の近代とは何か、というと、僕はいままで「私利私欲」が大事だということをいってきました。個人の始原の欲望こそ、中世のシステムを壊し、近代をもたらした「自由」の核心だと考えてきたからです。この欲望の無窮性に注目すれば、近代をもたらしたのは、いわば人間の自由、欲望の無限性なのだとわかる。この考えを僕はホッブズ、ルソーの『社会契約論』草稿、ドストエフスキーの「地下生活者」などから取り出しましたが、最近、これが近代の「最初の人間」問題であることに、フランシス・フクヤマの『歴史の終わり』を読んでいて、気づきました。歴史が終わったところに現れる人間を、そこでフクヤマは「最後の人間」と呼んでいて、ある意味では、東浩紀さんの最近の『一般意志2.0』の主題が、この「最後の人間」にとっての政治参加の可能性をめぐるものになっています。でも僕の観点からは、「最初の人間」の私利私欲の無限性に代わる、別種の近代の人間性の本質とは何か、そういう問いが生まれてきます。

「中央公論」の対談（「『最後の親鸞』からはじまりの宗教へ」二〇〇八年一月号）で、人間の原生的疎外のはじまりをめぐって、中沢さんが宗教性というのは、始原においては、現在のような形をしていなかったのではないか、と吉本さんと語り合っていますね。またそうした観点から、中沢さんは先月、吉本さんのいわば無限性の科学技術観に疑問を差し向けていますが（「『自然史過程』について」）、ここにもともに、「無限性」への疑いを見ることができます。つまり、無限性というものは、始原から見ると、「新しい」ものなのではないか、ということです。しかし、こう考えてくると、こういう話のできる相手としては、吉本さん、そして見田さんくらいしか、思いつかない。

吉本思想の幹細胞とは何か

見田　加藤さんは「森が賑わう前に」（『新潮』二〇一二年五月号）の中で丸山眞男を例に挙げて、大きな木が倒れた後、しばらくは吉本隆明をめぐって議論されたり本が出たりして森は賑わいをみせるだろうが、その前に一言、という形で追悼の言葉を述べておられます。この文章と対応して、今日は、森が賑わった後のことを考えてみたいと思います。吉本さんの思想の核が、新しい時間空間のコンテクストの中でどう蘇って、再生されていくのかに関心があるんです。

いま加藤さんがおっしゃったこととよく重なってくると思うのですが、吉本思想の幹細胞ともいうべきもの、未来につながるもの、がどこにあるのか考えてみたいと思います。

吉本さんが闘ってきた、天皇制軍国主義やソ連型共産主義や旧左翼的党派性という戦後的テーマは、すでに解消されてしまっている。しかし、そこでさらに吉本さんが闘いながら考え続け、いまでも古びていないものに「近代」というテーマがあります。

ぼくの考えでは二十世紀の終盤から近代は解体のプロセスに入り、少なくともこれからあと百年以上は「近代以後」への過渡期だろうと考えています。このことへの賛否はどちらであっても、近代というテーマは日本の戦後社会の推移を超えて本質的な問題としてぼくらの前に横たわっている。吉本さんはその理論構成のあり様からみても、生きた時代の範疇から捉えても、「モダニスト」といってもよいでしょう。それは、あの人が格闘したさまざまな共同性に対置させたものが「個」の絶対性であることを考えてもいえると思います。

しかし、吉本さんの魅力は自分の理論をはみ出す部分があるところです。例えば『共同幻想論』を近代主義的に読むならば、個の自律性である「自己幻想」が国家や党派性という「共同幻想」と格闘し否定するという構図だけを取り出せば十分です。ところが、吉本さんは、あそこで「対幻想」などというわけのわからないものを持ち出してくる。しかも、あの本で最も魅力的な概念が対幻想なのです。

柳田国男の『遠野物語』を取り上げた『共同幻想論』の「巫女論」には、馬頭観音にまたがって遊んでいた子どもたちをとがめた別当が病気になり、巫女に聞くとお前がお節介をしたからだといわれた、というような印象的な挿話があります。つまり共同幻想には二つの位層があるということです。つまり、神仏を粗末にしてはいけないという抑圧的な共同幻想があり、その下に神仏をおもちゃにして遊ぶ子どもたちの無邪気と共感する共同幻想の層がある。そこで巫女は、この共同幻想の「表層」と逆立しながら、「原層」と通底する「個」として存在する。

もう一つエピソードを挙げれば、石牟礼《いしむれ》道子さんの『苦海浄土』には水俣病患者のある家族の姿が描かれます。水俣病のために死んで、解剖の後に包帯でぐるぐる巻きにされた和子ちゃんをお母さんが病院から家に連れて帰ろうとするのだけれど、奇病と呼ばれた死体を市民たちは気味悪がるので、背負って街中を歩くわけにも電車にのるわけにもゆかない。結局母親は線路をトボトボ歩いて帰るんです。

そこには原発城下町と同じように、チッソに雇用も地方財政も依存しながら「奇病」を忌避する水俣市民の共同幻想に逆立するものとして、和子ちゃんのお母さんの孤独が表現されている。

この一人の母親の孤独の重さは、思想家吉本隆明の孤独の重さに匹敵するものです。この孤独の重さは、背中に背負った和子ちゃんの重さから来ています。つまり、その孤独は、近代的な個のそれではなく、一つの対幻想の孤独です。石牟礼さんはその逸話を描きながら、「あのひとたちの死にぎわのまぼろしをぜんぶ見終えるためにわたしは孤立しなければ、孤立したい」というんです。その孤立は近代的な市民の共同幻想に逆立する孤立です。

もちろん、吉本さん自身も解説しているように、対幻想はセクシュアリティのつながりを原型としているものです。その表現はドゥルーズ＝ガタリのいう「n個の性」という概念に吉本さん自身も関心をもっているように、マルティン・ブーバーの馬との美しい挿話や、「我と汝」の思想と対応して考えてみることもできる。アメリカ先住民（インディオ）のある老人が、現代アメリカの知的な青年を、近代合理主義の世界の全体をさらに相対化するようなおどろくべき明晰さの世界へと解き放ってゆく時の最初のレッスンは、一本の草との愛を結ぶ、ということでした。つまり、一本の草との対幻想から、世界の全体が生き生きと生起するのです。

吉本さんが示した対幻想とはそのような突破力をもった領域であり、共同幻想が自己幻想を外側から規制し抑圧するものであるのに対して、対幻想は自己幻想をその内側から解放してゆくものではないかと、ぼくなどはイメージします。そういう何とも魅力的で不可思議な概念を吉本さんの思想は打ち出していて、それは近代的な思考をさらに遠くまで超えてゆく潜勢力をもつものとしてぼくたちは、捉え返しておくことができる。

吉本さんの思想の幹細胞とは何かといえば、ぼくにとってはそのようなものだと感じます。ているからだというお考えに僕も賛成です。

加藤　そうですね。吉本さんの『共同幻想論』がダイナミックなのは、その内奥に矛盾が孕まれ

『共同幻想論』の矛盾は、僕の方からいうと、個的幻想、対幻想、共同幻想のうち、対幻想が一対一の関係、共同幻想が一対多の関係といわれながら、個的幻想だけが、では一対何の関係なのかがいわれないでいることだと思っています。でも、一対多が「共同幻想」だとされているのですから、例えばその「多」が日本人というネーションだとすれば、その外に人間という類概念があるように、その外がある。「共同幻想」の外に、「一般幻想」ともいうべき領域があるはずです。戦前でも、日本では天皇が神といわれているが、でも、それは迷信だろう、と考えるコスモポリタンな人がいた。それは、彼が「一般幻想」として、そう信じているわけです。それが個的幻想の基体だと見れば、関係図式は一対一、一対多、一対類、というように並び、個的幻想↓対幻想↓共同幻想↓一般幻想＝個的幻想、というサイクルが生まれる。この論が、とても安定した論となります。

でも、それでは吉本さんのモチーフは生きない。そこで吉本さんは、「一般幻想」の環を断ち切る。手で覆う。するとそこに共同幻想の制圧という磁場が生まれ、個的幻想、対幻想、共同幻想相互の「逆立」の葛藤と矛盾のダイナミズムが結像化されるのです。

「関係の絶対性」というテーゼにも同じことがいえるかもわかりません。これは、「関係の客観

性」と呼ばれてもよい。でも、それだと安定するが、吉本さんのモチーフは消える。関係というものが絶対的な意味を帯びる磁場がある、というのがそこで吉本さんが述べていることだからです。『共同幻想論』も「関係の絶対性」も、吉本さんの戦争体験を、吉本さんがどのように自分の中で受け止めたかを考えないと、誰にもわかる形にはならない。現像液をくぐっていない印画紙のように、そこを押さえないと、黒くなる。例えば外国の若者に、その要点を伝えることができない。でもそれは、吉本さんが悪いのではなくて、それを伝える論理のあり方を、まだ我々が編み出せていないのだ、ということでしょう。

矛盾の中に未来の光がこもっているのです。

近代の解体過程に

加藤　先ほど、見田さんがこれからあと百年以上は「無限性」から「有限性」への過渡期、近代の解体過程が続くだろうといわれたことに、虚を衝かれました。その点について少し説明していただけないでしょうか。

見田　紀元前五〇〇年代に古代ギリシャの哲学が誕生して、仏教もその少し後ですね。それから約五百年後にはキリスト教が生まれて、その五百年の間が、それまで共同体の中で有限的に生きてきた人間が共同体から解き放たれ、数々の宗教の力によって無限にむかって生きるという新しい真理を組み立てた時代でした。この背景には、広域的な交易が成熟し、貨幣経済が成立し、都市的な社会が展開したということがあります。このような巨大な変化が、人びとの生活と思考とを無限に向かって解き放ったのです。

その過渡期を五百年とすると、無限から有限を人間性の真理とするこれからの時代の過渡期は、少なく見積もっても百年以上は続くと思います。ぼくらが生きている時代は、近代の最終的な高度化というベクトルと、近代の向こうに行くベクトルが拮抗している時代であると思います。

加藤　そういうゆるやかな時間の幅を示してもらうと、とりわけ「遅れ」というか、我々の内部における原初と先端の幅、その間のドラマのようなことに思いがいきます。先ほど、「大衆の原像」という話が出ましたが、その背景にあるのは、後進国の可能性という考え方だろうと僕は思っています。いま日本の戦後思想をポスト・コロニアルな抵抗として捉えられないかと考えているところですが、その中心に位置するのが、吉本さんで、こうした「遅れ」の問題からだと、その思想の輪郭がもう少しシンプルに取り出せるのではないかと思っているのです。

近代を創始しリードしてきた欧米の人口は、二十一世紀の現代でせいぜい全人口の二割弱ですね。残りの八割強の人間の基本枠組みは非西洋近代の経験だということになります。非西洋における近代の経験とは、やはり「遅れ」というか、外来の情報・文化と土着の情報・文化のせめぎあいの経験で、情報化世界の環境のもとでそれは、リテラル（明視）とイリテラル（盲目）の対立ともなるでしょう。そういう世界にとって近代や近代の解体がどういう意味をもつのか。日本が経験したように、非西洋が西洋近代に同化したり失敗したりという経験は今後も世界的規模で繰り返されるはずですね。吉本さんはその一つの局面を「超近代」とも呼びましたが、その意味では、西洋近代より非西洋近代の経験の方が、いまや広く、普遍的なのではないか。西洋近代の本質は非西洋近代の経験として生き延びるのだと思えます。

「大衆の原像」も「関係の絶対性」も「対幻想」も、こういう歴史過程で摑まれた考えだということです。ローカルには違いない。でも、それゆえに、そこには未来性と普遍性があると考えたい。原初と先端に開いていく「二正面作戦」の構えで、吉本さんと見田さんは共通しているのですが、この発想も、実はそういう社会で獲得されていった思想の形なのだと思います。

「アジア的段階」にふれて、吉本さんは竹内好はアジアという概念を空間的に捉えているので、「アジア対西洋」になるが、自分は世界史の中の一つの段階としてこれを時間的に捉えるといっています。そこから、さらに「アフリカ的」という原初の歴史的段階に踏み込んでいった。

でも、吉本さんが亡くなったいまは、一人でいろいろなことを考えなければいけない。いまさら何をいっているんだといわれているような気もしますが、あの人の声がないのは、やはりさびしいですね。

未来へつなぐために

加藤　最後にお話ししたいのは、もういない吉本さんをどう読むかという問題です。以前、見田さんの自我論は自我を複数的に捉えているが、その複数性を単数と受け取るところに自我の本質はあるんだ、と批判的言辞を弄して、僕の周囲の見田さんの愛読者たちから総スカンを喰いました(笑)。

見田　そんなことがあったのですか(笑)。

加藤　ええ。しかし、見田さんにならこうしていえますが、でも吉本さんだと、もういない。僕は強力な人、思想の前では、独立することが、大事なことだと思っています。

吉本さんはそういうことをよく理解してくださる人で、二〇〇一年に吉本さんと対談した時(「存在倫理について」)に、最後に、「吉本さんは国家を悪と考えているのですか」と質問しました。吉本さんは「いやそれは難しくて、そのことをうまく受け取ってもらえないと感じながらいつも話している」と答えてくださいました。枕に、「僕は九一年以降、国家を悪とは考えないようにしている」と断って、正面から尋ねたのですが、もう少し食い下がるべきだったと反省しています。

吉本さんはもう亡くなってしまったのですから、吉本さんの言説でわからないことは、改めて聞けません。ただ、人間はわからないことを、つい過度に深遠に受け取りがちです。そういう弱さがある。しかしそれが思想を殺します。このあと、吉本さんの思想を深淵に理解する人が増えるかもしれませんが、僕はその逆に進みたい。一つくらいは違いも出したい。日本のことを知らない若者に「そうかなるほど、吉本の思想って面白い」とどうすれば伝えられるか、考えてみたいと思います。

見田　ぼくが吉本隆明の幹細胞という言い方をしたのは、自分にとっての吉本さんの思想がどうであるか、ということです。ぼくらが吉本さんの核心から掴み取ったものをどう活かせていけるかが大事です。森が賑わった後で、吉本さんのすぐれた発想を、ぼくたちがどう生かしてゆくことができるか、ということですね。

（中央公論特別編集『吉本隆明の世界』二〇一二年六月）

×吉本隆明

詩人、評論家

世紀の終わりに

「誤り」からの出発——戦後の思想形成をめぐって

吉本　いわゆる戦後民主主義の理念を持っている人と僕とで何が違うかですけど、僕の場合、戦争肯定青年、天皇制肯定青年だったから、敗戦が日本のごく普通の民衆、市民と共通の体験だったんじゃないか。どこを戦後の出発点にするかという場合に、戦後の平和的な文化国家の建設をスローガンにすれば、思想を貫いたと言われる人たち、戦時中、十年も十五年も牢屋《ろうや》に入っていて戦争が終わって解放された人たちを主体に置いた観点になる。ところが、僕には「いや、おれは自分と同じような考え方を持って、だまされていたのであろうと愚かであろうと、とにかく百万人単位の人が戦争で死んだということ、そっちを主にしなければ、そっちを重んじて、主体に考えなければ戦後なんて始まるわけがない」という思いがある。それが戦後の民主主義的な人たちやイデオロギーから見ると違和感というか、気に入らないんじゃないか、と思う。加藤さんが(『戦後的思考』で)書かれた解釈は、それでいいわけですか。

加藤　僕の言い方ですと、ポイントはむしろ「誤り」です。百人のうち九十人が誤る時には、その「誤り」の方に普遍性がある。そこがものを考える足場になる。それを吉本さんは、実は「転向論」(一九五八年)で非常にはっきり言っていると思う。そこでまず、敗戦直後のころ、吉本さんは皇国少年と、どこが違っていたのか。吉本さん自身の口から、お聞きしたい。

吉本　戦争直後は「何も悪くねえ」と思ってるし、文学好きだったから同じ歳の者の中では人間については割合によく考えていると思ってたし、自分の考え方の何が悪かったのか、初めは全然分からない。ところが、アメリカ占領軍の振る舞い方が、戦前常識的に言われていたのとまるで違う。軍政局が敗戦国の被占領民に対していちいち「こういう方針で、こういう政策をやる」と納得させて打ち出していく。これには感心したというか、びっくりした。「間違っているつもりは少しもなかったけど、どうも怪しいぜ」となった。

加藤　それは四五年の何月？　いつころですか。

吉本　戦後一、二年の間のことだと思います。大きくいえば、どうも日本国が間違っていたんじゃないか、ということになった。これは東京裁判で明瞭に証拠をそろえて出てくるわけです。日本国は国家として天皇制と言ってもいいんですけど、ダメなんじゃないかということが徐々に出てきたことが一つある。もう一つ、自分自身はどこがダメだったのか。「おれは残虐行為をしたわけでも、鉄砲を撃って人を殺したわけでもないし、ただ戦争に加担して『やれ、やれ』と言っただけだけど、おれが悪いのはどこなんだい」というのが残る。その課題がマルクスにつながっていくわけです。そこで結局、自分は世界をどうつかむかという方法を全然考えたことがなかった。これは個人の問題として、自分自身の弱点、欠陥だったんではないか、と。

加藤　いつころですか、それ。

吉本　何年何月とは言えないけど、やっぱり敗戦後、一、二年のうちです。世間はコミンテルンの二七年テーゼ、三二年テーゼという天皇制打倒規定を謳歌《おうか》して、それが主流になってくる。

そこで僕も、ああそうかと思ったのも確かですけど、一方で結局、世界のつかみ方の根本は経済だと思った。「おれは経済は全然知らないから、少しやってみる」となった。最初僕が読んだのは、Ch・ジードとCh・リストという二人のフランスの経済学者の書いた『経済学説史』（東京堂）だった。経済学説史の中でマルクスの位置付けが公平でけれん味なく書いてあった。かなり高い評価をしながら、特に神様扱いするわけでもない。そのジード＝リストの本は、いまでもいい本だったと思ってます。それからマルクスの『資本論』や『ドイツ・イデオロギー』などに取り掛かった。それで「なるほど世界をつかむには経済的現象からつかむと一番分かりがいいし、これでいいんだ」と思った。僕が『資本論』で感心したのは三つある。一つは、第一巻で価値形態論が順序よく述べられていたこと。結局、マルクスは独創的というけど、そうでもなくて、価値形態論はアダム・スミスの労働価値説の延長で展開させているのも分かってきた。次に、マルクスの基本に「空気と水は無限大の使用価値を持っているけど、交換価値はゼロだ。売ったり買ったりするものじゃない」というのがあった。もう一つは序文で、「この本で資本家を悪者扱いにしているところがあるが、それは資本家の人格について言っているのではない。システムの担い手としての資本家について言っている」と断っていた。それは日本やロシアのマルクス主義者の言っていることと全然違うと思った。

加藤　面白い。それはヨーロッパ的なマルクスで、戦前とは切れています。マルクスを「独学」したところからすべてが始まっている。戦前のマルクス主義は、ロシア風のマルクス主義でずっときた。そしてみんな戦後、「失敗した」となってその戦前からのマルクス主義に飛びついた。間違わず正しいとみなされた先人に学んだために、戦前のマルクス主義が再生産された。全く違うんですね。

吉本　違うんですね。

加藤　「転向論」で出された転向の三つのタイプの一つが中野重治です。僕の考えだと、中野重治の転向のタイプが他と違うのは一点で、彼は、間違うんだけれども間違った時に既成の正しさの軍門に降らない。「おれが間違ったことにはどう考えても動かしがたさ、普遍性がある」と、そこで踏ん張る。そしてその間違いの場所から、どうであれば間違わないところに行けるかと考え、自分のいる世界の構造＝近代日本の社会の総体のビジョンをつかむ形を示した。自分の敗戦体験につながるものを、吉本さんは中野の転向体験に見たと思う。

吉本　転向論の尺度は何かといったら、民衆の動向と分かれて孤立してしまうか、それとも民衆が後退すれば自分も後退するというふうにどこまでも民衆にくっ付いていくか、だと考えた。すると、中野重治が一番いい。しかし、同じ考え方を適用すると、自分は一個人の思想としてはガイドライン（日米防衛協力指針）にも安保条約にも反対と言うけど、声を大にして「米軍基地は撤廃しろ」とは言わない、となる。突き詰めるとそこへ行く。すると非常に苦しいのは、「お前の言ってることは言い逃れじゃないか」と思われたりする。そこは本当の意味では解決していない。そういうことはたくさんある。

加藤　大きな声と小さな声、その二つの間で現実の問題に対処することが、いま求められている。

文学をめぐる模索――詩作から批評、言語論へ

加藤　吉本さんは戦後、「どこにも生きる場所がない。だけど、辛うじて詩を書き続ける間だけは生きられる」ということで詩作を始めた。しかし、一方で、文学だけではダメだと思ったとも書かれています。吉本さんにとって文学とは、どういうものだったのか。まず、戦時中に私淑していた文学者たちについて。

吉本　日本の文学作品で、自分が戦時中、熱中して読んだ中で、あまり触れないでいるのは横光利一です。

加藤　『悲劇の解読』で書かれています。

吉本　そうですね、少し。本当は一番、太宰治よりも大きく論じなきゃいけないぐらい打ち込んでいたわけです。保田與重郎《やすだよじゅうろう》も、小林秀雄に次いで抜きんでて一生懸命読んでいたから、ちゃんと論じなきゃいけないが、部分的にしか論じていない。小林秀雄も、本当をいうと、もっと論ずべきなのに……。

加藤　そうですね。

吉本　三人に共通しているのは、最後の「終わり方」が、例えば、とても好きな女の人で長い間

付き合ってきたんだけど、ある時、さりげなく言われたことがえらく響いちゃって、そのためにあまり言う気がしないというのと、似ている(笑)。

加藤 それはまずい(笑)。

吉本 小林秀雄の『本居宣長』で僕が不満なのは、要するに本居宣長が「勘」で解釈しているところについて、自分が考えればそうじゃないということを言わなければ宣長論にならない。ところが小林は、そのまま肯定して若い時から論じ慣れている自分の範囲の中に宣長を入れ込んでしまう。

加藤 そうですね。僕も本居宣長について何も知らないで読んだ時には読めたけど、宣長を読んでから読むと、物足りない。宣長の方が面白い。

吉本 保田與重郎もそうです。『日本の橋』や『ヱルテルは何故死んだか』は今読んでもなかなか大したもんだと思います。ところが戦後「稲は本当は神の食べる代物で、これを分け与えられているだけだという考え方が日本の古典の根本だ」と言う。横光さんも同じで、戦後、非常に神がかり的なことを言っている。つまり自分と、傾倒した人たちとの距離が、最後に近いところで最大限になってしまった。それが、本気で論ずる気を失わせた根本です。

加藤 そう考えると高村光太郎が、いかにも異様ですね。

吉本 異様です。意識的に戦争詩を書き、意識的に敗戦後は引っ込んでしまった。そこで、文学なるものは何か、何が文学の価値なのかというと、なかなか言えない。初めは詩を書いたりして、楽に書けるようになると、ダメだとなって文芸批評に手を染めた。しかし、小林秀雄は、西洋の近代批評がやったことを全部やっているんですね。これではいつまでたっても、小林秀雄よりダメでもって、同じことしかできないと気が付いて、ある時、僕は言語論から作品批評をやろうと思った。骨組みは自己表出と指示表出の二つで、これの織物みたいなものが言語だというイメージがわいて、それで少し道が開けた。『詩人・評論家・作家のための言語論』（九九年刊）では、『言語にとって美とはなにか』から少し進んだ気がする。でも、小説書きがこれを読んだら、かえって下手になる（笑）。

加藤　いや、それはないでしょう。むしろ、言語学者の本なんかを読んで、作家はみんな下手になってきた。

吉本　中上健次がそうだし、島田雅彦がそうだ。理屈をいう奴の影響を受けたらダメです。

加藤　けっこう多くの物書きが構造主義とかポストモダンにやられた。昔はあまりなかったですよね。

吉本　今はみんな、そうなっちゃうんでね。例えていえば、0コンマ1の単位まで考えれば済むことを、わざわざ0コンマ00001まで計算するのは、ムダなんじゃなくて、間違いだということに気が付かない。

加藤　本当にそう。ムダではなく、間違いなんですね。

「不変」と「変化」の分裂――千年単位で歴史を考える

吉本　「千年単位で考える」というテーマで思い出したのは、毎日新聞が大阪万博（一九七〇年）の時に埋めた、五千年後に開封するという「タイムカプセル」です。平野謙さんらが文学関係の選者になっていて、その中に僕の『言語にとって美とはなにか』を入れた（注＝文学関係は古典文学、現代長編小説、現代短編小説、文学評論など九分類で計八十九編を収めた）。敗戦から、約半世紀の間に、僕の大きな思考変換は敗戦直後と七〇年ごろの二回ありました。後の方は敗戦時ほど正反対というわけじゃないけど、五十年で一回か一回半。千年たったら、その十倍以上だから十回ぐらいは考え方を変えているでしょうからね（笑）。どうなっているかを考えるのは難しい気がします。

加藤　「二〇〇〇年問題」というのは単なる技術的問題ですよね。皆これをいうけど、もう一つある、というのと、相手がこれまで未来と過去にスケールの大きな網をかけてきた吉本さんなので、聞いてみたいところもある。一種のおとぎ話なんですが、「千年後はどうなってるだろうか」（笑）。七〇年ごろの思考変換というのは、何がきっかけですか。

吉本　徐々に自分の考えていることと、社会の動きや出来事がちぐはぐになってきたと思った。例えば、あらゆる分野に「新人類」と呼ばれる人たちが出てきた。そこで、年表を調べたら都合がいいことには……。

加藤　水、ですね。

吉本　そう。そのころ（ボトルに詰めた）水が売られ始めた。マルクスが『資本論』で言ったように水は交換価値がゼロ＝タダではなくなった。そこで思考変換したんです。では何が問題なのかと考えていったら、結局、個人所得や家計費の半分以上が自由な消費に使われる消費過剰の状態になっている。

加藤　吉本さんは『アフリカ的段階について』で歴史の新しい観点を出されて、今の時点で時間を止めて、地球上に七十億ぐらいの人間がいるとしたら、その人間一人一人の考えていることの総体が歴史なんだというとらえ方を示した。その観点からいうと、千年という幅はどういう歴史性を持っているか。例えば、考えてみると、ユートピア、理想社会という未来イメージの耐用期限は、この千年紀後半のルネサンス以来の五百年だった。その大トリがマルクス主義で、最近は来世、前世というイメージも出てきて、もっと違う形で未来を言い当てないとダメなところに来ている。そういうことも吉本さんの仕事は示唆している。

吉本　例えば、今から千年前、日本でいうと平安朝と、今とで、外在的な問題として何が変わっているかというと、あまり変わっていない。「もののあはれ」が文芸、物語の本質なのは、千年前の古典と今の文学とで共通する。少なくとも文芸の関与する人間の心や精神が、過去の千年で変わらないとすると、これから千年たってもそんなに変わらないと言えそうな気がする。ただ、感覚が関与することについては、コミュニケーションの手段や装置が大いに変わったり、奇抜なものが出てきたりすることがあり得る。十回ぐらい考えを変えないと千年後は分からないというのと同じで、感覚文明の進歩の仕方はわれわれの想像を絶する。クローン人間みたいなのができて、その辺を歩いているのが当然になってしまうとか。その分離がきわどく激しくなるでしょうけど、一番困るのは倫理問題です。つまり、道徳観や犯罪観は、どうなるか見当がつかない。その分離、分裂をどうやって生きられるか。

加藤 お話をうかがっていると、変わらないところと変わるところ、その両者の関係で考えていけばいいのかなという気がしてくる。吉本さんは五十年で二回変わったというけど、それも同じです。変わるところでは大いに変わることが、自分というものが変わらないために必要なのかもしれない。吉本さんの五十年では、どこまでも大衆と同じところから考えていく、というのが変わっていない部分です。

（「毎日新聞」一九九九年十二月二〇～二二日）

吉本隆明（よしもと・たかあき）
1924－2012年。東京都生まれ。詩人、思想家。著書に『擬制の終焉』『言語にとって美とはなにか』『共同幻想論』『世界認識の方法』『最後の親鸞』『アフリカ的段階について』、詩集『固有時との対話』『転位のための十篇』など多数。現在、吉本隆明全集(全38巻・別巻1)が刊行中。

×吉本隆明

詩人、評論家

存在倫理について

地下鉄サリンとＮＹ同時多発テロ

加藤　今新聞紙面を賑わしているタリバンは「神学生」ですが、村上春樹の『神の子どもたちはみな踊る』を読み直してみました。もとのタイトルを『地震のあとで』といって、一九九五年の一月十七日に神戸に大地震が起こり、三月二十日に東京でサリン事件が起こるまでの期間を舞台にこの二つの出来事の「ただならなさ」に感応する形で書かれた連作ですね。今度のアメリカの九月十一日の同時多発テロというのは、無差別のテロによって超高層ビルが信じられない規模で倒壊して六千人ぐらいが死に、それがテレビを通じて全世界に報道された、そしてその後には炭疽菌のテロまで起こっている。ほとんどこの神戸大地震とサリン事件の二つをいったん要素分解したうえペーストして張りつけ、一つに再構成したら今度のテロになるというくらい、同じ要素からなっている。この二つを一つで受けとった村上春樹の直観というものは、なかなかだなという気がしたんですよ。今回の出来事がアメリカに住む人間にどういう衝撃だったかは、もしサリン的なテロで神戸大地震的な惨害が生じてテレビに現われたらどうか、と考えてみると、日本の人間には、よくわかる。

あのとき、吉本さんは、サリン事件について、これまでさまざまな宗教的理念が現われたけれども、とにかく全く無関係な市民を殺害するといった理念だけは今までになかった、自分はこういう理念がどこから出てくるのか知りたい。そう言ったでしょう。そういうモチーフで麻原という人物に関心を持ち、その関心を表明して世論に叩かれた（笑）。でも、あのとき吉本さんが直観した問題が、やはり少し形を変えて今回のできごとに露頭してきたというところがある。

今回のあのテロの新しさですけど、あれだと、犯行声明はできないですよね。そういう意味では、正義がないから。犯行声明は、我々の正義はこうだと声明するわけで、今度のものはその橋をもう焼いちゃっている。ハイジャックという戦術も、もう終わりでしょう。あれは最終的にはみんな助かるというか、無事に着地することをバーゲンの材料にして、そのためには自分たちの要求を通せというものだったけれども、この次からはみんな、どっちにしたって死ぬのだからって、言うことを聞きませんから。

あのテロの直後、イタリアに行ったんですけれども、ヒコーキが離陸したとたんに、もしこれで道づれにされちゃかなわないな、というか、乗客としての圧倒的な無力感をおぼえましたね。向こうで事件を追ってたんですが、たとえばフランスの「ル・モンド」にテロの専門家がこんなことを書いているんですよ。今度のテロは、テロとして見ると量的にはとにかく質的には別に新しいものはない。テロの歴史でいうと、新しい質を示したのはむしろ一九九五年三月に東京で起こったカルトによる無差別テロであって、今度のテロはそれを継いでいると。

改めて振り返ってみると、今度のテロ事件の三要素は、まず特攻、組織化された自殺攻撃ですが、これは世界史的に言えば、日本の発明。次に自爆テロも現在のイスラムの自爆テロは一九七二年の日本赤軍によるロッド空港襲撃事件に学んだと言われているから日本発。で、今度の完全乗客道づれの無差別テロもそうだとなると、三つの要素全部、二十世紀の日本発だとなるんですね。

そしてその三要素は、九五年に実はもう日本に要素としては出揃っていた。その完全に関係のない人も殺害する、という理念の出所にまず吉本さんが注目し、そのできごととしての力の「ただならなさ」に村上さんが目をとめた。こういう順序になると思うんです。

吉本　テロの話になっちゃいますけれども、僕は、オウムの地下鉄サリンの影響は顕著なものだとすぐに思いました。そういうことは書きもしましたけれども、書かないところから持っていきますと、アメリカのブッシュ大統領の声明とか、国会での演説で触れたとか、そういうのが幾つかあるわけですが、その全部に対して、余りおもしろくないなと批判的なことと関連するんです。

特攻、つまり、自分が死ぬつもりでやるということなんだけれども、あれはやはり日本の発明、いい発明とはいえないかもしれないですが、太平洋戦争中に日本が特別攻撃隊ということで、命がなくなるに決まっている飛行機を飛ばして、アメリカの艦隊にぶち当たるということを一番初めに発明したというか、始めたわけです。

今の僕が考えると、迷妄だなというのが第一にくる。それだけじゃないんですが、その迷妄というのは、アメリカの大統領がいっている迷妄とはちょっと違うんですよ。

加藤　どこかな。

吉本　国会の演説だと思うんですけれども、ブッシュは、真珠湾攻撃と名指ししないまま日本の真珠湾攻撃を挙げていて、それから今度のテロは何十年ぶりだという言い方をしている。日本は今、同盟国だと向こうでも思っていないとまずいから、日本という名前はちっとも挙げないで、そういうことをいっていると思いました。

アメリカ人は、要するに、今度のテロも日本の真珠湾攻撃も同じだと思っていたんだなと、逆にびっくりしたわけです。とんでもない誤解だと思うわけ。何十年ぶりにこういう不意打ちの奇襲攻撃を受けたということがいいたいわけでしょうけれども、そうすると、太平洋戦争中の特攻とか真珠湾の奇襲攻撃が、今度と同じように、とんでもねえ迷妄で、野蛮で、わけのわからぬ、何を考えているかわからぬようなやつらの攻撃だなと、同列に思われたんだなということを改めて確認されたみたいな感じが一つあります。あのアメリカの大統領はとんでもねえやつだと思ったわけですよ。

真珠湾攻撃と今度はまるで違うじゃないか。真珠湾攻撃は、日本の太平洋艦隊がハワイの少し手前、もうひとっ飛びして帰ってくればやれるという、その距離まで行っといて、宣戦布告に該当することをしているわけです。

「本日未明、西南太平洋において米英両国と交戦状態に入れり」というのがラジオの第一報で、それはもうひとっ飛びすれば行って帰れるというところまで来て、宣戦布告だぞというふうな言い方をしている。奇襲された方が手抜かりで、軍事的にダメなんです。奇襲した方は何ら違法の戦争行為でないということは明瞭なことです。

アメリカだけじゃなくて、ヨーロッパもそうだと思うんですけれども、迷妄で、命知らずで、わけのわからぬ国との戦争だ、みたいに思われていたんだなということを改めて感じて、同時代で、国の中で体験したのはそんなものじゃないんだよという気持が起きました。

あのときは、大多数の国民が、自分たちは及ばないけれども、あの人たちは若さと勇気と捨て身の忠誠心があってあれができたので、自分たちにもそういうのがあればやりたいところなんだけど、それができなかったな、というような意味合いでしか受け取っていないですよ。それが大多数の国民の正確な受け取り方です。僕はこの判断に自信があります。抵抗したみたいなことをいう方が全然うそだと、今でも思っているわけです。

この隔たりの激しさは何ともいえないないなというふうになるわけですね。

宗教的迷妄

加藤　吉本さん、でも迷妄だといわれましたよね。当時、あの人たちには敵わないなと感じたというのと、今、それが迷妄だというのと、そのあたりの関係はどんなふうになっているんでしょうか。

吉本　宗教的な忠誠心が何かに対してあれば、人間は、掛け値なしにいえば、生命は要らねえよ、ここで死んじゃってもいいけど、こういう戦闘行為をするのはとても立派なものだと考える価値観は間違いでないよ、とその当時思っていて、及ばざることだけが間違いだよ、自分を責める材料は及ばざることだけだよということだったわけですね。

それが半世紀たって今から見ると、これは第一義には来ないなと、僕はそういう考えになっているわけです。その底の方だけいえば、通底していることは確かなんですよ。自分一身の生命はそんなに惜しいものじゃないんだ。また、そんなに欲しいものでもないんだ。そういうことはいつでも可能さ、と思っていました。だけど、何かと取っかえなきゃとてもそういうふうには考えられない。何と取っかえるんだといったら、「国家」という概念とは取っかえられないんです。「民族」という概念とも取っかえられない。これは戦中派でも少数派だと思いますけど、天皇は神聖だ、生き神様だという意識とならば生命は取りかえられるというのが、僕がそのとき到達した観念なんです。

少年航空兵みたいな連中は純粋さを一番保っていたでしょうけど、僕らにはちょっと与太な部分があって、その当時からだって、デカダンスをたくさん体験しているわけです。そういうところは不純だ。純粋さに至らざるところは確かにあるけど、何と取っかえるのかといったら、宗教的な生き神様、新聞用語でいえば「天皇制護持」とか「天皇護持」ということになるわけですけど、それとなら取っかえられるなというのが僕の考えだったんです。

「ファシズム」という言葉はそのとき使わないで、戦後、丸山学派によって使われたわけですけれども、ファシズムには二種類ある、僕はちゃんとそういう規定をしていると思います。天皇が生き神様で、それとなら命を取っかえられるみたいな観念のあらわれは、いってみれば農本主義ファシズムというべきで、これは日本独特の農本主義の産物だよと僕は思ってきました。

もう一つは、やっぱりナチスとか、イタリアのファシズムとか、ファシストと同じように、高度になりつつある、つまり、とても発達している資本主義が一つの手足であるとか、それが一つの証拠であるという意味での西欧的なファシズム。

加藤　「高度」という概念は、あのときもう出ていましたね。高度国防国家とか。

吉本　ナチズムとかファシズムは、資本主義肯定的なファシズムに毒されたから、ロシアのマルクス主義の用語でいえば、プロレタリア・ナショナリズムでなくて、ブルジョア・ファシズムとか、ブルジョア・ナショナリズムといっているやつですよ。要するに、資本主義の助けを借り、また資本主義の援助があって初めて成り立つファシズム、ナチズム。その両方あるんだと、そういうふうにいっていると思うのです。

僕が肯定していたのは、まさに農本主義的ファシズム。だから、天皇が生き神様で、これは信仰の対象だから、これを護持するためと取っかえるならば自分の生命は惜しくない、こういう観点に収斂《しゅうれん》していったわけです。

とてもモダンな近代主義的なファシズムは、テーラーシステムみたいな、つまり、消費資本主義に近い、資本主義システム肯定的なんですよ。これは日本では珍しくて、中野正剛なんかの東方会がほとんど唯一のといっていいぐらいですね。あいまいなのはあっても、ちゃんとしたのはそれだけで、あとはみんな農本主義的ですね。あるいは農業主義的といってもいいですけれども、そういうファシズムなんです。僕は、自分がそうだったんだなという考え方を持ってきました。

そこの自分の実感したことと、近代的なファシズムを含めて、あれの成立の仕方とかあり方は、今の僕の考え方からすると、ちょっと迷妄だよというふうになる。どうして迷妄かというか、僕は自由ということを考えています。自由の制限の仕方がやっぱり迷妄だよというのが主だと思いますね。

今度のイスラム教の宗教性が生命と取っかえてもいいんだというふうなところまでいっているのは、自由ということに対する宗教的迷妄とおもいます。それが政治に現れれば政治的迷妄になる。だけど、その裏には、忠誠心というか、神に対しての信仰というかもしれないし、具体的には、タリバンとか、ビンラディンとか、そういうのに対する忠誠ということになるのかもしれないです。それもちろんあるかもしれないけど、根本にあるのは、やっぱり神に対する宗教的な忠誠心は生命と取っかえてもいいんだというふうにしている迷妄だとおもいます。僕がいいたいのはそこですね。それが主で、あとのことはそう迷妄だと思わないんです。

加藤　つまり、自由にかかわる迷妄だと。

吉本　そういうことです。自由というのはどういうふうに振る舞えばいいのかよくわからないでというか、そこ（だけ）が迷妄で、考えてないでのみ込んじゃった、そういうことだけの迷妄。今の僕はそう思っていますけどね。

イスラム原理主義というのは極端な宗教的迷妄で、その宗教的迷妄は原理主義だけが持っているかと思うと、そうじゃなくて、イスラム教は全部それを持っているという意味でのと思っています。それは自由を加味しながら、やわらかくそれを持っているというだけの違いで、僕はみんな持っていると思っています。

迷妄の諸段階

加藤 僕は、今度起こったことは、これは迷妄だよというふうに見るだけでもダメだし、これはここにくるまでのやむにやまれぬ理由があるのだろうから、そこを見なければならない、たとえば世界の非対称性が問題だなんていうだけでもダメで、ここには確かにやむにやまれぬものがあるよ、だけど迷妄だよ、という二つがしっかりつかまれているんじゃないと、この問題は解けない。そういう感じがちょっとしているもので。

吉本 そうですね。基本的に、僕はそうです。だから、今でもロシアのマルクス主義をどこかで信じているような知識人がいたとすれば、その人は今に、おれはどちらかというとアメリカよりあっちの方にシンパシーを持つと必ずいい出すに決まっていると思います。

加藤 もういってる（笑）。

吉本 というのは、それは経済的、政治的迷妄であった時代の思想、イデオロギーを今も引きずっているから、そうなんで、僕の感触はそうです。

今は、アメリカのいうとおり、アメリカのいっていることはみんな正しくて、あっちは本当のバカの迷妄だと思っている世論リーダーが、テレビや新聞で主流になっているけれども、もう少したって、少し冷めてきますと、こっちは貧乏国で、貧乏していて、食うや食わずというのがたくさんいる、というのが出てきますよ。

加藤　やっぱりアメリカはちょっとやり過ぎだ、と。

吉本　これが金持ちの本場の機関を狙ったというのは当然じゃないかという人たちが、あからさまにそういうかどうかは別として、これからたくさん出てくると思います。だけど、ひとりよがりでない概念で自由という概念を使えるとすれば、そういう観点からすれば迷妄だし、また、両方ともダメだよということになると思います。

ヨーロッパ及びアメリカが文明の最先端にあって、文明の最先端に流布されている一般的な考え方のところから眺めれば、あらゆる後進的な地域は迷妄でお見透しだと思い違いしています。宗教的であろうと、経済的であろうと、みんな丸見えに見えるんだと思っているところが、アメリカの迷妄だと思います。今度のテロに対するアメリカの反応のダメな点は、そこだと思いますね。

それの根底にあるのは何か。近代以降の世界史を支配してきたというか、世界の主流は、ヨーロッパとアメリカの文明的な考え方だということが根底にあるから、そういうことをいうので、つまり、後進民族というのを考えても、それは一段階でなくて、さまざまな違いと、さまざまな段階の相違とか、特徴とかあるわけです。そういうのが全然見えないんですよ。

加藤　一方に自由に対する迷妄があるとすると、他方に自分のところからは全部丸見えなんだという迷妄がある、僕もそう思います。いってみれば、互いに相手の側の迷妄をそう見極めつつ自分の側の迷妄には気づこうとしない。そういう二つの極の間で、今回のできごとが起こっている。でもそのうえでいうと、今回のテロの新しさの一番の核心は、こういうことだと思うんです。

一九九八年に、ビンラディンという人のグループが同じようなやり方で、つまり、犯行声明も何もしない無差別テロを、ナイロビやダルエスサラームの米国大使館連続爆破でやった。そのときは数百人の人々が亡くなった。そのときも、犯行声明はなされなかったんだけれども、そのときの世界の受けとめ方は、パレスチナとか、要するに、イスラムの地方の中東の問題の一環で、反米のテロがやられたのだろう。そんな感じだったですよね。僕もそう受け取った。でも今回は、このときと、その受け取られ方が違った。

今回も、犯行声明は全くなされていないですね。でも、今回は、犯行声明は全くないんだけれども、姿を現さない犯行者側のメッセージが自然に国際社会の側で形成されてしまったでしょう。これは、ここまでもう追い詰められてしまった最貧困層が、世界の余りの非対称性に絶望的な怒りを発して、いまや世界の富を独占しつつある米国に攻撃行動に出たのだと。つまり、世界が完全にアメリカ一極構造になってしまって、そこから漏れ落ちたその他の層というか、外部の層が、いわゆる近代社会的な圏域に対して、こういう異議申し立てをしたと、だれも何もいわないのに、そういうメッセージが形成されちゃっている。そこがナイロビの場合と違う。全く新しいところだと思うんです。

どういうことかというと、今回はたまたまというか、事件が見せ物的な大惨事になったというところ、乗客の道づれがあったというところでケニヤの場合と完全に違うんだけれども、両者の違いの本質は、こういう出てきかたをしている。ケニヤの場合は、狂信的な過激派の仕業だとは思ったけれども、同じ世界のメンバーがこれをやったということを僕達は疑わなかった。それで、彼らの意図は何だろうと忖度《そんたく》して、きっとパレスチナ問題でのアメリカのイスラエル寄りの不当な姿勢などに対する抗議、攻撃の行動なのだろうと、そこに残されたできごとの文様から「解読」したわけです。ところが、今回のテロのあり方は、この同じ世界のメンバー性ともいうべきあり方の規矩《きく》を越えているんですね。あの乗客道づれの二機による攻撃、同時に政治権力中枢にもやはり道連れで突っ込む、さらに大統領官邸も狙ったらしい、といったその量と質が事件の外部性みたいなものをありありと指示してしまい、外部の人間からのこの世界全体への攻撃だと、受感された。そこから、あの「解読」が自然に結果してきたんだと思います。黙示録というけれども、本当にここには「黙示」的なものがある。

ちょうど地下鉄サリン事件が起こったときに、吉本さんが、これほどの無差別の無辜《むこ》の市民へのテロはいったいどのような理念があれば、可能なのか、と考えたように、これほどの規矩を外れた「ただならぬ」テロは、いったいどのような背景があれば可能なのか、と世界の人々がみんな考えた。一体これは何なんだ。どういう考えがあったらここまでやれるんだ。乗客にはいろんな人がいるわけですね。どんな人間がいたって構わない。どんな人間がいたって、こいつらはみんな死んでいいんだというのは、この世界の外側にまで出ないと、そういうふうな倫理というか理念は出てこない。

吉本さんも『アフリカ的段階について』に書いていますけれど、ここにあるのは、東西問題の底が抜けて南北問題になったんだけど、その南北問題ももう底が抜けてしまっているということですね。アフリカの問題なんて本当はお手上げだよ、と西側の人間はもう思っている、そこにある問題が何か、と吉本さんはそこに書いているわけだけれど、それは端的にいったら近代世界の最後の南北問題がアフリカ、イスラムといったところで底抜けを起こしちゃっている、という問題だと思います。

「自分の木」と「リトル・トリー」

加藤　あと、大江健三郎の最近のベストセラーである『「自分の木」の下で』。やっぱりこれも吉本さん読んだらおもしろいんじゃないかと思ったことがあるので、少し長くなりますけど、説明させてもらいます。

これは小説じゃなくて、子どもに向けて書かれたエッセイです。中の一つ、いつもの四国の谷間の村の話ですが、表題になっているエッセイを読んで、ちょっといわくいいがたい感想をもちました。おばあさんが、大江少年に語るんですが、こういう話です。谷間の村の人間には山に一人一人、自分の木と決められている木がある。山に入っていってたまたま自分の木の下に立つと、年をとったときの自分がそこにいて、会うこともあるんだと。で、大江少年も、この木がそういう木だろうかと大きな木の下で年をとった自分が来ないかと待っていたことがあった。そういう話で、この本のタイトルは、そこから来ている。

吉本さんは『アフリカ的段階について』でチェロキー・インディアン出身の小説家の作品を取りあげて、彼らの世界がどのようにできているかを論じているでしょう。『リトル・トリー』という小説。そこに出てくるのとこれってほぼ同質の話なんですね。吉本さんはそこで、ヘーゲルは世界史という概念をつくったとき、野蛮な段階として未開社会の段階を捨象した。でも、それを繰り入れないと、いま、世界史という概念は成立しないよといって、それを「アフリカ的段階」と名づけた。で、それは人類の生活のどういう段階を指すのかといって、例を出している。日本でも『古事記』などにはその段階の痕跡が色濃く残っている。それは一言で言えば「自然まみれ」の段階なんだと述べて、ここに例を出しているわけです。

「リトル・トリー」というインディアンネームをもった少年の主人公の話で、彼は山の中に「祖父母たちの習俗にならって『秘密の場所』を見つけてもつ」ようになる。チェロキーの人たちは、みんなじぶんだけの「秘密の場所」をもっていて、それは「自然の風物がじぶんにいちばんぴったりする内証の場所」だというんです。で、吉本さんは、自分にもそういうふうな経験はある、自分もある日までそういう「『秘密の場所』をもっていた。ベエゴマを匿しておいたり、茶筒に小物を入れて埋めておいたり、」そういうことがあったと書いている。

それで、引用なんですが、こうある。「チェロキーの人たちは、みんな自分だけの秘密の場所を持っている、と祖母は言う。祖母自身やはり持っているし、けっして聞いたことはないけれど、祖父もどうやら山のてっぺんあたりに持っているらしい、とも言った。」といって、おばあさんが、人間には二つ命がある。一つはボディー・マインド（からだの心）で、もう一つはスピリット・マインド（霊の心）なんだ。悪いことをすると、スピリット・マインドはだんだん縮まって、ヒッコリーの実みたいになっちゃうよ。一回死んじゃったらそれっきりで、二回目は非常にみじめな生になっちゃうから、いいことをして、スピリット・マインドが生き生きとしているように生きなきゃダメだよ。そういう話をしたという挿話が続く。

吉本さんは、こういうふうな感じ方がどこから来るのかというのは、ちょうど多年生の植物が、季節が終わると枯れちゃう。けれども、次の年になるとまた芽が出る。つまり、植物には二つ命があるわけですね。一年ごとに死ぬ命と、ずっと毎年毎年生まれ変わる命と。そういうふうに植物をモデルに人間を考えるなら、ここで人間には二つの命があるんだという感じ方が自然に出てくることになるが、ここにあるのは、そういう段階の生命観なんだと説明している。とても僕には印象的だったところなんです。

で、これにつなげていうと、ある時期から、ずうっと大江さんの小説の一つのテーマになっているのは、ここにいう生まれ変わりのモチーフなんですね。最近作の『取り替え子』にも出てくるんだけれども、要するに、一回死んだら、大丈夫、私がもう一回産み直してあげるから、とお母さんがいう。これはこの本の最初のエッセイにも出てくるし、今までの大江さんの小説にも、『同時代ゲーム』あたりから何遍も何遍も出てきている話なんです。

近代の考え方が人間の生の一回性のうえに立っていることを考えると、これとまっこうから対立する感じ方を体現している。でもこれ、アフリカ的段階として見ると、ちょうど『古事記』に出てくる考え方と同位というか、同質でもあるんですね。イザナギがイザナミを黄泉の国に訪れて、見るなといわれたイザナミを見てしまい、追われて何とか黄泉比良坂《よもつひらさか》まで逃げる。そこでイザナミが「こうなったらこれからはお前の国の人民を一日に千人くびり殺すゾ」と叫ぶと、イザナギは、「そんなことをさせるものか(殺させないゾ)」というんじゃなくて、「(殺したければ殺せ)こちらは一日に千五百人生むから」といい返す。殺され、いなくなったら、産み直すからいい、という同じ考え方がここに示されている。大江さんがどのくらい意識しているかはわからないんだけれども、とにかく、ある時から大江さんの小説は大きく変わった。その変化の指標を一つ出すと、ここに出ている話、こういうアフリカ的段階めいた要素が底部をなすようになった、ということになるんですね。

そこで一つ思うのは、大江さんの森の谷間の村の話を外国の読者が読んだら、どう読まれるか。ほとんど『アフリカ的段階について』で吉本さんが書いているように読まれるだろう。つまり、インディアン出身の小説家が、自分の部族の世界でこういう感じ方の中で育ったというのと似たようなものとして、それは受け入れられる。そういう話が、たとえば東京を舞台とした超現代的な話と一緒に出てくる。こういうエキゾチックな世界の面白さとして、いまや大江作品は受けとめられている。そういうことを、大江さんはわかっているのだろうか、ということが気になる。

僕は昔からの大江さんの読者なんだけれども、ある時から、大江さんの小説の世界が死んでいる、と感じるようになって遠ざかったままいまにいたっています。具体的にいうと、大江さんの文学世界は、七六年の『ピンチランナー調書』あたり、あの谷間の村の話が定番になってから、変質したと思っている。その世界は、文体としても、小説としては、谷間の村が出てくると死ぬよ、とずっと思っているんです。そういうことを何度か書きもしてきたんですが、結局、もっとも遠くから見ると、これは吉本さんのいうアフリカ的段階の話にあたっているということが、今回わかった。

そういう超古代的な要素と、あと超現代的な要素と、大江さんの中には二つあるわけです。すると問題は、そのことを大江さんはどう思っているのか、というよりそもそもその二つが共存していることを大江さんはわかっているのか、ということになる。そのことがちょうど今、吉本さんに同時多発テロが迷妄に見える部分と、いや、やっぱり大したものだと見える部分と二つあるという場合の、その二つがどうなっているのかという問題と、同位だという気がしているんです。

二つの死生観の出会う場所

加藤 この産み直しというか、生まれ変わりの話がでてくる最初のエッセイ、これは『取り替え子』にもそのまま出てくるんでいよいよ困るんですが、そのエッセイのテーマは、「なぜ子供は学校に行かねばならないのか」というものです。二つ話が載っているんです。一つは、自分は小学校で敗戦になって、学校の先生のいうことが全く変わっちゃった。それで学校に行く気がしなくなって、登校拒否になって、植物図鑑を持って森の中にずっといた。このまま森の中に住んで、森の中で、森の管理人みたいにして生きていけばいいと十歳ぐらいのときに思った。でも、森で死にかかり、心身ともにかなり疲労困憊《こんぱい》した瀕死の状態で救いだされ、お母さんのところに戻る。医者が来て話しているのをおぼろげに聞くと、これはちょっともたないかもしれないといっている。で、医者が帰った後、不安になり、自分は死ぬんじゃないか、大丈夫なんだろうかとお母さんにいう。すると、お母さんが、もし万が一死んでも産み直してあげる、そしてその新しいあなたにもあなたにしてあげたと同じ話をしてあげるし同じ経験をさせてあげる、だから大丈夫だ、安心しなさい、というわけです。そしたら、すごく安心した。安心して、だったら、大丈夫だと思って眠れた、という話です。

すごく肝心なところは、この話は、今の自分から見ると、何でそのときに自分が納得したのか、よくわからない。理屈としては、ちょっと変な話だ。もう自分にはわからないんだけれども、その当時、自分はすごく納得した。それで安心した。その話を今皆さんにしたら、皆さんは子供だから、ことによったら納得してくれるかもしれません。そういう構造になっているんですよ。

その話は、その後、回復して学校に行って、運動場などにいるときに、ことによったら自分は生まれ変わった方の自分で、前に死んだ自分が覚えていたものをお母さんから教えてもらう延長で、こうして学校でいろんなことを教えてもらっているのかもしれないと思えた。そういうふうに考えてみると、ここで遊んでいる子供が、みんな一回死んだ子供の生まれ変わりとしてここにいる、そして学校で学んでいるんだとも思えた。それで自分はまた学校に行くようになった、と続く。つまりこれで先の問いに対する、最初の答えになっているわけです。

二つ目の話は、自分の子供が障害を持っていて、障害児の学校にずっと通ったんだけれど、最初、その子を特殊学級の学校に行かせるべきかどうかですごく悩んだ、そのとき、その子は、鳥とか何かがすごく好きだから、田舎に住んでいるおばあさんが引き取ってもいいといっていることだし、おばあさんと一緒に、谷間の山に小屋のようなものを建てて、自分たちもそこに住んで、子供と一緒に山の中で鳥を聞いたりというのでいいかなと思った。子供を学校にやらなくともいいのではないかということで、すごく悩んだという話なんですね。

だけど、いろいろ考えたあげく、特殊学級に子供をやることにした。そしたら、そこにはやっぱりいろんな子供がいて、自分の子供よりももっと順応できない子もいて、自分の子はその子の友達になってその友達がトイレに行くときに、その友達を連れていってあげた。自分が人の役に立つという経験をはじめてしたりして、それから、だんだん社会性を身につけていった。その友達がたまたま音楽が好きだった関係で、鳥の声から人間の音楽へと二人して関心が進み、バッハとかモーツァルトを二人して好きになっていって、高校を卒業するときには、作曲をするまでになっていた。

自分の子供の教育に関して、この子は学校にやらなくてもいいかなと思ったけれども、実際には、子供は学校という場所にいくことで社会化して自分の道を見つけた。やっぱり子供を学校にやってよかったし、子供にとって学校は大事な場所になった。そう書いていて、これが先の問いに対する二つ目の答えになっているのです。

子供の読者向けに、なぜ学校に行かなくてはいけないか。こう問いを出し、一つは自分の最初の話、二つ目は自分の子供の話を出して答えている。だけど、この一つ目の話と二つ目の話の関係というのは、実は逆なんですね。

最初の話は、ある程度社会化している子供が日和見的な先生たちを見てイヤになり、森に入り、退行していって、退行していった果てに、もう一回産み直してもいいんだよという話に安心するところまでいって、底にふれて回復し、また学校にいくようになったという話です。そこから、学校というものを意味づけていくという話。

でも二つ目の話は、これと逆に、退行している場所にいる子供が、どうしようかと親は思ったんだけど、世の中に送りだされ、だんだん世の中で社会化していくことで、自分の道を見つけた。そこから学校に通うことを意味づけるという話で、最初の話とちょうど逆なんです。

でもどうも、大江さんは、子供に対し、なぜ学校に行かなければならないか語ろうとして、一つは退行、もう一つは社会化という逆向きの話を自分がしてしまっていることに気づいていない。自分の中に共存している二つのものの関係に気づいていないんです。どこかの子供が、いったいどっちを信じればいいんですか、と質問したら、どう答えるか。子供がこの話を聞いて、この二つがともに納得できたとして、かえって迷ってしまうかもしれないとは、考えていないらしくて、話はこの二つを並べただけで終わっている。

でも問題は、ほんとうは、この二つが二つながらあることを自分でどう受けとるか、ということなんじゃないか。そしてそこで一番大事なのは、子供のときに、もう一回産み直すよといわれたらすごく安心した、でも後から考えたら、何でこのとき納得したのかわからない。けれども、そのときありありと納得したということは残っている、というところなんじゃないだろうか。内からの了解のありありとした実感があり、でもそれはもう外からは取り出せないものとしてある。大江さんはそうは考えていないみたいですけど、ここにすごく大きな、面白い、問題が口をあけている。あの時わかったんだよ、でもなんで、なにを、わかったんだったんだか、わからないんだよ。これは夢を見て何かについてユーレカ！と思って、でも目が覚めたら、その中身はもうわからなかったというのと同じです。戦時中はあの人たちは素晴しい、自分たちは及ばないと思った、でも、それは迷妄だと思う。思うが、戦時中の自分がすっかりバカだったとも考えない、結びつかないままその二つがある、というのとそこは同じなんです。

つまり、今回、吉本さんと対談するというので最近の小説のお話でもしようかなと思っているうち、浮上してきたのがこの「アフリカ的段階」ということです。テロのことでもそのことを思ったし、大江さんの最新作を読んでも、そのことと関わってこの問題が露頭していると思った。ビンラディンの場所は、死んでも生まれ変わるというあの産み直しの場所に近く、かつこの「アフリカ的段階」の場所と同位なんだと思う。近代的な世界史の場所からは、野蛮の一語で片付けられる場所です。一方が産み直し、生まれ変わりの世界だとすると、他方は、一度死んだら帰ってこない世界で、そこでは盛大な哀悼が行われた。あの特攻テロはこの二つの死生観の共存の場所、出会いの場所でもあったと思います。

『取り替え子』の謎

加藤　『取り替え子』というのがちょうどやっぱりその問題と絡んでいる。でも、二つのものが共存しているんだけれどもそのことの関係がどうなっているのかわからないというところがやはりあって、ある意味では、非常に困ったことにもなっている。しゃべるのがなかなか難しい作品なんだけれども、最終的なメッセージは、要するに、もう一回産み直す、ということ。最後の言葉が、ポリネシアあたりの神話に近い世界観を背景にしたらしい作品からの引用で、「もう死んでしまった者らのことは忘れよう、生きている者らのことすらも。あなた方の心を、まだ生まれて来ない者たちにだけ向けておくれ。」というメッセージなんです。

こういう考えに対しては、当然だけど、一回死んだ人間はもう戻ってこないじゃないか、という反問が可能なわけですね。この小説を擁護する山城むつみという批評家は、こういう反論をする人間はこの小説を読み間違っているんだと、あらかじめこういう反問を封じ込めるちょっと抑圧的な、高飛車な言い方をしているんですけど、こういう根性はよくない。むろんこういう反問が発せられ、この反問にどうこの小説が答えているかいないかが、問われなくちゃなりません。でも、これに対する答えはない。この擁護者は、それで、産み直すというのはキルケゴールの「反復」ということで、前方への追憶なんだというふうな、ポストモダン的理屈を繰り出している。

そしてこれに対しては、福田和也という批評家が、反復ということで見るとそうかもしれないけれども、新しく生まれる子供をだれかの生まれ変わりとして産んだら、産まれる子供はどうなるんだ、反復じゃなくて、取りかえ、代替がここでの問題なんだと反論しているわけです。そうしたら、その子供の人格はどうなるんだ、その子供にとってはそれは完全な暴力じゃないかと、ごく近代的なまっとうな反論をしています。

ヴィンセント・ヴァン・ゴッホは、すぐ上にそういう名前の一歳上のお兄さんがいて、お兄さんは生まれてすぐ死んだ。そうしたら、次に生まれた子供に親が全く同じ名前をつけたらしいですね。僕は知らなかったけれども、少し前、精神分析関係の人から聞きました。ですから親にとってはヴィンセントはヴィンセントの生まれ変わりだった。ゴッホは生まれた時から自分じゃなかった。そういう暴力を生まれながらに被った人間だった、ということになる。福田がいうのはそんなふうな問題ですね。

でも反復というのでも同じだと思うんです。山城むつみは、小林秀雄の、歴史は子供を失った母親の嘆きから生まれるという、あの一回性の話を置いて、でも、小林と同じ場所から、その嘆きと喪失をもっと徹底すると反復が出てくるという、最近の柄谷行人なんかが使っている式の理屈をそこで展開しているわけなんだけど、これは空転している。こういうことが、言葉でいわれるだけじゃなくて、近代の死の一回性をくぐって、これとしっかり対決していわれるんじゃなければ、これは聖なる戦士は天国に生まれ変わるというビンラディンの言い方と同じになるわけです。

そこのところに深淵があるのに、そこがグレイにぼかされちゃっている。それが大江さんの現在の奇妙なリアルさというか、僕からみると、でもやっぱりダメなところ、になると思います。

その結果、どうなるかというと、この小説は、どこまでが事実で、どこからが事実じゃないか、全くわからないんです。そういう小説になっている。これは御存知の通り、作家の義兄にあたる伊丹十三の自殺がモチーフとなって書かれた作品ですが、伊丹十三のモデル的な主人公吾良と、大江健三郎のモデル的な小説家古義人が出てきて、作中、二人が写真を撮ったという話が出てくる。すると、その次のページに、その時に撮った写真という意味なんだと思うんだけれど、その説明に合致する写真が小説として(?)実際に挿入されて出てくるんです。

でもこの写真は、大江さんの本の口絵写真にこれまで何回か出てきた有名なもので、大江さんの雑誌特集みたいなものを見れば、そこにしっかりと昭和二十九年三月に芦屋の伊丹家で伊丹十三が撮った写真だと断ってあるんですね。でもこの小説には、その写真が、その二年前、講和条約の発効した昭和二十七年四月二十八日に四国で撮られた写真として、出てくる。なぜこういうことをするのかな。どこかで原子炉の炉心が融けているという気がするわけです。

あと、別の例ですが、これはいろんな書評やこの小説について書く論がいっていることだけれども、ここで書き手は、自分も実は伊丹のさまざまな受難に並行してずっとテロに遭ってきたんだと告白している。そのテロというのは、砲丸のようなものを自分の痛風の足指の同じところに、外から見るとわからないような形で受けてきたのだという。でも、最初はえっと思うんだけれど、読んでいくと、やっぱりこれは事実じゃないんだろうなと読める。フィクションらしいとわかるんですが、だけど、語り手=書き手は、作中で、奥さんに、もうあなたは「ウソでないことだけを、勇気を出して書いてください」といわれる。そして、わかった、そうしようというので、次に書かれるのが、この逸話なので、何なんだろうなこれ、と思うわけですね。

小説の核心といわれていることについても同じ。この小説は、主人公の二人の間に、十代のあるときにある「ガタガタになる」ような衝撃的なできごとが見舞って、それを二人はずっと秘密のように持ってきた。その出来事について書くこと、映画を作ることが二人にとっての暗黙の約束でもあった。でもその残響から逃れられずにそのうちの一人は死ぬ、というなりゆきをもっていて、そういうできごとをめぐって進むんだけれど、結局、最後にそのできごとが何かを明らかにするといって書かれる話は、そこでも、それがどこまでが本当なのか、ほんとうにそのままの話なのか、わからないような話になっているんです。

日本が占領されて、昭和二十七年の四月二十八日に講和になる。でも、全くなすところなく、一方的に従順に占領されて講和になったら、この後の日本にとってこれはよくないことだというので、語り手古義人の亡父の元弟子、大黄さんの一味が、象徴的な米軍キャンプへの決起行動を計画する。米軍の故障した銃を横流しの形で入手し、壊れちゃっているんだけれども、それで一応突撃のまねをして、向こうが撃ってきたら死ぬという計画。そういう話が主人公二人の十七歳の時の挿話として語られます。彼ら二人は、それに巻き込まれる、でも結局、何があったためかわからないけれども、それは起こらなかった。話はそう続くのですが、そのとき、最後に山で主人公二人に見舞ったできごとというのが「ガタガタになる」という経験のことで、彼ら二人は、山の亡父の元弟子の下にいる若者たちに、腹いせの仕打ちとして、解体後の牛の生皮をかぶせられ、内臓の汚れだらけにされる、そういうことが語られている。それで、彼らは山から、「ガタ

ガタにされ」非常にショックを受けて戻ってくる。でもほんとうは何があったのか、ほんとうに

それだけだったのか。そこのところはわからない。事件としては生皮をかぶせられたというふうにしか出てないわけです。

その後、数年間、二人は会わなくなるんだけれども、ただ一度だけ、それから三週間後、四月二十八日、講和の実行、独立する直前の最後の日に会って、ラジオに耳をすませ、何の事件も起こらなかったことを確認し、また別れた、と語られる。その時に撮った写真というので先の写真が出てくるわけです。

吉本　今聞いていて、お母さんがもう一度産んでやるからというようなことをいったところは、フィクションのような気がしますけどね。

加藤　そうでしょうか。僕も、これまではフィクションとして受け取ってきたんですが、何しろ、これは子供向けのエッセイに出てくる話なもんですから。

で、続けると、この小説から受ける感じというのは独特なんです。このできごとというのは、小説に「アレ」と何遍も出てきて、これを書くために小説家になったとか、非常に思わせぶりな書かれようをするわけです。それが、蓋を開けてみたら、生皮でくるまれた、というだけの話だというので、読者は当然、肩透かしをくらう。

でも、それほど話が単純じゃないのは、僕がここから受ける感じが、書き手が、読者に向って、自分が書いているのは本当のことじゃないんだよ、本当のことは別なんだよ、といっている、と

いうものだからなんです。小説の書き方として、まず原事実というものがある。しかしそれは書かれない。「アレ」としか名指されない。そしてその内容として「生皮でくるまれる」という椿《ちん》事《じ》が書かれる。でも、それは本当じゃないよ、それは別のことの言い替えなんだよ、という形で書かれている、書き手がこう書きながら、目配せしている。何か非常に奇妙な感触がここにはあるんです。

　結局、大江健三郎という人物が実際にどうか、ということはまったく読者にはわからない。むろんわからなくともよいわけです。でも、小説は、それを読者がわかろうとすることを前提にして、読者にそういう欲望を喚起するようにして書かれている。で、読者は、本当は、こういう原事実(a)があるんだけれども、それを書かずに、書き手はそれを事実(b)として表現しているんだ、と読むように促されている。ですからその原事実というのも、作者が設定したフィクションなわけです。そのむこうに何らかの形でその原事実(a)に照応する大江健三郎という人物に属する事実自体(x)があるのかもしれない。しかしそれはわからない、という形ですね。つまりあの奇妙な作中の昭和二十七年四月二十八日に四国で撮られたという写真は、何なのかというと、この小説中の原事実(a)の位相を代表している。でも、その写真自身は、大江健三郎という人物に属する事実自体(x)としては、昭和二十九年三月に撮られている。第一層として、現実の写真(x)があり、第二層に、作中原事実としての写真(a)があり、第三層に、生皮事件の位相にあたる作中事実(b)があるという形なわけです。

だから僕達読者は、フィクションとしての小説(b)を前にして、フィクションの背後としての原事実(a)を主観的に了解するように促されていて、それと断絶して、たぶんそのむこうに、それに照応するかもしれないし、しないかもしれない、事実自体(x)がある、という読書体験をこの小説から促されている。主観はどこまでいっても主観だから、客観とは一緒にならないという話がありますけど、それと似たような構造がここにあるということなんです。

では、ここで起こっている原事実(a)とは何かというと、僕の考えだと、そこに想定されているのは、強姦と密告です。つまり、ホモセクシャルな形で、そこにいた決起計画集団の山の若者たちに十七歳の主人公の二人が強姦されて、その仕返しに、彼ら二人は、この決起の企てを米軍か警察かにひそかに密告した。それで決起は頓挫し、計画した語り手の亡父の元弟子一派は、執拗に主人公二人をつけねらうことになった。二人はその強姦と密告の二つの意味で「ガタガタになる」できごとから人生を出発させた。そしてそれをいつかそれぞれの作品に表現しようと思った。そうしているうちに一人が自殺した。残る一人がそれを書こうとして、そのできごとを、「牛の生皮に二人してくるまれべとべとに汚され衝撃を受ける」話に変形して――しかしわかる読者にはわかる形で――書いた。こういう小説として読んでくれ、ということを、この小説は、僕達読者に言っている。メタ・フィクションというものがありますが、これがフィクションという一階の建物に二階を重ねる形だとすると、これは逆で、メタ・ノンフィクション、一階の建物の地下にもう一階の地下を重ねる小説だと思うわけです。でも、その結果、事実と事実でないものの区別がはっきりしなくなる。非常に気持の悪い空間がここに現出する。

これっていったい何なんだろう、と思うんですが、最近、たまたま田口ランディという人のエッセイ集を大学で学生と読んでこれと一周違いで重なるような読後感をもちました。中にはけっこうおもしろいものもあるんだけど、最後、あとがきにきて、書いているうち「嘘と本当が混ぜっこぜ」になってしまった、でも自分にとっては全部ホントだ、なんて書いてある。死者が夢にリアルに出てくる話なんかもあるから、最後、これを読んで、学生の半分くらいはとても怒っちゃうわけですね。簡単にいったら、ここからやってくるのは、少し気持悪い、そしてこんなことやってたら、この人、死んじゃうんじゃないかな、というような感想です。ちょうどフィクションという竪い殻までが柔らかくなったカニ、を見ている感じなんですね。インターネットから出てきた書き手に特有のフィクションの殻のヤワさだと思うんですが、そういう書き手から受ける感じと、フィクションの意識の強度では国内随一といっていい大江という小説家の最新作から受ける感じが、何か似てしまっているんです。

どこまでが本当でどこからがウソなんだろうというのは現実と虚構の色分けの感覚だけれど、それと死んだら終わりという生と死の色分けの感覚の両方が、そのことの意味に直面しないまま、うかうかと「混ぜっこぜ」になっているという感じです。そして、それと、今回の同時多発テロで露出してきたものとがやっぱり似ている。近代は、死んだらそれで終わり、フィクションと事実とは別、という世界ですよね。だからそこには、自由とかいろんな概念が可能だ。だけど、そこに、死んでもオーケー、また生まれてくるから、またフィクションと事実が「混ぜっこぜ」、というような明らかに近代のものでない声と要素が、近代に直面しないまま、一つの迷妄として出てきた。

「存在倫理」の設定

吉本　テロの例でいいますと、アメリカのブッシュの方は、恒久的な、永遠的な自由のために戦うんだといって、片っ方では、古い宗教特有なものといえばそうなんだけれども、自分らの宗教的な信仰とか、理念とか、そういうものをないがしろにするのは殺しちゃってもいいんだ、その殺しちゃってもということの中には、自分たちが死んでもという意味が当然入っているんだと思います。殺しちゃってもいいんだということは、古い宗教だったら、心理としても、その心情としても肯定されていると思うんです。

日本でいえば、仏教で一番古いところというと天台宗で、天台宗の根本聖典、法華経の中にも、この法華経を護持することをないがしろにする者は、刀杖をもって殺してもいいんだと書いてあります。それは古い宗教の特徴のようなもので、そういうことは今度のビンラディンという人の個人的声明の中に、やっぱり同じようにあります。

その両方に対して、今の僕なら僕自身の場所からそれを見ていると、よくもずうずうしく永遠の自由のために戦うんだみたいなことをいえるものだね、とアメリカに対しては思います。そういうふうに言明することは、イスラム原理主義というものは、貧乏国民という意味でもいいし、そういうものを生命にかえても信仰している人たちととっても、どっちでもいいですけれども、それを初めから理解する気も全然ないし、しないということが歴然として出てきていますね。

イスラム原理主義の方を見ると、先ほどいいましたように、ブッシュが自由という言葉を出しているんだから、自由でもいいですけれども、自由を理解していないよ。これで命を捨ててもいいということは迷妄なものだよ。全般的に迷妄というよりも、自由とは何なんだということについて何も考えていないじゃないかという意味合いで迷妄だというふうになるから、両方とも手前味噌なことをいっているねという以外の感じは持てないですね。

結局、こういうのを設定する以外にないんじゃないかと僕が思えるのは、社会倫理でもいいし、個人倫理でもいいし、国家的なものの倫理でも、民族的な倫理でも、何でもいいんですけれども、そういうもののほかに、人間が存在すること自体が倫理を喚起するものなんだよ、という意味合いの倫理、「存在倫理」という言葉を使うとすれば、そういうのがまた全然別にあると考えます。それを考慮しないと、この手前味噌な言い方とやり方は理解できないんじゃないかという感じ方になっちゃうのです。「存在倫理」という倫理の設定の仕方をすると、つまり、そこに「いる」ということは、「いる」ということに影響を与えるといいましょうか、生まれてそこに「いる」ということ自体が、「いる」ということに対して倫理性を喚起するものなんだ。そういう意味合いの倫理を設定すると、両者に対する具体的な批判みたいなのができる気がします。そういう意味合いの論理を設定しないとダメなんじゃないか。

加藤 吉本さん、今おっしゃってることは、本邦初公開として今初めていっているんじゃない？

吉本 今初めていっているわけ（笑）。つまり、今度のテロで、発明したわけなんですよ、どういうふうに考えればいいか。

例えばこの問題は、「存在倫理」を設定しないと、両方とも自分の立場でいっちゃえば全部成り立って、相手はもちろん悪であって、おれの方は善だ。両方でそういうことが成り立っちゃう。

加藤 『アフリカ的段階について』に「史観の拡張」という副題がついているでしょう。それでいうと、いまいわれているのは「倫理観の拡張」という話だ。

吉本 それは種はもちろんあります（笑）。量子力学、量子論とかいうことでもいいんですけれども、そこは歴然と、電子であろうと、中性子であろうと、原子核であろうと、それが「ある」ということは、「ある」ということに影響を与える。つまり、「ある」ということは、「ある」ということの影響をこうむることを抜きにしてはいえないという物質観みたいなのがあるわけです。結局、生まれちゃったとか、生まれて存在していること自体が、存在していること自体に対して倫理性を喚起するということを設定すれば、何かいえそうな気がするけれども、それ以外は両方ともいいたいことをいっているだけで、どうしようもない。

金融機関の中枢が集合しているビル、つまり、僕らの都市論的理解の言い方をすれば、高層ビルがあるのが超都市で、要するに、工業、重工業、製造業までは、それの本社がビルの中に入っているだけです。従来の都市はそういうふうに考えれば、大体四階ぐらいあればたくさんということになるんですね。ところが、何十階になってしまうと、一つのビルが一つの都市であり、町や村だとどうしても設定しなきゃいけないですね。産業がそういう産業になっちゃったから。小さくて、精密で、機能が一番あればいいんだという第三次産業が主体になってきたところでは、高層ビルを建てて、そこは本社の事務所だけじゃなくて、その中で何でもありというビルにしないと意味がない。ただ本社の事務をやるやつだけがそこにいるというのではなくて、それに付随するあれは、みんなそこの超高層ビルに入らなければならなくなります。

加藤　かつての工場部分がそこに入っている。

吉本　そうなんです。村とは何かとか、町とは何か、都市とは何か。それは一高層ビルよ、ということになります。それは産業段階における一番重要なことで、ここをつぶせば全部つぶれたと同じだ。これに狙いを定めると、どんな小さな集団であろうと、小さな勢力であろうと、あるいは小さな軍事力であろうと、それはどんな大きな富と軍事力を持った集団あるいは国とも平等に戦うことはできますよ。今度、そういうことが明らかになっちゃったということだと思うんです。

　その場合、「存在倫理」からいくと、ビルの中で巻き添えを食って死んだ日本人も二十何人いるし、アメリカ人なら数千人いるわけですが、そういう人と、旅客機をハイジャックして、その旅客を道連れにしたということは、とても微細なように見えても、まるで区別しないといけないと思えます。片っ方は、従来の社会倫理とか、戦争の場合だったら、戦闘と非戦闘員は区別しなきゃいけないとかいう程度の社会的、集団的なことに対する倫理があれば、それは解けちゃうわけです。

だけど、今度の場合に関係しているのは、旅客機の乗客は同じアメリカ人であろうと、同民族の人間であろうと、さしあたって金融中枢と軍事中枢に対して打撃を与えたいというモチーフからは全然関係ないということになると思うのです。これは地下鉄のサリンと同じで、偶然そこに乗り合わせたという以外ない。そうすると、これは無関係だ。無関係な者を道連れにすることはいいのか。これは非戦闘員を道連れにしたという、いわゆる従来の型の戦争とちょっと違う倫理を行使しないと、それはいえないぞと考えます。「存在倫理」みたいなものがあると仮定すれば、あるいはそれを無意識のうちに認めるならば、乗客を道連れにするのは絶対的な悪であるということがいえそうな気がするんですよ。ハイジャックした乗客を道連れにしたことは、まず存在していること自体が倫理性を喚起するんだよという倫理性からいけば、これだけが悪で、政治的倫理がどうであろうと、つまり、おれはイスラムの方に同情するよというやつもいっぱいいるでしょうし、いや、ああいうことをやるのはよくはないよというやつもいっぱいいるわけでしょうしね。

加藤　あれだけとったら、東アジア反日武装戦線が丸の内の三菱重工本社ビルを爆破したときと原理的には同じですからね。あのときだって、たまたま丸の内を見知らぬだれかが通っているんだけど、その辺を通っている連中は全部日本帝国主義の関係者なわけだからとばっちりを受けても仕方ないんだみたいな論理が武装戦線の彼らにはあったわけだから。でも、今度の事件でのビル内の人間ではない、飛行機で道連れにされた乗客、あれは、それとは全く異質の存在だ。

吉本　少し違う倫理を設定できれば、それは明瞭に違うことですよね。これを自分たちが善だ、悪だというのも片手落ちだよ、ちゃんと理解してそういっているわけじゃないよということになりますし、イスラムの宗教圏に入って、この信仰を持つ者、この宗教を持つ者をないがしろにしているやつは、いつやっちゃっても全然構わねえんだ、もちろん自分たちが命を捨てても構わねえんだという倫理性も、従来型だったら、それで成り立つんだけれども、「存在倫理」からいうと、これは自由ということに対する迷妄だよとか、自由ということに対する手前味噌な言い分だよ。そのどちらかにちゃんと分けていくべきだとなります。

加藤　どちらに対してもそこからならいえる。

吉本　そういうふうに、僕は「存在倫理」ということが問題になるんじゃないのかなと、今度の事件にしてもいろんな考え方をさせられました。

加藤　あの事件を見てすぐにやってくるのは、ビンラディンにも言い分はあるだろうし、ブッシュにも言い分はあるだろうし、という判断ですよね。そして事実、だいたい、その二つの言い分の間のグラデーションの間に多くの見解が位置することになった。でも、ここに出ている新しい質の問題を解くには、この二つが絶対に違うものとしてありながら一つの世界に共存している、つまり一つの世界を構成しているというところを踏まえなくちゃいけない。そのうえでこの構造を総体として把握しようとしたら、このいずれの倫理にも帰着しない、またこのいずれの倫理をも相対視し、それじゃダメなんだとするもっと遡行した倫理を設定しなくちゃならないことになる。倫理観を、人がこのように貧しく存在している、このように自由を価値として存在している、という存在の様態から発する倫理の段階から、人がどのようにであれ、何を価値としてであれ、ただ「いる」ということ、それだけでそこから発する「存在倫理」というものにまで拡張しなければダメなんだ、そう今吉本さんのいわれてることを受けとるなら、これはほとんど『アフリカ的段階について』で出されていた観点と、通底すると思うんです。

「内在」から「関係」、また「内在」へ

加藤　僕は、実は二年ぐらい前に『日本人の自画像』というのを書いて、そこでいま吉本さんがいわれたようなことと全く無関係というわけでもないことをこの『アフリカ的段階について』を手がかりにして考えた気がするんですよ。そのきっかけというのは、吉本さんはもう覚えておられないかもしれないけれども、六、七年くらい前、「思想の科学」に僕が関係していて、吉本さんにお手紙を書いて出てきてもらって座談会をしたとき、僕がなぜ吉本さんは湾岸戦争のときに憲法九条なんかに言及したのか、とぶしつけな質問をしたら、吉本さんが、加藤さん、あなた文

学青年だったでしょう、僕も文学青年だったんですよ、でも「文学的発想というのはダメだよ」っていうのが僕の戦争体験の教訓だったんです、という話をされたことだったと思うんです。それを聞いて、なぜだか僕はそのとき、猛然とやる気になったんですね（笑）。イヤ、それは違う、と思ったんです。

で、『日本人の自画像』というものに、それ以来考えてきたことを書いているんですけど、それは、吉本さんのいうのとは違い、「文学的発想」を否定しちゃいけないんだ、という話なんです。「文学的発想」というのは、吉本さん自身が戦争中にとったあり方、考え方なんですが、僕はそこではその原理を「内在」と名づけた。「内在」というのは自分の身の回りの実感、信念といったものから自分のものごとに対する「真」を調達してくるあり方のことです。いや、僕も結局、これだけじゃダメだ、と思うんですが、それは、これはダメだ、ということじゃない。人はみな、この「内在」からはじめるしかない、人がこの「内在」、「文学的発想」からはじめることには権利がある。吉本さんは、「文学的発想」ではダメだ、といったけど、そうじゃなくて、「文学的発想」だけではダメだ、という言い方をすべきなんじゃないか。そこからはじめると、やはりこれだけではダメで、間違う。でもノックアウトされ、それだけじゃダメだ、と膝を屈してはじめて、「関係性の把握」ということは吉本さんにやってきている。そういう順序だったと思うんです。

で、ここにいう「関係」というのは、自分の信念から自分の「真」を調達してくるあり方ではなくて、逆に他との関係から、何が「善」かを割り出してくるあり方のことなんですね。それは、原型的にいうと、ちょうど近代の国際法の考え方が幕末に日本にもたらされたとき、当時の幕臣に非常なショックを与えるわけなんですけど、そのときの国際法の考え方というのとほぼ同じといえます。そういう考え方は当時日本にまったくなかった。この考え方がどこからでてくるかというと、一般には一六四八年のウェストファリア条約あたりから作られてくるといわれているんですけど、これは三十年戦争を終わらせた国際会議で出てくる。まずヨーロッパのキリスト教的な「真」に立つ中世的な秩序がなぜ崩れるかというと、非常に単純にいっちゃうと、キリスト教が新教と旧教の二つに分かれちゃったからだというのが僕の考えです。同じ社会の中に二つ、自分の「真」をもつ信念体系ができちゃって、対立し、そこから殺し合いが始まった。こうなるともう調停不可能なわけですね。人は「内在」的にしか考えられないし、「内在」的に考えることには権利がある、という中で、そのように考えている限り、けっして殺し合いは終わらない、という状況がヨーロッパ社会の内部に現出してくる。すると戦時中の吉本さんの「文学的発想」と同じで、自分で考える限り、どう内省しても、自分たちのほうが間違っているという判断は絶対出てこない。互いにそうなわけです。だから、どこまでも殺し合う。三十年ヨーロッパを舞台に戦争を続けて、ある地域では七十パーセントぐらいの人口が死んだ、九十パーセントくらいの農地が灰燼《かいじん》に帰した、なんてことがいわれています。それで最後に出てきたのが、これ以上殺し合いを続けないため、どちらが正しいか、いずれが「真」かということは互いに不問に付すことにしよう、という考え方だった。そのうえで、とにかく違う考えの相手と共存していくということを優先させて考えようじゃないかという考え方ですね。これがウェストファリア条約の、互いに国家主権を認めあう、つまり、互いに相手の「主権」は認める、そこに口は出さない、という合意だった。何が「真」かということをカッコに入れて、とにかく共存していくことをその「真」より大切な「善」であると考えた。相手との関係から、何が最も大事な「善」かということを割り出し、これをそれまでの「内在」的に割り出された「真」に代えたわけです。僕はそれを、「内在」から「関係」への「転轍」と名づけています。

この「転轍」の経験の近代日本における原型は、幕末の志士の経験です。このとき、攘夷思想で急進化するのは、薩摩・長州・水戸といった列島の突端部分に位置する藩です。でも、なぜ薩長と水戸の間に差ができてきたかというと、薩長は攘夷でウルトラに突っ走った。突っ走って生麦事件だとかイギリス公館の焼き打ちだとかいろいろやった結果、薩英戦争とか下関戦争で列強にこてんぱんにやられた。その結果、このままでは植民地にされてしまう、というので、考えを変えることになり、とにかく独立を維持し、相手と共存していくところから考えよう、と開国に転じた。これに対してウルトラに突っ走らなかった水戸は、結局いつまでも攘夷から抜け出せなかった。つまり違いは攘夷という考えを実行に移したかどうかだったわけです。

ところでそのときの彼らの攘夷の考えは、正しいか間違いかというなら、正しかったわけですね。自分たちは別に外に出て侵略しているわけじゃない、自足して平和に暮らしている。そこに、向こうが門戸を開けといってくる。そのうえそういう連中はこれまでアヘン戦争とか、インドの植民地とか、金銀不正取引とか、悪いことばかりしてきている。そういう連中が国を開けろというのに、ほっといてくれ、と答えているわけで、完全に正義はこちらにある。

でも、その「正しさ」をいくら言い募っても、それを実行して攘夷をやったら、こてんぱんにやられた。このままでは植民地になってしまう、というところまできて、これでは仕方がない、この自分達の「正しさ」はいったんカッコに入れて、開国して力をつけることが先決だと、「関係」の方からどうすべきかを割り出す考え方に転轍した。つまり、一回ノックアウトされることで、「内在」からとにかく共存と独立を前提に方針を考えていこうという「関係」の意識に変わった。

で、幕末の経験をそういうふうに見ると、敗戦体験をその新しい反復としてくぐった例の典型が、僕にいわせると吉本さんだとなる。吉本さんは、『高村光太郎』では、自分は戦時中、内省を重ね、どう考えてもこうして日本が立ち上がらない限り白人の植民地支配みたいなことは終わらない、自分はこういう戦争を進める天皇のためなら死ねると考えた、と書いていますけれども、半世紀近くたってその認識を、自分にそう思わせた本質は、一言でいうなら、天皇に対する生き神様信仰のようなものだったと、そう、ついさっき言い替えられたんだと思う。つまりもっとつきつめた言い方でいうと、こうなるといわれたんだと思うんです。

でも、戦争が終わってみたら、この認識はとんでもない話で、迷妄だった。大東亜戦争は麻薬と乱殺のとんでもないアジアの国への侵略だったというので、吉本さんはノックアウトされ、文学的発想ではダメだ、となった。で、「関係性」の把握をもたなければ、絶対間違う、という認識をもつにいたり、ここで摑まれた「関係」という認識は、とても普通でいう「関係」という言葉ではいい尽くせない、というところから、あの「関係の絶対性」という言い方は出てきたと思うのです。

その後、吉本さんは、その「関係」という把握から「世界認識の方法」という発想を取りだしてきて、どうしたら内部にいてしかも関係の思想を我が物とすることを通じて、世界を間違いなく認識できるか、という課題に応える道に進んで行く。

だけど、僕にいわせると、何で吉本さん、「関係」の認識に達しているかというと「内在」から始めたからなわけです。その「関係」の認識はなんら「内在」を否定するものではないんです。むしろ僕からしたら、幕末のときの薩長と水戸の違いは、戦争体験に際して、吉本さんと三島由紀夫の違いになっている。三島さんは、戦争のとき、皇国思想に余り染まらなかった。薩長のようにウルトラにならず、戦争を冷徹に傍観してすぎた。でもその分、結局、戦後になっても「関係」に転轍するということはなく、逆に後ろめたさから戦前のモチーフを最後まで引きずっちゃったというところがあると思うのです。

でも、その先がある。「関係」に転じてその世界認識の方法をさらにつきつめていくと、今度はそれが再び「内在」に反転する契機が現われる。『アフリカ的段階について』はそのことを教えている。世界認識の方法というのは、内部にいる人間が内部にいながらどう正しく井戸の外を認識できるかという問題構成だったんですが、これを世界の認識の問題として考えれば、そこにはもう一つ、外にいる人間がどのように外から、内にいる人間によって生きられている事象を認識できるか、という逆の世界認識の様相があることがわかる。僕は、内部を人によって生きられる世界の事象を「内部事象」と名づけているんですが、要するに、外から見ただけではダメで、内側から見えているものを繰り込まないと、内部事象はとらえられない。これを見たことにならないよ、となる。だから、「世界認識の方法」には、「往相」と「還相」と二つあって、吉本さんは最初はこれを「往相」でとらえた。これは内にいて外を認識するという形ですね。でもあるときから、これが反転している。外からどのように内部事象は認識されるか、これがいってみれば世界認識の方法の「還相」だと思う。外から見た場合には、内側からどう見えているかということ、内視鏡からの視界を繰り込まないと見たことにならないんだよということが、先の認識に加わり重層するようになり、最後、その「内在」からの世界像を繰り込まなければ外在からの世界史は完結しないよという『アフリカ的段階について』の認識が出てくる。

でも、そういう動きは、こういう場所から見返してみると、もう『共同幻想論』あたりから出ているんですね。『共同幻想論』は、今まで国家というのは外から見ると経済構造、権力構造としてしか見えなかった。でもそれは内に住む人間にはそれとは別の様相で見られている。内側から見たら、国家は別の「内在像」を持っている。レントゲン光線で外から見ると骨格が見える。

でも内側から皮膚を照らす別の光線を駆使すると、それが幻想の構成体としてあることが見える。そういうことをあの論はいっていたわけです。

今回のテロでは、何ら内側からの犯行声明がない。内部事象からのメッセージがないのにその内からのメッセージが外側の世界によって「構成」されちゃっています。これは、完全に外在の視界の中に内在からの視界が、浮かび上がっているということで、『アフリカ的段階について』的にいえば、いわば「内在史＝内在視」がせり出してきている。ここに出てきている問題はまさしく世界認識の方法の還相の問題なんだ、「関係」から「内在」へ、という問題なんだと思っているんですが、これ、どうでしょう、間違ってますかね(笑)。

吉本　僕よりもうまく要約してくれています。まったくそうだと思いますね。いうことなしみたいな感じはします。

新たな倫理を立てる理由

吉本　先ほど出された大江さんの例でいうと、母親が、また産んであげるからみたいにいった、それはフィクションじゃないかな、うそじゃないか。すぐ感じたのはそのことなんだけど。

つまり、『リトル・トリー』でも同じようなことなんだけど、子供がどこか秘密の場所を設定して、いろんないたずらの計画とか、みんなそこで立てて、そこに大切なものを埋めておいたりとか、いざとなったらこうだとか、子供たちだけで談合して、親兄弟には絶対にいわない。そういう秘密の場所みたいなものを子供が設定する必須条件は、親兄弟、特に親には絶対内緒だということです。だから、親との関係で、またおまえを産んでやるよみたいなことは大体あり得ないと僕は思うんですね。

親には内緒のところでつくり上げる、秘密の場所というのはそういう場所であって、アフリカ的段階では、親兄弟だけじゃなくて、自分以外の者には、家族の者にも秘密の場所がどれだというのは教えないというのと同じようにいえば、親の威光に対しては内緒にするということなしには、大江さんのいう「自分の木」は設定できないわけですよ。

また、設定するとても大きな理由は、親兄弟に内緒の場所を、他人である近所づき合いの仲間たちとは、そこは見え見えの場所なんだけれども、少なくとも親兄弟には内緒にしておくこと自体が、とても大きなかぎになると僕は思います。親との断絶がないと、それは成り立たない概念だからと思うんです。

大江さんのそういう設定は、そういうふうにするとなかなか便利だ。私がまた産んであげるさなんていうと、親と子供が仲よくという意味合いではとても便利な言い方だけれども、そういうことは子供にはない段階で、「自分の木」とか、自分の秘密の場所は設定されるものだと思うから、それはフィクションじゃないか、調子よすぎるんじゃねえかという気が僕はするんです。

先ほどの「存在倫理」と関連していて、つまり、親に内緒で子供がある場所を設定することと関係があって、その根本的理由は、芹沢俊介さんがいつでも前提にしていっているように、子供の方から見れば、別におれはこの世に産んでくれとか、生きたいとかいった覚えはないのに生まれた。だれから生まれたかというと、両親から生まれたことは確実なんだけれども「存在倫理」といいましても、生まれてきたことに対しては半分しか責任は負えない。あとの半分は、自分のせいじゃない。自分が生きているのも死ぬのも、自分のせいじゃないという箇所が……。

加藤 「存在倫理」というと、そういうふうな問題も入ってくる。

吉本 その問題を埋めるのは何なんだというと、父親と母親の前には、父親と母親の父親と母親がまだいてと、ずっとお猿さんのところまでさかのぼっていけば、全部埋まっちゃうわけですよ。おれの意思で生まれたんじゃないし、産んでくれといった覚えはないとか幾ら主張したって、無限に上の以前までさかのぼっていっちゃうと、その空白な部分はみんな埋まっちゃう。生死の内在性としてといってもいいし、遺伝子がみんな満ち満ちちゃって、おまえだけのなんていうのはなくなっちゃうんだよ、でもいいわけです。

加藤 おまえの取り分はない(笑)。おまえの取り分は無限小。

吉本 無限小になっちゃうようなところから続いてきた一種の信仰性とか、信念とかいうものの前には、おまえの存在なんて大した意味はないんだから、そんなものは捨てちゃっても構わないんだみたいな観念が出てくるのは当然であって、古い宗教的な心理状態とか精神状態をどこまでもさかのぼっていけば、どうしてもそうなります。おまえの存在、おまえが生まれたいという意思とか、産んでくれとかいうところから出てきたものは何もなくて、ただ、無限に遠い以前からちゃんとそういうふうに考えると、おまえの分は何もないんだから、生命と取りかえっこ、存在と取っかえっこすることは、いってみれば、倫理の最も根本のところに点として、核としてあるものであって、宗教的なものとは取っかえられるということが出てくることはあり得ますね。だから、そういうことは、現在における知的なレベルとか文明的なレベルはどこにあるかということとは全く関係ないんですよ。

全く関係ないといっちゃうといけないかもしれないけれども、僕もそうだったけど、生き神様があれば、それが存続していくんならばいいんだよという観念に達したときだって、おれ、別にバカだったわけでもないんですよ。かなり知識もありましたし（笑）、科学的でもありました。ほかのことだと結構そうなくせに、そのことに関しては無限に迷妄だということは可能なわけですよ。

加藤　それは今後もそうだということですね。

吉本　ええ、それは戦後になっても、日本で、そのとき、科学的ということがどうして働いてこなかったのかとか、そういうことはすこぶる疑問で、おれはそれほどバカじゃなかったんだけどなと思います。そこだけ取り出されてきたら、これはどうしようもない迷妄です。迷妄だよというのはバカということかと考えると、いや、そうじゃない。

そうすると、「自由」とはいいましたけれども、「自由」という言葉でなくてもいいんです。自分がここに存在していることをさかのぼって先までたどると、おまえのものなんかどこにもねえよというのも本当だし、父親母親からも全然無視すれば、全部おまえのものだよという考え方にも到達できるし、どちらだって同じことをいっているんだよみたいになってくるという気がするんです。今度のテロ問題でも、やっぱりそこが一番かなめのような気がして。

加藤　要するに、今世間で言葉を発してるのは、皆ヨーロッパ的な近代の原理で、外在視の視線で全部見て、外在視の視線の中で、対症療法的に全部同じ光源から個々の事物の違いをいっている。でも世界がしっかり認識されるにはもう一つの原理が必要で、そのためには、世界が今度は内在視の光でもって照り返されなくてはならない。その両方がないとダメだ。その両方があった場合には、そこから「存在倫理」みたいな別の倫理が拡張されて出てくる。

吉本　そういうふうになるわけですよ。あなたのおっしゃるとおりで、おれよりうまくいっていますけれども(笑)、そうだ。

逆に、僕の中のイメージからいうと、だれでもいいですよ、ビンラディン個人でもいいし、ブッシュ個人でもいいんですけれども、その二人だけが今の世界で目覚めている。違う言い方をすると、吹きっさらしの中に孤独でいるのはその二人であって、あとのやつはみんないいかげんだし、後方で援助しようとかなんかいっている日本はバカだなとしか思えないところはあるんです。

ブッシュだって、これは目に見えない者たちとの戦争だというふうなことをいうでしょう。第一の声明で、人の前でそういうことをいっているんですよ。それだけのことをいえるということは、ほかのやつはみんな眠っているんだけど、自分だけは、これは大変なことだという感じで、そこまですぐに感じちゃったとか、考えちゃったということを意味するだろうなと思います。
やった方のやつらは、集団的にとってもいいし、個人をとってきてもいいけれども、その個人はちゃんと目を覚まして、ここでやれば大丈夫だと、やったという感じがします。
片っ方でインチキしているのは、ただ一ヵ所、つまり、旅客機をハイジャックしたのに旅客をおろさない。僕にいわせれば、そこしかインチキはないと思います。あとは、それぞれ勝手だから、自由だから、それこそイスラム原理主義を支持しようと、アメリカを支持しようと、それはどうぞご自由にというか、それぞれ自由に個人が選択していいことです。ただ、片っ方の多発テロの方にインチキ性があるとすれば、要するに、旅客をおろさなかったということだけです。

加藤　それが一番新しいというか、これまでにないところだ。

吉本　僕がそういうことをいったら、ちゃんとすぐ反駁《はんばく》する人がいて、それをおろしていたら、あんなハイジャックはできないですよというから、そうかな、僕はそう思わない。「みんなおりろ」といって十分ぐらいでみんなおろしちゃって（笑）、自分たちだけで行くことは可能な気がするんですよ。いくら国内線だとしても、気がついたときにはどこかにぶち当たっていたということは可能じゃないかと思いますし、もし仮におろしたためにテロがあんなにうまくいかなかったとすれば、僕は、その方が大きい同情と、大きいシンパシーを世界中に感じさせたと思うな。

加藤　それはそうでしょうね。

吉本　旅客を道連れにしてぶち当たって、ビルが二つ壊れたとか、数千人死んだ。それが旅客をおろしてやっていたためにそれができなくて、失敗しちゃったといったら、失敗した方がはるかに重大な意味を与えたでしょう。つまり、そうなってくるとあれはヒューマニズムであるし、文明的な意味合いでの人道的であるし、もちろん命を的にやっちゃったんだから、これは宗教の恐ろしさだよという意味合いでもそうだし、そっちの方が影響は大きいともいえると思うんですね。

加藤　でも、そういうことは最初からめざしてなかった。最初から道連れにして一気にやっちゃおうというつもりで、計画をつくっていた。だから、そこがサリンと同じところ、共感の通過できない圏域になっているんじゃないでしょうか。あそこの飛行機の中というのがちょうどトリチェリーの真空にあたっていて、あそこの部分にだけ異質の時間と空間が生きているんですね。

吉本　そんなことはもたもたしていられるかという考え方があって、やっているわけでしょうけれども、仮にもたもたしたとしたら、必ずアメリカの方が悪者に近いところにすぐ持っていけるというふうになると思うのです。

イスラムの原理にちゃんと合っているし、かつまたヒューマニズムというか、西欧文明がこしらえた人道主義という概念に即したって、ちゃんとしたことをやったという意味合いでいえば、その方が、影響は多分大きいはずだと思うんですよ。

加藤　なるほど。見落としが二つあるわけだ。テロリストの側でいうとその方が戦術としては有利だったろうになぜそうしなかったのかという問題があるのに、そのことは気づかれていない。

アメリカの側でいうと、たまたまあれが道連れテロでない形で起こっていても、同じくらい数千人死んだ可能性は消えない。あるいはそうでなかったかもしれない。しかし、いずれにしてもアメリカは黙っていなくて、同じように非難したはずだけれど、でもそれだったら、ここに道連れがあったということの意味が取りだされていないことになる、そのことが、気づかれていない。

今回のテロのいままでと違う要素というのは、いまのところ、これが「道連れ」だということと、どう考えてもこれは言語道断だよということでしかいわれていない。でも、ビルに突っ込むことだってすでに十分に言語道断なんで、するとここにはさらに自乗に言語道断だという、そういうことが起こっているということなんですね。時間がたっていくにつれて、そのことが見えてくるだろう。

吉本　僕はそう思いますね。僕がオウムの地下鉄サリンのときの問題について、ほかのことは別にあり得ることだしみたいなことをいったら、そのあり得ることというのが一般的には気にいられなかったらしくて、いろんな投書とか何かでさんざっぱらやられたのは、結局、そうなんです。おまえは応援しているんだろうとか、こういう論理になるわけですね。

だけど、僕は、敵対している相手を刺しちゃうとか、殺しちゃうとか、内ゲバで違うやつを規律にそむくとかいって殺しちゃうとかいうことは、決して良いと思いませんが、従来でもあり得たことだし、また、あり得ることだし、まかり間違えば自分だってそういう場面に到達したら、そういうふうにしないことはないかもしれないと思うと、それは大した問題じゃねえんじゃないかという論理がどうしても出てくるんですよ。

そうすると、その大したものじゃないんじゃないかという論理が、一般的な社会倫理観とかヒューマニズムからいうと、そのこと自体が問題になってくるわけですね。だけど、そういう社会倫理よりも、法的な、あるいは国家原理よりも、もっと根本といえば根本、小さいといえば小さいかもしれないけれども、存在の倫理を設定すれば、ほかのことはあり得ることだから、そのことについて文句をはたからいうのはおかしいよと思えます。そうすると、地下鉄サリンだけが残ってくる。どういう立場の人から見ても許しがたいということが残るのは、ここだけだよという論理になるんですね。それを強調すると、やっぱり大目玉を食らっちゃうということになるのね。

加藤 確かに僕も、オウムの事件のすぐあとに吉本さんと共同通信でたしか五時間もぶっ続けで対談をしたとき、こちらはもうフラフラで、何で吉本さん、こんなに拘泥《こうでい》するのかなとよくわからなかったけれど、今思うに、だれがどう考えたってこれは悪いという悪がいったんあらわれちゃうと、今までこれこれは悪だといっていた従来の倫理は無効になっちゃうということなんですね。つまり、こういうことだったらいいけれども、こういうことだったら悪いという線引きをするのが倫理の意味なんだから、それに対して、だれがどう考えてもダメだというものが出てきちゃったら、この悪を担う理念までカバーする高次スケールの倫理の巻き尺が用意されないと、その行為の意味はとらえられない。

吉本 そうなんですね。その問題だと思いますね。

加藤 今回で、そういう問題性がかなりはっきりしてきた。

吉本 そういう理屈からいうと、何かわからぬけれども、社会倫理をとっても、政治的な倫理をとっても、国家民族の倫理を考えても、全部除いてもまだ一つどこかにあって、そこの場所に移行すると、今度のテロだって、両方とも勝手なことをいって、勝手なことをやっているじゃないかという理屈以外には成り立たぬですね。

テロが悪いというんなら、戦争の方がなお悪い。理屈上、そうだと思うんですよ。従来倫理からいってもそうなので、ブッシュがいうように、テロが悪くて、テロをやられた方は善だから、おれもやっつけてやるというのを肯定するわけにはいきませんよ。

そうすると、その場合には、テロも悪いし、戦争も悪いといいかえれば、それで大ざっぱな粗大ごみみたいな意味でいえば、それでけりがついちゃう。だけど、もっとちゃんと、それこそ内在的な倫理の動きみたいなのを自分の実感からずっと出していくと、どうしてもそういうふうにはならぬので、ここだけは許せぬよと一個所だけ残ります。

だけど、一般的にいって、乗客が無関係だからというんならば、あのビルに入っているやつでも、無関係なのがたくさんいるじゃないかといわれると、その無関係という意味が全然違うんですよ。乗客の無関係と、たまたまそのビルにいてとばっちりを食った無関係とはちょっと違うんだよという区別をする以外にないんですね。

そうすると、とても微妙だけど、微妙なところを振り分ける何かの概念が、どうしても要るような気がしてきちゃいますね。

加藤　だから、今「存在倫理」という概念が出てくる。

吉本　それは何といっていいのかよくわからぬのだけれども、その倫理の前だったら、現行の法的な倫理も、また国家的倫理も、それに比べればまだ相対的で軽いというか、それほどの本質性はないんだよということになりそうな気がするんです。

　自分が理念的にいっても、常識的にいっても、自分の個人として抱いている倫理で、法律とか何かに余り関係ねえよと思っている部分の倫理から見ても、どうしてもここだけは余るぞというか、触れられないような感じが、どうしても残っちゃうんですね。そこがわからないんです。それが何なんだというのが、そこでわからないということ。

　それから、宗教はいかに強固なりといえども、人間存在が無視されるような宗教はあり得ないぞみたいなことをいったって、ご本人たちは耳を傾けないだろうということは、戦争中の自分をふり返ればすぐに理解できます。幾らそれが迷妄じゃない理屈だといわれたって、おれは納得しねえとかいうふうになっちゃいますね。

　だから、そういうのはあるんだよということを、公然とそういうことをいったり、論議したりしても、だれもあんなのはけしからぬということにはならないで、論議の対象にはなるよというふうであればいいねという願望があります。

「共同幻想」をどう考えるか

加藤　最後にもう一つお聞きしておきたいことがあるんですけどいいでしょうか。

今回のテロは、国家の枠を越えているわけですね。で、もういろんな人がそれ見たことかみたいに現在の国家体制の限界ということを言っていると思うんです。でも今回新しく顔をだしているのは、非国家組織がこの国際社会に一個のアクター（行為主体単位）として登場してきたということなんで、じゃあどうすればいいのかというと、この問題を解決するためのこちらの手持ちの手段は、いうところの国民国家を単位とした国際社会のシステム以外にない。ですから、ここに顔を出しているのは、国家を越えた問題を前にして、国家の問題はどう考えられるのがよいのか、という問題だと思うんです。

吉本さんは、この国家の問題については、一九六八年に『共同幻想論』を書いていて、国家の本質が共同の幻想なんだといってる。で、ここからは国家の一体感というか共同の幻想を脱することが一番大事だ、というメッセージが出てくる。でも、吉本さん自身の国家に対するスタンスはいま、それほど単純なものではないと僕は観察しています。この間、竹田青嗣が平凡社かどこかの論集に寄せた『共同幻想論』についての論を読む機会があったのですが、そこで竹田は、『共同幻想論』をその後、フーコーの権力論とか、アンダーソンの『想像の共同体』とか、ああいうふうな形で出てくることになる国家を想像の共同体と見るような見方の、世界史的に最初のケースだったと指摘している。つまり、国家を幻想性としてとらえる見方というのが一九七〇年代以降世界のトレンドになるわけだけど、『共同幻想論』はその嚆矢《こうし》だったといっていいます。ですから、いま国民国家の体制はダメなんだ、この幻想から脱することが必要なんだ、といっているポスト・コロニアルとかカルチュラル・スタディーズの連中というのは、アンダーソンの末流であることで、遠く『共同幻想論』のラインの最後尾にも位置しているという関係なわけです。でも、もう国民国家を越えて、といっても問題が解決するわけではないことは明白なわけで、今度のできごとは、まさしく、国民国家の体制がすごく問題のあることはわかった、じゃあどうすればいいのか、とその次の対応を問いただす事態なわけです。国民国家のシステムはダメなんだ、犯罪的なんだ、というだけだったら、それこそビンラディンの主張と重なってしまう。しかもそういう主張があのテロになって僕達の前に現われている。それを前に、ではどうすればいいのか、と自分達が問われているわけで、僕はいま、かなり逆説的な言い方になるけれども、このできごとを前にしては、国家を単位とする国際社会に調整機能を回復させることで、その国際社会が、貧富の大隔差とかパレスチナ問題とか、国際社会の問題点を克服していくという自力更生的なみちすじを作りだす以外に、この難局を脱する方法はない、と思ってます。共同幻想から脱し、国家がフィクションであることをはっきりさせることで問題が解決されるという段階ではもうなくなっている。国家観に関してもう一度、いわば「内在」としての幻想像から「関係」としての単位像への観点の転轍が求められるような段階にきているんじゃないかという判断なんです。

そこで、吉本さんは、今、国家についてどう考えられるか。今も共同幻想とか国家を悪だという形で考えられているのか。そうでないとすると、その辺はどんなふうに考えられているのか。というのは、吉本さん自身は、その辺のところについて、例えば近頃だと、憲法についてどう考えるかというと、国民の過半数が憲法九条をいらないっていうんなら、そこから考えていくしかないね、ただ、自分の考えはそれと違っていてこういうものだ、となるねっていうような言い方をされていると思うんですね。それは単に国家は悪だ、という言い方とは違う。『共同幻想論』を出したときとは力点が変わっているんじゃないかなという予期もあって、お聞きするんですけれども。

吉本 僕はそれを言葉で記述したり、しゃべったりとかいうときに、いつでも危惧《きぐ》というんじゃないんですけれども、これを読む人がうまく振り分けてくれるというのは期待薄だなと思っていることは、例えば今回のことのあれでいいますと、非常に重要なこととして二つあって、一つは、乗客をおろさないでやっちゃったことが重要な問題なんだということ。

もう一つは、日本の政府の首脳というか、総理大臣はバカだね、アホじゃねえのかといったり書いたりしたと思いますけれども、僕がどうしてアホじゃないかといえるんだ。おまえ、ナショナリストか、国家を相当強固に認めていることになるんじゃないか、それに比べれば、そういうことを一切いわないで、後方支援のためにあれするとか、自衛隊の法を改正してとかいっているやつの方がまだ国際的じゃないか、国家主義的なことをいわないでいいじゃないのという論議のように思える。

ちょっと待てよ、これを区別して、読んだ人がすぐ区別できるみたいな言い方はないものかねということは、いろいろ考えました。

つまり、今少なくとも国際的なというか、世界的な政治社会は、一応民族国家と、民族国家の連合体と、その二つが最も発達した形だということになりますね。そうすると、僕らが考えていた、そういうのもとれちゃった方がいいんだ、例えば欧州共同体だと通貨を統一してというのでブスブス文句が出るという段階じゃなくて、もっと全部統一して、統一政府ができた方がずっといいんだよと思っていることとか、日本国なんてどうせ解体していく過程にあると思えるから、その方がいいんだよと思っているということにちっとも変わりがないんですね。

それにもかかわらず、現に民族国家、しかも、強大な国家、つまり、指導的な国家というのは何なのかというと、財政豊かで、軍事力豊かで、核兵器を比較的たくさん持っている。そういうのが指導的な国家になっているわけで、こういう非常に限定された場面では、日本国もやっぱり平和憲法を持った民族国家なんだよというところは、ちゃんと示さないとおかしい。

もっとトータルなことでいえば別だけれども、とにかく軍事力とか、経済力とか、そういうことに限定されている場合での国家とか、国連が存在していても、これは少しも国家連合という意味ではなくて、それを調節する機関としてという意味合いしか持っていない。そういうあれだったら、国家間の利害については、国家間の利害で対応するよりしようがないじゃないかということになっちゃうと思うんです。

それを敷衍《ふえん》しますと、昔からそうですけれども、日本のマルクス主義者に納得いかないことの一つは、やっぱりそういう問題で、小泉という内閣がどうであるとか、田中真紀子がどうであるとか、そんなことは保守的なやつがいえばいいので、おれは革命的なんだから、そういうことについてはもう関心ねえんだというのが、今の日本の風潮なんですよ。だけど、それは本当はうそなんですよ。ロシアのマルクス主義は、ロシア特有なものであってという態度はうそだ。マルクスは、その当時、東インド会社がこうなっていて、これを支持している国会議員、下院の議員がこれこれでと、そいつの性格はこうでとか、そういうことまでその場の判断でちゃんと考えていますし、「ニューヨークタイムズ」か「トリビューン」か知りませんけれども、そこで時事評論を時々書くときには、そういうことをちゃんとふまえていっているんですよ。

つまり、今このところで何かいわなきゃ、おまえのマルクス主義は無効だぞといいたい。それくらい、日本のマルクス主義はルーズなんですよ。保守的な政治の動向に関心を持たないのがダメなんだ。

加藤　吉本さんの用語でいうと、最高綱領と最低綱領というのがあるでしょう。ある問題に対して、最高度に自分を緊張させて対応する場合にはこうなるし、最低度にゆるく対応する場合にはこうなるという。そういうことが今はかなり大事ですね。

吉本　これをうまくいうのはなかなか難しいぜということになっちゃうんですよ。

乗客をおろさないのがおかしいというんなら、ビルの中にいる、ただ働いているだけのやつが道連れになるのはおかしいじゃないか。それをいわないのはおかしいということになって、おかしいというのなら同じじゃないかという理屈になっちゃうんだけれども、それはまるで違うことなんだ。ビルの中にいる、関係も余りない、雇われているだけだという人の問題は、例えば戦争で爆撃を受けて、とばっちりで非戦闘員がこれで死んじゃったとかいうのと同じように、従来的な社会や政治の倫理ではなってしまいます。

加藤　世界構造の中に一応入る。それと、「偶然の旅行者」じゃないけれども、全くの偶然の存在的隣接とは違う。そこに一つの線が……。

吉本　その区別は、理屈はいえる。だけど、本当にこういった場合には、どういったらいいか、なかなか難しいですね。

加藤　あのビルの中に勤めている人はもちろん何の罪もないんだから、やられたら大変ですよ。でも、そこに勤めているということは、世界の構造の中に位置しているということで、それと乗客のあり方は違う。人間は存在して、そこで生きている限り、必ずそういう世界構造の属性を持っているわけだけれども、旅行で飛行機にたまたま乗り合わせたというケースは、その属性が全くはがれているあり方を象徴している。つまり、何の属性もなく、存在だけが露呈している状態です。だから、最初にいわれた「存在倫理」が出てくる。

吉本　そうです。

それから、共同幻想ということで、岸田秀さんは「共同幻想」という言葉をよく使うわけですよ。あの人は、国民のある部分が共同のモチーフを持って寄り集まっている。そういう部分が共同幻想だという。

だけど、僕がいっている共同幻想は、個人の幻想があるとすれば、個人の幻想と共同幻想は逆立ちしているんですよ。つまり、個人個人がそういう共同の政府でも何でもいいですよ。内閣でもいいし、政党でもいいけれども、そこに参加するときには、頭脳で参加しているので、肉体が参加しているというのは見かけだけですよ。政党であろうと何であろうと、個人が共同幻想的なものに参加することは、頭でだけ参加しているので、そいつの体がどうだとか、腕力があるかないかとか、それは員数でしか関係ない。つまり、精神あるいは観念でそこに参加しているので、別に肉体が参加しているかどうかは関係ないと思いますよ。

国家機関を考えれば、肉体がちゃんと文部省なら文部省に通って、働いているわけですから、関係ありますけれども、そういう国家機関みたいなもので考えれば、本当に重要なことは、もちろん肉体が行かないとそこに行かないわけだけれども、要するに、頭が参加しているということだからというんだけれども、あの人は、いくらいったって、そんなバカなというんですよ(笑)。

僕はそういうふうにしか考えていないといえば、国家であろうと、政党であろうと、共同幻想は各人の精神の内在性というか、それの発露がそこに参加しているのであって、肉体が参加しているかどうか、生活人として参加しているかどうかは全然関係ないことですよと思っているから、頭だけ参加しているという問題だと思う。

僕は、自分の中では区別がついているんだけれども、そんなことを強調すると、おまえ、ナショナリストかとかいわれる。それはそういう考え方じゃないんですよ。世界の現状がナショナルだからですよ。でも、区別してそういうのをいうことはなかなか難しい。面倒くさいなって。

加藤　僕は、湾岸戦争の起こる少し前に、もう自分は国家は悪だとは考えないことにするといって、回りの人間の顰蹙《ひんしゅく》を買ったんですけどね。でも、国家は悪だというそういう国家観をいったん外して考えないと、いま大半の人々の前にある問題の前に自分が立つということにはならない、という気が強くしたもので、そこが出発点だと見定めました。今のお話は、個的幻想の座というのは生活する身体、肉体だというところが共同幻想と違うんだよと聞きました。これも初耳のような気がしているんですが、「頭」（共同幻想）と「手」（個的幻想）の幅だよとこれを聞くと、あの最高綱領と最低綱領の幅が何に根拠をもつのかがよくわかる気がします。いずれにしても、この二つの幅から聞こえる声に耳をすませていかないと、ここに現われている問題を解くことは難しいと思っているんです。

たしかに、吉本さんの『共同幻想論』については、個人を本来的存在とみなすことの弱点があるという指摘などもあって、そこのところは、中世には「個人」なんてものはなかったんだろう。それは近代の産物だと、考えたほうがいいと僕も思うんです。でも、自分としては、それでも「個人」からその構造の中に入っていくのでないと、そういう構造の理解自体がほんとうは生きないんだろうと思ってきたので、今その根拠を吉本さんの口から教えてもらった気がしています。つまり、「個人」的発想はダメだよ、という声がここでも聞こえてくるかもしれないんだけれども、国家の問題をいま人間が「個人」から考えることには権利がある、その結果、個人から考える仕方だけではダメだよ、と気づいて「内在」から「関係」に転轍していくことになるのだろうけれど、その順序が、非常に大事なんだということですね。

『共同幻想論』でも、あの個的幻想と対幻想と共同幻想という三つの関係で、対幻想と共同幻想はすごく大きな発見だけど、個的幻想というところが弱いんじゃないかと、よくいわれるんですが、いや違うよ、個的幻想の座はむしろ身体、もっといったら不随意筋の内臓世界なんだよということなんですね。事実、つくられたものからいうと、個的幻想という次元はちゃんとそういうふうになっています。共同幻想の製作物としては国家とか社会とか宗教があり、対幻想の製作物として家・家族があるとすると、個的幻想の製作物として、作品とか、芸術とか、そういうものがあって、これは国家とか宗教といったものとはやはり違う次元の手と内臓世界を介した製作物です。

僕は、この構え自身は、いいんじゃないかなって思う。ただ、ここに提示されているのは、共同幻想は悪だみたいな、そんな簡単なものじゃない。そういうところでもう少し『共同幻想論』の先につきつめて考える余地が残されているんじゃないかと思っているということなんです。

（「群像」二〇〇二年一月）

半世紀後の憲法

×吉本隆明　詩人、評論家

×竹田青嗣　哲学者

×橋爪大三郎　社会学者

×吉本隆明
×竹田青嗣
×橋爪大三郎

半世紀後の憲法

本質的言語で読む

加藤　さて、今日は吉本隆明さんに来ていただいているのですが、はじめに僕のほうから吉本さんにこの企画の経緯を簡単にお話ししておきます。今回の座談会は、僕のほうから竹田さんにお願いし、コーディネイタになってもらう形で二部仕立てで準備しました。憲法についてはいろいろと議論もあったし、今もあるわけですが、そういうものが僕にとってはどうも面白くない。今までの議論をいったん外したところから、一度考えてみたいと思いました。

そういうことからいうと、竹田さんは在日韓国人で、憲法の埒外《らちがい》にいる。お聞きしてみると、竹田さん自身、いままでそんなに憲法に関心がないということです。そういう人の手で、そういう場所から憲法を考えるとしたら、どんな順序になるんだろう、こういう企画が今自分にとって一番有益なものだ、というようなものを竹田さんに助けられ、考えられるんじゃないかと思いました。橋爪さんは、『冒険としての社会科学』という本を書かれていて、その中で憲法についてかなりつっこんだ考察をされている。まず、憲法というものがどんなものかを、考えてみたい、という竹田さんの発意で、これを竹田さんが橋爪さんと話し合う。それに僕も加わる。第一部の話がそんな形で終わっています。ついで、第二部として、半世紀——正確にはまだですが——をへようという日本の憲法について吉本さんをお迎えし、四人で考えてみたいのですが、これは戦後の憲法について今一番お話を聞いてみたい人が吉本さんであるという、主に僕の願望によっています。それについては後で触れたいと思います。

竹田　第一部の話を僕から簡単に要約して言いますと、まず、憲法が何であるかについてのいちばん分りやすい標識は、法律は権力者がいてそれを一般市民に守らせるのに対して、憲法というのはむしろ一般市民の側が、法律を守らせる権力をもっている人間に対して、これを守れというものであるということ。つまり、一般の市民は法律によっては罰せられるけれども、憲法によっては裁かれない。憲法によって裁かれるのは、法律を施行している人間だけであるというのが橋爪さんの考えで、とても明快な定義だと思います。憲法と法律は全然別のものというわけでありませんが、こう理解すると、法律に対する法律、メタレベルとしての法律だという言い方より、分りやすい。

次に、憲法の起源としては、歴史的には、まず始めにユダヤ教の神との契約があり、それが超越的な言葉として残って、契約によって社会を運営していくという憲法の考え方の土台となった。それから近代になって、それまでルールを作るものは何らかの権威を持ち、その権威によって権力を与えられていると考えられていたものが、初めて超越的な権威を取り払われた。つまり、市民および民衆の意志しか権威の源泉になることができないという考え方が生まれて、近代的な社会契約という考え方が出てきた。これについては、ルソーの一般意志およびヘーゲルの相互承認という哲学の考え方の流れが重要な役割を果たした、というのが僕の考えです。このふたつが大きな柱で、つまり憲法は、社会の成員がルールを決めて、そのルールのもとにすべての成員が対等だという考えが前提となるということ。それから、日本国憲法の正当性について、例えば、正当な手続きをふんでいないとか、もともと大日本帝国憲法のほうが正当なんだといういいかたもあるけれど、このような形で成立の経緯を実体的に問うことには大きな意味はない。だれがどのような仕方で作ったにせよ、それが存続してしまっているという事実、一般的事後承認を得ているという事実を起点にして、むしろ現行のあり方にどんな問題があるのか、これを作り替えるのに意味があるのかと考えたほうがいい。

また、人々が憲法について考えるメリットはなにかということについては、論点がいくつか出ました。一つは、これまでの日本社会では、ぼんやりとした取決めやなんとなくの心理的機制があって、はっきりとしたルールなしにやっていける、あるいはルールなんてないほうがいいのではないかという感度が強くあった。けれども、資本主義社会というものが高度化するにつれて、ルールとかそのルールを守るための最低限の権力についての問題を考えざるをえなくなってきている。また、対外的には冷戦構造が終わったあと、いったい世界の秩序はどうなるのか、誰がルールを考えるのか。そういうことに対して、まずは自分の国の憲法について考えないと、これらの問題について輪郭を描けないのではないか。非常に大雑把ですが、だいたいそんな話が話題として出たと思います。

吉本　僕のほうから質問していいですか。お話を聞いていると、憲法は、市民の側から出てくるのが本来的な姿だということのようです。だけど、いっこう僕は自分から憲法に対する意識は出てこないです。つまり、ぼくは憲法がなくたってあったってそんなの知らないし、それで日常生活には特別なにも不自由はない。自分のほうから、そういう大枠の、国法というか、国権の方向を規定する法律が必要だという欲求は、正直言って、ない。そういう問題はどうなるんでしょうか。日本の民衆の大部分がそうじゃないかと僕は思うんですが。

竹田　それは、僕もそうだと思います。

吉本　そうすると、ものすごく考えちゃうんですね。日常生活に関係ないとはいっても、今の日本には、厳正な憲法というものがあって、やはりそれを読む。けれども、それを読むときには、どうしたって知識的に読むわけです。それも、どれだけ根拠があるかは別にして、自分なりの理念があって、理念と知識で憲法を読んでる。そうすると、ここは面白くないとか、ここはもっとなんとかならないかということは出てくる。だから、憲法を云々するというのも、それなりにそういう姿勢と場所をとれば、できないことはないと思うんです。

ところが、日本古来の法、つまり、伊藤博文が憲法を輸入して来る以前の、聖徳太子の十七条の憲法でもいいし、鎌倉時代の御成敗式目《ごせいばいしきもく》でも、徳川幕府の武家諸法度でもいいんですが、そういったものは、要するに土俗的といったらいいんでしょうか、情念のどろどろしたようなやつが、条項から消えていかない。文句や言葉からだって消えていかない。情念を含めた倫理みたいなものが常につきまとうわけです。大昔から、日本人、日本国はそういう掟というよりは、決意としかいいようがないような、そういうものしかつくってこなかったんですよ。

ところが、それから、急に明治憲法に飛びますね。明治憲法は、少なくとも近代的な言葉、法的な言葉です。論理的な言葉でもいいんですが、それは倫理とか情念を排除した言葉だから、その飛んじゃったときのギャップの著《いちじる》しさというのは、覆《おお》えないものがあります。ものすごい言葉のギャップと僕は思う。それだから、僕らは、憲法なんてあったってなくたって普段はなんの不自由もないし、ひっかかるとこなんもないよということになっちゃうと思うんですね。

そんな明治憲法の中でどうやって日本人は生きていたのかといったら、ただ一つ、「天皇というのは神聖にして侵すべからず」という条項があって、ここが唯一、どろどろした情念というか、そういったものが含まれているわけです。戦後憲法でいえば、「天皇は国民統合の象徴だ」という言葉。これは本当いうと、法律の言葉にはならんのじゃないかと思うけれども、そういうところにわずかに情念的なものが入っている。

これだって別に、普段天皇なんて意識して生活してないですから、そう書いてあったたって、ないと思えばなんでもない。天皇とは無関係に、日本の社会は高度資本主義社会だ、と言ってしまえばそれで済んじゃう。だけど民衆の中の情念とかどろどろしたものまで全部を含めていうとすると、これが問題になってきます。

つまり、知的にといったらおかしいですけれど、頭のなかで理念的に憲法を読むと、一番ひっかかるのはここなんですね。こういうのを置いておくっていうのはどういうことなんだと、こういう言葉が憲法に入っているのが不思議でしょうがないです。とくに象徴という言葉がとても曖味なものをもっています。だけど、情念的なものを守ってきた日本人が、「天皇は神聖にして侵すべからず」と置き、次に、「天皇は国民統合の象徴だ」と置いてあるのは、なんとなく理由はわかる気がするんです。そして、心情的といいますか、僕らが一番ひかれたのもそれなんですね。

僕が、知識のほうに自分を集約させていっても、情念のほうに集約させていっても、否定的にも肯定的にもひっかかる、とにかく両方から一番ひっかかるのがここだというのは間違いのないことなんですね。つまり、ひっかかるということで、ひっかかる。考えちゃうといっことなんですよ。そんなのとっちゃえ、とっちゃえと、僕の知識とか理念は思うわけ。僕が憲法を書くとしたら、とっちゃいますよ。それは間違いなくそうなんですけれど。

僕はこの憲法の成立の経緯というのは、マッカーサー軍政局が草案を作って、日本の憲法学者が承認したとか、政府が承認したとか、そういう経緯はあるんでしょうが、よく知らないんです。けれど、新聞記事とか、戦争が終わってすぐの実感で言いますと、天皇は神聖にして侵すべからずというのが、敗戦でなくなっちゃうということに対しては、ものすごく抵抗があった。つまり、きのうまでそれで突っ走っていたわけですから。大部分の人にとってそれが取られちゃうのは、ものすごい不安だったし、不当であるという感じがあった。だから、国民統合の象徴という言葉にして、残してあるということには十分根拠があると思いました。

それから、僕らはオールド・リベラリストとよんでましたけれど、戦争中はかなりの程度、軍国主義的なもの、あるいは天皇主義的なものに対して批判的なリベラリストはいたわけですね。

ところが敗戦直後になると、その人たちも、やっぱり象徴でもなんでもいいから、その条項を消す案はやめようじゃないかと言いだした。それを守らないと安定感がないということです。年をとった大知識人たちもそうでした。だから、僕はそれも不思議でしょうがない。

竹田　今のお話は、要するに、僕らの議論は、いわば西欧的な文脈から憲法というものを考えて、社会契約を基本としてどんなメタレベルの権威もないと、それを憲法の基本の概念としておいた。ところが、吉本さんの考えでは、憲法というのは、理念として提示される側面と、いわばその国家の共同幻想としてはじめて成立している問題があって、いったいその後者の側面はどうなるんだと言われてると思うんですが。

吉本　まあ、そうですね。

加藤　僕が、なぜ吉本さんにお話をうかがおうかと思ったかを、いまお話されてることと関係があるような気もするので、一応、お話ししてみます。吉本さんと僕とはだいぶ来歴が違うけれど、しかし、僕にもさっき吉本さんがいわれたように、ふつうそんなことは考えてないということがあって、だけど、そのふつうそんなこと考えてないよという気分を離れて、憲法について話したら、終わりだなっていう感じってあるんですね。それで、自分の場合のそういう気分の作られ方を、話してみたいと思います。つまり、今回、この特集で憲法をとりあげようと思った、僕の個人的な理由ですね。

僕には、数年前まで、どこか左翼的な心情があって、国家とか社会にたいして、否定的な気持ちが強かったわけですね。社会は関係ないっていうか、いやだっていうか。そうすると、憲法は国家とか社会とかいうものの上に積み上がっている考えなので、憲法について考えるということは、国家とか社会を認めてることになるという感じがして、そんなことは関係ねえやっていう気分で学生の頃からずっときたわけです。そういう気分で、自分のはかりはちょうどよかった。ところが、七、八年くらい前から、僕の感じでは、そういうふうなものを考えないで済んでるということが、なんか得してるっていうか、どうでもいいやっていいながら、結構ほかの人間よりも別の逃げ場、もう一つ隠れ家があるみたいな気分がしてきて、それがだんだん自分でもいやに思えてきたんです。要するに、僕は、社会とかなんかっていうのを考えないできたわけで、それは社会なんてことよりもっと本質的なことを僕がもっていたからですね。でも、いまはそういうものはない。若い人は僕のもってきたような窪み、日蔭がないから、この社会の日差しにさらされている、日蔭をもっている自分が特権者のように感じられてきたんです。それで、自分にそういうことを考えさせることが、なんか今まで使っていなかった筋肉を使うというか、自分にとってはちょっとつらいリハビリというか、そういうことをしてみたくなった。

そのようなことを感じるようになったのは、八十年代の終わりくらいだと思うんですが、その頃ちょうど湾岸戦争がありました。そのときに、いろんな連中が平和憲法を守れだとか、護憲だとか言いだした。僕にとっての湾岸戦争の意味は、憲法とかなんかという項目なしに、戦争とはなんなんだと、おまえはどうするんだと、言葉じゃなくてね、身体的に直接そういうものに触れた機会だった気がするんです。そのとき、憲法を持ち出してもしょうがないというか、憲法を理由にしたくないと思った。なんでそういう気がしたかというと、その護憲とか言ってる連中は、いままで平和憲法なんて関係ねえやっていってきた連中だったわけです。いままですっかりばかにしてきててね。それが、今度は物置に片づけていたはずの古ぼけたやつをまっさきにもってきて、急に床の間に飾って、これは先祖伝来の家宝でと、やった。急にこれはおれのだなんて、そればずるい。だから、怠慢《たいまん》だっていうか、醜い。こんなところで使うなって、そんな感じがまずしたんですね。だから、僕は憲法みたいなことを禁じ手にして平和について考えないと、少なくともぼくが七〇年代からやってきたことの延長で考えたことにならないなと思った。

それから、そのちょうど一年後くらいに、いまいる大学で、平和主義の代表的論者の一人である坂本義和さんが、総合講座という集団講義があるのですが、それをコーディネイトしてて、その講座を二回だけ引き受けることになった。僕の授業の題は「日本とアメリカ」ということだったけれど、その全体の題が「人間と平和」だったんです。で、僕は平和ということについて、それまで人にしゃべったことがなかった。平和という言葉すら口にしたくないと思っていた。すごく恥知らずな感じがあって、そんなもの人が言うのも聞きたくないし、自分もいいたくない。だけど、前の年に湾岸戦争があって、それで前にいったみたいな気分もあったもんですから、「平和」ということを学生にしゃべるとしたら、いったいどういうふうになるだろうといろいろ考えてみた。だけど、とても平和についてというのはしゃべれない。そのときのレジュメがいまもあるんですが、結局、タイトルが「平和という言葉は、なぜこんなにもカッたるいのか」というものだったんですね。自分にとって、それがもしカッたるくなくなるとしたらどういうケースが考えられるか。教壇の前のほうには二十歳くらいの若い人が百人くらいいる。そういう人に話すときの話し方が、どういうシチュエイションならなれるのか。そしたら自分と社会や法との関係が、糸電話の糸がたるんでるようになっていて、だから聞こえないし、自分にとってあってもなくてもいいと感じるんだと思った。こう思ったわけです。いったいどうだったらオレは本気になるか。なんでいまの憲法にまじめにつきあう気がしないのか。で、学生にこう言いました。自分は、いまの憲法は一回、国民投票みたいな試験に会う必要がある、火にかけられなければダメだと思う。実際、日本国民は一度もこれを自分では選んでいない。こう言う自分がそうだ。だから、「関係」がない。国民投票をすることにして、そしてこうして教壇に立ったら、やっぱり、平和原則というのは、これはあったほうがいい、こういう自分の考えを学生にどう伝えようかと真剣になると思う、と。そうでもないと、やっぱりとても恥ずかしくて平和なんて口にできない、これは実感だったわけです。で、国民投票の結果、九条がなくなっても、今度はそれを回復強化する運動をやればいいわけで、投票の結果はそんなに重要ではないんです。死にかけのダメな憲法を守るより、平和を生き生きと問題にできることのほうが数等大事だし、憲法との関係を生き生きしたものに保つことのほうが僕にとっては数等大事なんですね。これははっきりしてます。とにかく、そうすることが、自分と社会の関係の糸をピンとはるため必要だ、そう思ったわけです。

それで、これまでの憲法論が自分になぜばかばかしく感じられたのかなと、そのあと考えてみたんですね。読んでみていちばんまずいと思ったのは、そういうことを議論する理由が自分のどこにあるのか、いまこんなことを話題にするのにどんな意味があるのかということを、だれかに考えてもらおうというか、あるいは考えなくてもわかっていると脇へ置いて、そのつぎから始めてるということだった。だいたいの人が、今憲法を論ずる理由を、一九五〇年あたりにできた理由にまかせちゃってるわけです。もしそうだというなら、少なくともそれを認めた上でやるのが当然で、僕はそうじゃなければ恥ずかしいと思うけれど、湾岸戦争の反戦署名運動では全然そういうこともやられてなくて、それは、欺瞞《ぎまん》じゃないかっていう感じがした。それから、さきほど吉本さんも言われたような、生活の場面からの照り返しというものもない。

で、なぜ吉本さんのお話をうかがいたいと思ったかというと、湾岸戦争の時、総雪崩《なだれ》式に日本の言論人が憲法第九条を思い出し、埃《ほこり》を払い、この掛け軸を床の間に飾りはじめたわけです。そういう時、吉本さんなら、この問題に対して、どんなことを言われるかなと思っていたら、書かれたものの中で「平和憲法」ということを言われた。僕はなんか違和感があって、「えっ」と思ったんですね。詳しく読むとその言われ方は、だいぶ他の人とは違っている。とはいえ、これはどういうことだろうと思ったし、了解しにくいものが残った。こういう反応が僕だけのものでないことは、あとで、小浜逸郎《いつお》さんが「別冊宝島」か何かで似た感想を書かれているのを読んで、知りましたが、その後、余りこのこと質問する人がいないので、お尋ねしてみたかった。吉本さんの憲法への言及というのは、いま吉本さんの著作が全部はいっている電子ブックがあって、「憲法」という項目で検索すると、いままで吉本さんが憲法について言われてきたことが一覧できたりすると、便利なんですが（笑）、でももしそういうものがあれば、昔からあんまり憲法については発言されていないということがわかるはずなんですね。そうだと思うんです。

それなのになぜこのときに、「平和憲法」というようなことを言われたのか。その後憲法について発言される機会も幾度かあって、ほかの専門の知識人と違うかたちで、ずっと思ってこられたというのもわかるんですけれども、そこのところをもうちょっと伺ってみたいと思っていました。僕の話は回りくどくて、長くなっちゃってすみません（笑）。

吉本　いや、何をお話ししたらいいか少しわかったように思います。

僕もね、突然「戦争と平和」という、トルストイの小説みたいな題でしゃべらされたことがあったんですよ。そのとき、やっぱり両方とも恥ずかしいわけですね。特に平和というのは口にするのがなんとなく恥ずかしい。そこでぼくが言えたことは、戦争というのは万人共通な面があるだろうが、平和という概念には、個別性しかない。自分は子供を育てるのが平和だと思っていればそれしかないし、また別の誰かは恋愛をして結婚するのが自分にとって平和だと思っているのであれば、それしかない。そういうのはみな個別的で、「平和」という統一概念は、あるかもしれないけれど、僕にはちょっと力量上それは言えないと思うと言ったんです。トルストイはどの巨人を引き合いにだすまでもなく、「平和」といったら個別的でいいんだ、自分が平和だと思ったら、それは平和なんだと思う以外に、平和があるとは思えないということしか言えなかったですね。

加藤さんと僕が違うところがあるとすると、それは僕の戦争体験からの教訓なんですね。外から論理性、客観性でもいいですが、そういうもので規定されると、自分をうんと緊張させなければならないときには、自分に論理というのをもっていないと間違えるねっていうのが、そのときのものすごい教訓なんですよ。内面的な実感にかなえばいいんだということで、戦争を通ってみたら、いやそうじゃねえなということがわかったといいますか。

加藤さんもそうだと思うんですけれど、僕はもともと文学的発想なんですね。つまり、内面性の自由さえあれば、他はなんにもなくてもいいくらいに思っています。だから、僕は、戦争もそれはそれでいいと思っていたし、勤労奉仕にしてもへいへい言いながらやってて、それでもいいんだって言いましょうか、面白くても面白くなくてもいいんだと、そのくらいにしか思っていなかったです。

ところが、戦後、僕らが反省したことは、文学的発想というのはだめだということなんです。これは、いくら自分たちが内面性を拡大していこうとどうしようと、外側からくる強制力、規制力といいましょうか、批判力に絶対やられてしまう。それに生きてる限り従わざるをえない、そういう生活をしいられるなっていうことがわかったんです。

だから、戦後民主主義の人たちと、緊張のさせどころが違うと思うんですね。すると、憲法の見え方というものも違ってくる。憲法九条で戦争をしないと言っているのは、心情の問題じゃないんです。確固たる国家の方向性を定める外的な規定の問題であって、この九条を放棄しないっていうんなら、守らなきゃいけない。でもそれは倫理で守るわけじゃない。戦争はいやだから九条を守りましょう、平和憲法を守りましょうと、そういうことじゃない。憲法九条を守れとか、平和憲法を守れと言っている人、例えば、さっきおっしゃった坂本義和でも、小林直樹でもいいんですが、そういう憲法の専門家でも、全部心情的、倫理的なんですよ。心情的、あるいは倫理的に、戦争はいやだ、もうこりごりした、だから憲法九条を守れみたいな、そういうところにもっていきます。そういうところが、僕とは全然違う。ほんとうに法的な言語として憲法を読んで張り切ったら、そんなこと言ってるやつは全部だめだということになっちゃうんです。

僕は戦争中、一度も、戦争がいやだっていうか、厭戦《えんせん》とか、反戦とか思ったことはないんですね。やれっ、やれっていうほうだったから。軍国主義、天皇主義、それでちっとも悪くないと思ってました。大東亜共栄圏で、アジアの民衆を西欧の植民地から解放するのにどこにも悪いとこないと思って平気で育ったわけですから、それ以上考えないんですよ。そうすると僕らは、戦争中の自分の対極として、それを批判されたときに得られた平和、戦後自分が強いられた平和というものに対して、ちょっと戦後に育った人とは違う感じを持つんですね。これを強いられたんじゃなくて、獲得したと考えるためには、どうしたらいいんだということがありました。どう考えたらいいか。なにはともあれ、僕は倫理的じゃだめだ。厭戦でもだめだ。厭戦なんていうのは、すっとんでしまう。おれ戦争いやだからといってもすっとんでしまう。文学的にいって、人間の内面性の問題だっていうのもだめ。これも経験ずみだと思いました。それじゃあなにがあるんだといったら、法的な規定なんですね。法的なという場合、極端に言って、文学が一番その言葉についてては奥深いと思うんですけれど、その奥深い文学の表現というか、表現のなかに含まれている論理性といいますか、つまりそれが法的言語に還元できる部分で、それはそうとう高度なものだと考えるわけです。

僕は、サド裁判に立ち会ったことがあって、そういう場合、一般的に流通している検事側の論理と弁護側の論理、考え方は全部同じです。検事の論理は、非常に明瞭で、ある作品の中の何行から何行までに卑猥《ひわい》だという描写がされていれば、それは有罪だという。それに対して、われわれが異論を立てるときにどうするかというと、そんなことをいうのは文学、芸術を知らないからだ。その何行から何行までというのも、全体性の中でこれを読めば必ずしも卑猥だとは感じない。あなたたちはそれがわからないんだから、こんな裁判は成り立たないよというのが、それに反対する論理です。

直観的にはこれでいいんだけれど、僕は、文学の言語というのは、その時代においては、一番本質的な言語であって、法律もまたこの本質的な言語によって、法的な規制がなされなければだめだと思うんです。だから、あなたたちの論理は本質的な言語でなされていない。何行から何行まで誰がみたってこう書いてあるから有罪だというのは、ただ単に、いわゆる実証的といいましょうか、実用的な言語の次元で言っているにすぎない、文学の言語はそうじゃない、とこう言いたい。

何行から何行まで確かにそう書いてあろうと、全体を読んだときにどう感ずるかというのは、それだけをとりだしたときと違う。読む人によっても違っちゃう。それはどうしてかというと、そこに書いてあることを、本質的な言語で読もうとしているからなんですね、すくなくとも無意識的には。そうすると違っちゃう。

だから、法律だって本質的な言語で述べられなければ問題にならないと、僕はそう思うんです。これを相手にわからせるのは難しいです。でもたとえ、そうでも、文学の言語のなかには、無意識の、本質的な言語、その時代の水準における本質と思われる言語があるから、法律もそこまでいかなきゃうそだと主張すれば、ちょっとは話が通ずると思います。僕が、サド裁判で主張したかったのも結局そういうことだったんです。

それは、いまの憲法第九条の問題でも同じで、護憲だとか、平和憲法を守れとか言っている人たちが読んでる九条と、ぼくが読んでる九条は違うんですよ。言葉、少なくともぼくは頭だけは九条を本質的な言語で読もうとしている。そうすると、村山富市みたいなやつが「自衛隊は合憲であると解釈いたします」とかひょろっといっちゃうでしょう。それは、言葉というものの使い方というか、読み方を知らないとしか思えない。平和とか、戦争しないという言葉に、どれだけの血が流れたか、どれだけの人が踏まれてきたのかということが読めないわけです。つまり、実証的にしか読めないんですよ。だけど、ぼくらはそう読んでないんですよ。本質的な言葉で読むわけ。その言葉の対照には血を流して死んじゃったやつとか、そういうものが全部イメージのなかにあるんです。

それは、つまり言葉の理解が違うんですよ。本質的理解というものと実証的理解、事実こう書かれているんじゃないかという理解とね、まったく違うことなんです。だから、自衛隊は合憲と認めますなんて、そのほうが現実に合ってるなんて、そんなこといっちゃう。つまり言葉に対する感受性が違うんですね。そこのところを、僕と他の人のいう護憲と混同されるのはいやだと思うわけです。つまり九条の読み方について間違えるのはいやだよというのが、ぼくらにはあるわけです。

戦争をなくすには

竹田　戦争に反対するために、同じ平和憲法をもってくるにしても、他の護憲の人たちと吉本さんはそうとう違いがある。他の人の平和憲法を守れというのは心情的倫理的だけれども、吉本さんは、憲法というものを本質的な言葉として考えているということなんですが、そこのところ、吉本さんのこれまでされてきた仕事を勘案すると、わかる気もするんですが、率直に言って、よく区別がつかない面もあります。どういうふうに区別がつかないのかというのを言ってみます。

これは前のところでもすこし言いましたが、日本はヨーロッパの列強と喧嘩《けんか》して負けて、お前はもう喧嘩してはいけないということで、手を縛られた。日本はたまたま手を縛られて、戦争が出来なかった。ある意味でそのことが日本にとって幸運になったんで、おまえはもう喧嘩するなといった父親のような存在のアメリカの保護の下で、戦争しないでうまくやってこれた。ところが今度は逆に、親分たるアメリカが、おれだけひとり喧嘩出来る状態ではまずいから、おまえもやれといって軍備を持たされそうになっている。それが今の状況ですね。

それで、護憲派の人たちに対して僕が思っているのは、心情的に、平和が大事だ、日本はあんなひどいことをしたから二度と戦争をしないといっているだけでは思想的には弱い、ということです。つまり、日本は先の戦争でアジアに対して、ひどいことをしてしまったという一種の贖《しょく》罪《ざい》意識から、絶対的に平和憲法を守れと言うだけで、戦争に対する責任を果たしたかのように思っているとしたら、そこには欺瞞があるんじゃないか。

吉本　それはそうです。

竹田　すると、僕の考えでは、日本は絶対に戦争しないぞ、という考え以上にもっと大事なのは、現在、世界で戦争が起こらないための条件をどう考えつめることができるか、ということになります。これは自分なりに何度も確かめてきたつもりですが、なぜ日本のいわゆる進歩的な人たちは、「日本は絶対に戦争しない」というかたちだけで考えて、戦争が不可能になる条件をいかに作り出すかというかたちでは考えないのか、とても不思議なんですね。ただその理由について、思い当たるところがある。

ぼくら在日朝鮮人はたいてい被差別感から出発するんですけれど、差別を小さくしていく客観的な条件を追いつめるという方向ではなく、いかに自分の民族としての誇りを身につけるかという方向でずっと考えてきたんです。そしてそれはじつは本来の問題からは一番大事な的を外している。この方向はまず自分の欠損感を打ち消すことに力点がかかってしまっており、そのために本質的な的を外しているわけです。

そこで、率直に言いますと、平和憲法はたまたまアメリカから与えられたものである。しかし僕もじつはこれは簡単に手放さないほうがいいという考えです。人がくれたものでも自分たちにいい形で役に立っているんだから、起源の正当性をそれほど問題にする必要はない。だけど、これは戦争によって日本が得た貴重な獲得物で、絶対に失ってはいけないと考えると、それは、人間と社会、人間とルール、人間と憲法といったものの関係を普通の人々が自分の中でつかみ直すという問題が、どこかで消えてしまう気がします。僕は吉本さんと他のいわゆる護憲派の人たちを一緒にする気はまったくありませんが、それが、憲法は日本が戦争によって得た唯一の成果で、これが戦争をしないことの根拠になる、というかたちだと、そのままは呑み込めないという感じがするんです。

吉本　どうやったら戦争をなくすことができるかということは、いろんなことが考えられるんですが、日本の場合でいえば、せっかく憲法第九条に非戦非武装の条項があるんですからね。僕の言い方をすれば、国軍をもたないということは戦争をしないということの大前提として成り立つと思います。九条というのは国軍をもたない、国家が軍隊を持たないという規定ですから、これはやっぱり戦争をなくすための大前提の条件じゃないですか。

竹田　絶対非戦の考え方で追い詰めていくと、もう皆殺しになっても、それはそれでしょうがないという考えが一つ出てくると思うんです。だけど実際はまずそんなところまではいかない。表立って置かれているのは、有力な先進国の一つが絶対平和主義を貫くことを宣言すれば、それはやはり世界の平和維持に対していろんな効果があるよ。そういう考えですね。だけど僕はそれは考え方として弱い気がします。

どういうことかというと、うちは絶対戦争しませんというのは、いわば国民に対して、ひとつは戦争で利益を求めようとするのはやめようと言うことですね。もうひとつは万が一攻められたら多少のものはくれてやろうと言うことですね。僕はそういう考え方が受け入れられるための条件があると思います。一番大きな柱は二つです。社会が民主的、市民主義的になって政権が圧倒的多数の国民の合意なしには簡単には軍隊を動かせないということ。それから生活水準が上がって、国民が多少の損失と生命の危険を取り替えるのがばかばかしく思えるようになること。つまり、コスト的に戦争遂行に歯止めが掛かっているということ。そういう条件をクリアしている国では、われわれは絶対戦争しないでいようという考え方は受け入れられる可能性がある。だけど、経済的に非常に苦しいとか、専制的であるとか、危機感があって、国家アイデンティティを強く必要としているような国では、この考え方は絵空事ですね。

するとと、いままず戦争しないで済むような先進国と、ひょっとしたら戦争しかねないような条件におかれている途上国間との関係が問題になると思います。憲法は国の大きなルールですが、原理としてそれは一部の理想主義的な人たちの考え方ではなくて、多くの人間の平均的な考え方を反映するものでなければ意味がない。つまり、国家としてこうあるのが理想なんだ、ではなくて、普通の人に、こう考えていけば戦争を起さなくてすむぞ、という考え方を提示していかないと、それは普遍的な考え方にはならない。つまり、一国が平和主義を貫いてそれを広げていけばしまいに世界は平和になるだろうという考えは、いわば日本のような国でしかリアリティをもたないと思います。

したがって、絶対平和主義ではなくて、まず先進国と途上国の格差をいかに小さくしていくか、そのことでいま起こっている、あるいは起こりうる戦争の条件が拡大しないようにしていく。そういう考え方のイメージとプランをはっきり作り上げて示すことが大事ではないか。だとすれば、理想を実現するために先進国の人間が立派な善人であることを要請されるというのでなく、戦争を避けるためのコストを互いに負担していくという形で、少しずつ進んでいくはずです。そういう限定の上で、軍隊を持たないとか、戦争をしないということをあえて引き受けたほうがいい。だから絶対平和主義でいく、どんな戦争にも反対という言い方だと、一般の人にはそんなこといっても絵空事じゃないかという感覚が溜《たま》ってくる。もしそれが溜ってきたら、その時点で思想としては決定的に負けであるように思います。

吉本　僕は別に平和主義じゃないですよ。つまり、九条を持ってるということは、絶対平和主義だと思つてないわけ。ただ要するに、国軍をもたないこと、国家が軍隊を持たないことだと思っているだけなんです。そうすると、どこかから攻めてきたらどうするんだ、個々の国民は無抵抗のまま殺されるのかというと、そんなことはないんですよ。そのとき、丸太ん棒で喧嘩するかもしれないし、どこかからピストル借りてきて、相手と戦おうとするかもしれない。いのちのやりとりっていうのはありうるわけですよね。これをはじめっから規定することはできない。そんなことは自由じゃないですか。そんなことは自由だし、あらかじめ決めることはできないです。それはやはり個人対個人でもそうじゃないですか。ぶん殴られてもがまんするというのもありうるし、この野郎と思って殴り返すこともある。そんなことは、ぼくはちっとも言ってない。そういうことじゃないんです。

九条というのは、要するに国家の制度的規定と言いましょうか、法的規定といいましょうか、国法的規定と言いましょうか、憲法的規定といいましょうか、なんでもいいんですが、そういうものであって、国家としての軍隊をもたない、国軍があるかないかということは戦争をしないということの大前提だということなんです。戦後の日本のいままでのことを考えれば、いくら自衛隊が発達しても国家間戦争というのはまああしなくて済んでたわけですから、国軍をもたないっていうことは戦争をしないということの大前提なんです。相手が攻めてきて、どうするんだということは、喧嘩したくなったらすればいいし、逃げようと思えばそうすればいい。それでいいんじゃないでしょうか。それはそのときのことであって、それを民衆の具体的な次元で想定すること、あるいは規定することは間違いじゃないでしょうか。そのとき集まった人が、自分らはやろうと思ったらやればいい。それは個々でやりうるわけでしょう。それは、九条が戦争をしないということにとって重要だよという考え方とは矛盾しないと思います。

竹田 なるほど。吉本さんのおっしゃる国家と僕の考えている国家のイメージが多少ずれているところがあって、僕の場合、軍隊といっても国軍ではなくて、その社会の、なんていうか、市民の軍に近い。近代国家は市民の権力として成立するので、この体制を守るための防衛力が市民の軍隊です。つまり、憲法をきちんと考えるということの前提には、国家そのものをそういうものとして考え直せるはずだということがあるわけです。

吉本 国家とはなんだという場合に、発達した国家、近代的な国家というものの典型として、その条件の一つはやはり国軍をもっているということだと思うんです。そうじゃなくて、どこかが攻めてきて、そのとき空気銃かなんかもってきて、どうしてもこれは黙って死ぬわけにはいかんとなったときに、ある意味の武装力がふっとできちゃうというのも具体的にはあるけれど、それは国家の条件にはならない。それとは違うところに、国家の、政府の指令であれば海外派兵もできる、戦争もできるっていうような、国家がつくって自分たちが動かせる軍隊をもっているということは、近代国家というものの とても大きな条件だと思います。だからやっぱり国家というものが国軍をもたないことが、国家対国家の戦争をなくす条件だと思います。

その続きで言うと、もう一つ僕が考えていることは、国家を絶対化するなということなんですね。絶対化しない条件は、国家を開くということだと思うんです。国を開くということには二つの意味があって、まず、国民、民衆に対して開いてるということ。それから、国際的に開いてるということですね。国際的に開いているというのは、欧州共同体が一番良い例だと思いますが、つまりある部分だけは、国境なしにいこうじゃないのというふうに、全部じゃなくても部分的にできることだけでも国家を外に対して開いていく。それから、国民に対して国家がといいますか、政府が開いてなくてはいけない。こちらの場合は、例えばリコール権を国民が持つようにすればいいいです。

国家が半分でもいいから開くという条件と、それから国軍をもたないという、その二つの条件があれば、まずさしあたって、戦争を避けることができるんじゃないか。ぼくはそう思うんです。日本だけがそんなことやったってしょうがないじゃないかといわれれば、そのとおりですけれど、せめて、日本ぐらいは積極的な意味でその二つくらいやればいいじゃないですかと思う。折角その一つの条件はなんとかあって、戦後やってきたんだから。

戦争を防ぐことに対しては、いろんな人がいろいろ考えて、結局みんな絶望するんです。そんなことは不可能じゃないかって。ぼくが一番、そういうことでとことん考えたなと思うのは、シモーヌ・ヴェーユという人で、彼女は、戦争と革命とは裏腹じゃないか、革命をやればいいというけれど、それは戦争をすればいいということと同じじゃないかというんですね。国家と国家が戦争したときには、民衆は自分の国家が敗北するように振る舞えばいいというようなことを、レーニンとかはいうけれども、それは相手の民衆に滅ぼしてもらうということで、それではちっとも解決にならない。それで、彼女が最終的に考えたことは、肉体労働と頭脳労働が分かれている限り、戦争が無くなるということはありえないという結論に達した。結局絶望的なんですよね。

僕が今言いましたような戦争をさしあたって無くすための二つの条件、つまり、国軍をもたないということと、それから国家を開くということとも、実際出来るかどうかということじゃなくて、僕の頭だけの問題、ただ言葉の問題です。言葉の問題ですけれど、ぼく自身であえて言えば、とても緊張した僕の言葉の問題です。せめて憲法にその二つが書きこんであれば、かなり実効力があるんじゃないかと僕は考えているんです。

憲法の言葉

加藤　今のお話をうかがっていて、吉本さんと僕とはこういう問題に関心をもつようになった筋道が入れ違いになっているところがあるように思いました。僕は、平和のことを考えるときに、憲法の問題としてじゃなく考えるのでないとスタートラインが作れないというのがあったんですね。先ほども言いましたが、きっかけは湾岸戦争のときで、僕は、そこで産地直送というか、じゃあおまえ平和というものをどう考えるんだと、そういうふうなことをつきつけられたように思った。憲法なしにですね。憲法を守るとか、平和を守るとかってことよりも、戦争をなくすということはいったいどういうふうに考えればいいのかっていうふうな、竹田さんがいま戦争をなくするにはどうしたらいいかみたいなことを言われたけれど、それと近い感じですね。

それで今度は逆に、憲法の問題になぜ僕がぶつかったかというと、平和ヌキで法というものにぶつかった。僕の中で、ちょうど吉本さんが八月十五日にぶつかったようなことが、微弱に、何倍にも薄められて起こったというふうな感じもするんですね。社会とか考える場合にも、僕はすごく文学的な人間なもんですから、文学というのはけっこう楽じゃないか、口に含むとけっこう甘いなと思えてきて、吉本さんが思われたように文学はだめだとは思わなかったんですけれど、逆に自分の中の文学みたいなものを鍛えたいというか、甘くなっちゃっていやに感じられた部分をなんとか排除したいという気持ちがあったわけです。

それで、先ほど吉本さんは、九条を本質の言葉として読むと言われたけれども、それはそれとして聞けるんだけれども、それは中国でも言われているような革命の一代目の中で生きる革命というか、少なくとも戦争を経験した人の中では、九条とは何かということは説明も、釈明も必要としないものであって、そこから出発するしかない。そういうこととどう違うのか、そこがよくわからない。けれども、自分の場合は、吉本さんはこうだから自分もそれでいこうと、そういうわけにはいかない。全然別の問題の立て方をするしかない。憲法が、社会に繋がるときの関係回復の鍵だっていう発想からいいますと、僕には、その問題がそもそもそういうものを起点としてあるわけなんです。

それとは別ですが、吉本さんが九条をてがかりとしてそこからはじめられるんじゃないかと言われたことでちょっと思ったのは、第九条というのは、いってみれば、僕はプロレタリアート独裁という条項とすごく似てるなと思う。あれは本当は暫定的にあるだけで、最終的に国家が無くなるとその条項も必要なくなるはずなんですよね。本来はそうであったものが、定常化されちゃった。第九条というのも、吉本さんが読売試案*の批判で、自分だったらこう書き換えるというので、第三項というのを作ったでしょう。現行憲法を引きついだ第九条の第一項、第二項に続いて、第三項として「前項①②の理念を達成するために、参加しているあらゆる国際機関を通じて、具体的な非武装・非戦の提唱を積極的にすすめる。」要するに、これを実行するためにいろんな働きかけをすると。この第三項がなかったら、ほんとうに第九条は意味を持たないと僕も思うんですよ。ところが三項がぬけたまま、定常化しちゃったというか、固定化してるみたいなところがあるんじゃないでしょうか。で、思うわけですが、これをこのままで、いいといえるか、つまり、この第九条をどうするか、第三項が必要なんじゃないか、という憲法への対し方と、これを本質的な言葉として受け取るという対し方とは、本来共存できるものなのか。何か対し方として逆のもの、一方は不可侵、他方は可変のものとして見るというほどの違いがあるような気もするわけです。

もう一つ、別のインタヴューで、先ほど言われた国を開くということの他に、軍を開くということも言われていました。それはどういうことなんでしょうか。というのは、僕は、軍人に対する否定が軍隊をもたないということでは、否定にならないんじゃないかという感じがするんですよね。例えば、暴力団を撲滅しようとした場合、暴力団が社会からすっかり排除されていなくなればそれでいいかというと、そうではなくて、社会が暴力団の連中を飲み込んで消化するというか、暴力団が内側からほどけてくるみたいになったときにはじめて解決するという感じがするんです。それから、マイク・タイソンなんて、監獄内で携帯電話で連絡をとってたらしい。そんな話をジョージ・フォアマンを取材した沢木耕太郎さんに聞きましたが、日本というものはとにかく、刑務所の拘束性がきついわけです。この場合、何か局外地を作ってそこに軍とか暴力団を押し込むのじゃなくて、大事なのは、この監獄を開かれたものにすることだって感じをもつわけです。

だから、軍隊も、これは人を殺すための集団なんだから、命令系統があって、この組織は手のつけようがないから、シビリアン・コントロールをするということでなしに、軍隊という組織そ

＊読売試案　一九九四年十一月に発表された。憲法九条の第一項はそのままとし、第二項を「日本国は、自らの平和と独立を守り、その安全を保つため、自衛のための組織を持つことができる」と変更するものだった。

のものがもうすこし開かれる。軍人の生活を市民化する。現実にそんなことができるかというと難しいかもしれないけれど、考え方としては軍隊がシビリアン化するということも考えられる。この話をするのははじめてなんですが、吉本さんがさっき、市民軍云々と言われたので、このあたりのことについてもお尋ねしたいと思います。

吉本　法的な言葉、法の言葉ですね、その言葉に対する認知の仕方が僕と加藤さんでは、違う気がするんですね。例えば、憲法に「天皇は国民統合の象徴だ」みたいなことが書いてあったとしますね。書いてあったとしても、ふだんの生活してて、あれは象徴だ象徴だと思って生きているわけではないです。けれども、法的に書かれている、表現されているということは、ものすごく重要だと僕は思っているわけです。それはちょっとすごくこわいことなんだというのがあるんですよ。つまり、実効力を発揮するかどうかというのは個々具体的な場合によるけれども、法的な規定がある、条項として書かれているということの意味は、たんに架空の言葉が書かれたっていうことじゃない。法的言語、つまり、法という言葉は、狭くいえば法律という意味でも日本人は使うし、もっと狭く言えば、規定というか、なになにすべからずというのを法と言ったりするわけです。けれども、もっと広義にとると、そういう考え方はヘーゲル、マルクスに僕は負うわけですけれども、宗教とか、風俗習慣とか、それを全部ひきずっている言葉が法的なことばだと思うんです。ですから、ものすごく重たいものであって、憲法にこう書かれているからこうだというのとは、ちょっと僕はちがうと思います。

加藤　それはやっぱり僕もそこは違うと思うんですが、僕の場合、僕はそういうことをずっと考えないできて最近、ある意味では憲法との関係っていうよりも、もっといえば法っていうふうなものをね、ばかにしちゃいけないぞっていう感覚をもつわけです。もちろん僕にとっては、この法ってものが、ただキマリが書いてあるのと違うっていう感覚が法の感覚の中身で、それはこれをちゃんとしないと、自分の社会とか、国家とか、世界とかとの関係が結局とれないんだという了解ですね。

吉本　それともう一つ、九条がどうとかこうとか言ったって、現に自衛隊というものがいるじゃないかって言われかたをするでしょう。加藤さんの言われたことを敷衍すれば、結局あれはボランティアでいいんじゃないでしょうか。市民軍とすらいわなくてもいいんじゃないか。つまり、阪神大震災のときの活動、あれが本筋だっていうんでいいんじゃないでしょうか。ルワンダなんかに派遣して、他国の内戦に介入したりっていうのは、悪しきボランティアって呼べばいいんじゃないでしょうかね。ボランティアの本質を継ぐのは、阪神大震災みたいなときの出動で、本来的にはいいものだという理解をすれば、自衛隊は違憲か合憲かっていえば、非憲ということになります。ボランティアとして存在するわけですからね。こう考えればいいんじゃないかと僕は思うんです。事実、あの災害にいち早く対応したのは、ダイエーの中内功と自衛隊なんですよね。実質上の国軍だっていうのは向こうの勝手で、僕はそれはボランティアたる本質を発揮したと思うんですけれどね。

加藤　ボランティアという言葉は、スペインの義勇軍とかそういうものが最初の用法だっていいますね。

吉本　そうすると、ボランティアとはなんだということになるけれど、僕は贈与だと思うんです。贈与の一つじゃないかと。

加藤さんのところには、あなたの本を点字に訳したいんだけれど、承知してくれませんかとか言ってきませんか。僕のところへはよく来るんですけれど。そのときに、いいですよっていえばそれで済むんだけれど、つい言い方が気に食わないんですよ。要するに、自分も奉仕してるんだから、おまえも喜んで承知しますみたいなことを言うのがあたり前だみたいな文面なんですね。そりゃいいですけれど、ここらへんに残るんですよ。このばかっていうのが(笑)。ですから、そういうのをなしに、これはボランティアなんだ、贈与を本質とするとしてしまえば、一番いいんじゃないか。

どうしてそんなに僕が、法とか、法的言語、法的な言葉、法的規定でもいいですけれどそういうものにこだわるかというと、現在書かれている文学作品をタイプに分ければ二つあって、物語だという面と、もう一つはなんていうか、なんとも名付けようがないんだけれど、本質的な言葉で書かれた本質的な小説っていえばかっこいいんですが、極端にいうと、なんかそういうものがもう一方にあって、それは、法的な言語にどんどんどんどん近づいていくんじゃないか。法的言語というのを理想的なイメージで考えるとそうなります。それが実現されてるかとか、だれが実現したかということは別にして。

加藤　ボクシングには一位の上にチャンピオンがあって、その意味はチャンピオンが秩序、意味の源泉だという感じなんだろうなと思うのですが、文学とはなんだときかれたら、これだっていうようなものですね。ある基準からみてのいい悪いじゃなくて、これそのものが文学だというような。

吉本　そうです。アラビアン・ナイトみたいに、これは物語なんだからそれはそれでいいじゃないの、このせりふの語り方はいいじゃないのっていうのと、もう一つ、法的言語にうんと近いところでこれが文学だよというものがあるような気がするんです。そこらへんのところは言葉の芸術みたいなものといっしょにしちゃってるから、そこらへんがきっと過剰になってるような気がするんですけれどね。どうしてもそういうところをくっつけちゃってるから。

橋爪　法律は、現実に対する対抗力がある。現実がこうであっても、法がこうであるならば、法に合わせて現実を変えなければならないという力があるわけです。いまおっしゃった、本質的な文学というのは、言葉そのものが現実を作り出す、たとえ、いわゆる現実がどうであれ、わたしが考える現実はこうだというんで、現実をつくりだす。そこで似ている、本質的な言語であると吉本さんはおっしゃったんだと私は思う。とすれば、先ほど、吉本さんが九条を本質的な言語として読むという言葉も、これは希望として読むのではなくて、実行規定として読むという意味だと思うんです。

吉本 うーん。はあ、はい。

橋爪 軍隊をもたないと書いてあれば、我々はそのように実行するという意味である。そういう重みをもっているということだと思うんですね。だとすれば、警察予備隊からささやかな自衛隊をもった段階で、すでに実行規定ではなくなっていた。そもそもまちがっていたわけですけれども、すくなくともそれが憲法である以上は、口が裂けても自衛隊が合憲であると言ってはいけない。それなのに、その憲法を守る立場の人がそう言ったということを批判しなければいけない。その根拠は、私的な平和主義的な希望にもとるからではなくて、憲法を実行規定としての重みをもってうけとめていないからだとおっしゃった。それはわかるんです。民主主義者であれば、かならずそう言わなければならないと、私も思います。しかし、わからない点もいろいろあって、すこし、質問のかたちで、私の考え方を述べさせていただきたい。

まず、外国の軍隊に侵略された場合に、自己防衛をする権利というものは認められる。もしそうだとすれば、市民の集合的な意志とかによって、それが組織されて、吉本さんの言い方でいえば国軍、まあ軍隊ですね、という形をとってなぜいけないのか、よくわからない点があるんです。

国家というものの本質として、軍隊をもつことだろうともおっしゃいました。いわゆる国家であればみなもっているわけです。国家が軍隊をもつのはなぜかというと、それは、一人一人の市民に還元できない、いわゆる意志を国家がもつからではないのだろうかと私は考えるわけです。国家が意志をもつならば、国家は実現すべき状態という理念を、現実に対抗して持つわけです。

例えば、外国が攻めてきた。それに対して、国家は市民の平和に対して責任があるわけですから、これは望ましくない状態であるからなんとかしようと思ったら、実行力をもたなければならない。そのために軍隊をもってると、こう一応言えますね。侵略のためにも軍隊をもつかもしれませんが、いまそのことは措くとして、まあ、そうした意志と実行力をもたない国家は、国家ではないのではないかと私は思うわけです。その実行力は、市民の自発的努力によっては代替できない。一般の人が棒切れや鉄砲をもって立ち上がれば、まず現実問題として軍隊にかなわないし、国際法上、それは戦争犯罪として禁止されています。制服を着て武器を携行し指揮系統をもっているというのが軍隊だと思いますが、そういう軍隊が国際法上の戦争行為をして他国の領域に入った場合、それにその国の軍隊が対抗するのはかまわないんですが、いわゆる市民が武器等を携行して、軍人に襲いかかると、戦時法規によってすぐ処罰されてしまうわけですね。もっと簡単に言うと、殺されても犬死にだし、その場で処刑されてもまったく文句が言えないということなんです。それは逆に、戦時法規によって一般人は保護されるという意味があるわけですから、それだったら、抵抗せずに自分の身体と生命の安全をきちんと保護する道を探ったほうがいい。現在は、そのように国家が軍隊をもつ前提で、戦争法規が守られているわけだから、もしも市民が自発的な権力を行使できるとすれば、それは国家が崩壊してしまった後に限られると思うんです。例えば、日本国の指揮系統が潰滅し、国家意志がなくなり、自衛隊もどこかにいってしまい、目の前に軍隊が来た。自分に危害が及ぶ可能性がある。そういう場合には、抵抗できる。けれど、日本国が国家意志をもっている間は、市民は抵抗してはいけない。それは、国家意志の有無によってどっちかなんですね。

それで、吉本さんのお話を聞いていると、リコールの問題にしろなんにしろ、国家に意志を持たせない。そういうところに帰着できると思うんです。しかし、なぜ国家が意志をもってはいけないのだろうか。もし市民が、国民全体として国家の意志をコントロールするのであれば、それが自分たちの意志であるならば、なにも国家の意志を恐れる必要はないと思うんです。国家が意志をもつことを深く拒否されるんであれば、なにか理由があると思うんですが、お話をうかがっていると、(わかるような気もするんですが、あえて言うと)わからない。

吉本 いまおっしゃったことはとてももっともだともいえるんですが、国家が軍隊を持つのは、近代国家をとってくれば、それは国家の必須条件の一つだということになります。現存する国家でそういうものをもたないと規定しているのは日本だけだから、日本がその例外であるわけですね。そうすると例外国家というのはもともと成り立たないという観点からすればそうなんだけれど、ただ国家というのは、民族国家でもいいですけれど、あるいは近代国家でもいいんですけれど、どうあればいいかという、理想の状態に対する観点を入れると、こんどは逆に例外的にもっていない、原則としてもってない国家、それが近代国家としては矛盾であるから自衛隊みたいな矛盾した存在があるんですけれど、矛盾であるそれが生きてくる唯一の例外国家であるということが生きてきます。僕はやっぱり、そういう観点を入れて、九条というのはなんなのかと言えば、近代国家としては矛盾だと言えるけれども、だけどこれは、逆にいうと国家が将来にどうなるかという問題にたいしては、逆に未来性を持つとそういうふうに考えます。マッカーサー指令部が、なぜ九条を憲法に入れたかいろんな理由があって、一つは一種の懲罰あるいは、警戒心からでしょうが、もう一つ、たぶんマッカーサーがそういう声明を発していると思いますが、恒久平和を希求してとか、そういう言葉でいってると思いますが、やっぱりそういう未来性という観点もそのなかにはいっていると思うんです。僕は、それはそれであまり矛盾じゃないと思っています。

それから、国軍とはなにかというと、もちろん国家意志の一つの発現なんですけれども、国家意志というものと個々の市民というものとは、僕は必ず矛盾する存在だと思います。この考えはマルクスに負うわけですけれども、ぼくはそう思ってる。個々の市民、国民の意志の総和が国家の意志に発現されるとは、ぼくは少しも思ってないです。国家意志は、個々の市民の具体的なあり方とは矛盾する、あるいは逆立してしまう。それが国家だと思ってます。それはそれでいいんじゃないでしょうか。つまり、国家意志を無視するかしないかということよりも、個々の市民がそのとき共鳴した、そのときの判断で、集合することも、また、逃げることも、単独者になることもまったくどれでもありうる。個々の市民の振る舞い方は自由であって、それが国家意志というもののありかたとはもともと逆立するものですから、矛盾してもいいし、当然だと思います。

どういったらいいか。例えば、三人の人間がいて、三人がなにかの雑誌を出すんで、月々千円ずつ出そうと決めて三人とも同意をした。同意してはじめた雑誌をはじめたけれど、そのうち一人が都合が悪くて会費を払えなくなった。すると、あとの二人はどうするかというと、払えなきゃこっちが補ってやるからいいよというか、払えなければ三人のとりきめから外れてくれっていうか、たいていそのどちらかになる。払ってやるからいいよで済んでる場合はいいけれど、問題なのは、お前はルールを守れなかったんだから外れてほしいといわれて、個々ばらばらに外れた人です。それは、いま言ってきたことからいうと国家意志からは外れた人で、それは当然外れるべきものなんで、それが本質だって僕は思いますね。つまり個々の市民の意志の総和が国家意志だとはちっともぼくには思えない。国家意志となったときには、あるいは共同性となったときには必ず個々というものと、逆立すると考えます。

竹田　いまうかがっていて、吉本さんと僕や橋爪さんとで大きく違う点があって、それは、国家は必ず市民社会と逆立するということですね。僕の考えをいうとこうなります。近代国家というのは吉本さんが言われるような「逆立」ということが問題にならざるをえないような歴史的経緯をもっていた。だけど一定の条件をクリアできれば国家が市民社会と逆立しない可能性がある。その条件をうまくつかんでそれを実現していくという方向が自分たちがいま立っている可能性ではないかと僕は思っているのです。それは言い換えると、近代国家の〝国家性〟をどうやって無化していけるかという課題ですね。たぶんそれはルールや権力の市民化という考え方とかかわってくると思います。

もう一つ言わせてもらいますと、僕の考えでは、戦争がない状態が最も理想的な状態とは言えない。戦争がなくても恐ろしい支配や矛盾が存在しているということがありえます。ただ戦争は国家、共同体のナショナリズムにとって、いつも最大の養分になる。戦争が起こりつづけるかぎり、ナショナリズムはけっして死なない。戦争は絶望とニヒリズムの一形態だから、ナショナリズム、スターリニズム、ファシズムといった国家や共同体を全体化し、一体化する力の源泉になるわけです。だけど近代の国家は例外なくこの戦争とナショナリズムの力学の中に巻き込まれていた。近代は近代国家どうしの激しい競合の歴史として進んできたのでこれから超然としていられる国家は存在しなかった。国家を開くということ、つまり国家と市民性の逆立を正しい形に戻す可能性は、この競争のシステムをいかに改変して、個々の国家が全体化していくベクトルを上手く抜き取るかということですね。

そのときの展望として、一つ一つの国家がうちは戦争しません、あるいはいざというときは市民だけで戦いますということで、普通の国民が納得するかというと、やはり難しいと思います。というのは、いま国家の中にはルールがあって私闘は禁止されている。だけど国家間にはルールがなく、だから私闘、つまり戦争は禁じられていない。そこで苦しくなった国家が戦争を起こす条件があるし、またルールとそれを守らせる権力が確立されていない場所では実際に起こっている。その可能性と条件をどうやって小さくしていくか。大事なのはその問題の展望を、理想主義的にではなく、つまり個々人にも個々の国家に「善人」を要請する仕方ではなく、作りあげることだと思います。たとえば反差別を押し進めるのに、いちばんまずいやり方は一般の人間に

「聖人君子」たることを要請するような仕方ですね。けっして差別の心をもってはいけないと。これを突き詰めると、けっして他人を超えようとする欲望を持つなみたいなことに近づく。そうではなくて、国家や社会や人間の利己性を認めながら、なおかつ国家間が戦争を起こさないあるいは起こしにくい状態、その一般条件を思想的に追いつめないといけないと思います。

橋爪 きょうのお話の最初で、ふつうの人は憲法なんて関係ないよ、そういうふうに生きてるもんだよとおっしゃった。それはそのまま、私たちの感覚を言い当てている部分があって、それはそういうものだと思う。それからもう一つ、やはり九条というのは、やはりこのまえの戦争の非常によい、唯一のといってもいいくらいの獲得品であって、これはいいものだよというおっしゃり方もあったと思うんですが、それもある意味でわれわれの感覚だと思うんです。ところが今、それが実行規定として骨抜きになりかかっている。それを、他の国もこうしたらいいでしょうという、世界に向けての未来性をもったアピールによみがえらせるためには、戦争のどさくさでたまたま与えられた獲得物ではだめだ。憲法には関係ないよといっていた人までもが、やっぱりそうじゃないかもしれないなあと相談して、面倒ではあるけれども、逆立するかもしれないけれども、国家意志というものをこしらえて、私たちは例外かもしれないけれど国軍はもちませんと、自分たちで憲法九条を規定し直す。あるいは、制定された憲法はたまたまあったけれど、もう一度国民投票みたいなかたちで確認しましたとかですね、そういうふうなことがないと、吉本さんのおっしゃる意味でのインパクトというのを持たないんではないかという気がするんです。その点については現状でよいとお考えでしょうか。

吉本　いや、それはおっしゃるとおりだと思いますよ。どうしてもその過程がないとだめじゃないかな。一番よくないのは、国会の答弁で、合憲と認めますみたいなことを言ってしまうことです。そう思うんだったらちゃんと、国民投票とか総選挙で国民に問わなければならないと思います。その結果、国民のほうは、いっこう九条なんかいいと思わないとそういうふうになったら、それはまたその状態でいくよりしょうがない。僕はまたずっと啓蒙的に粘り強くやっていきますが。いずれにしても国民の合意はなんらかの形で問わなければならない。それはおっしゃるとおりだと思いますね。

加藤　僕の場合、そういうことをやらないと、いまの時点で憲法と人間との関係が回復しないっていうかね。僕が憲法について考えてみた、その最初の僕の問いは、おそらく、憲法っていまどうなんだろうじゃなくて、なんで憲法は自分に関係ないんだろう、いままで関係なくこられたんだろうというものだった。なんか自分と憲法を関係づける橋が一つ落ちている。吉本さんは九条は本質の言葉として獲得した戦利品だと言われるけれど、僕と吉本さんでは、憲法に対する関係が違うということで、それは別にいいと思うんです。それはある意味では当然かもしれない。ただその断絶を越えるなにかがないと、座礁《ざしょう》した船をもう一回浮かべるために水位を上げるみたいなことをしていかないと、だめなんじゃないか、とは思う。

それと、やはり今日の吉本さんの憲法を本質的な言葉として受けとめるという発言（笑）。これを本質的な言葉として受けとめることと、これを実証的なコトバとして受け取ることは違う、という発言ですね。こうした形の護憲派、憲法学者批判というのは、これまで吉本さんから聞いたことのなかったことで、こういう観点はいままで他の誰からも聞いたことがない。いま十分に理解できているか心もとないのですが、少し衝撃を受けているということはお伝えしたい。ただ、やはり、憲法を本質の言葉として受け取る理由、根拠がぼくの場合は何なんだろうと思う。文学だけでいいのか。文学だけじゃやっていけない、という話も、これに関係してくる。竹田さんは国家が市民社会に逆立するかどうか、というところで加藤はどうかわからないがと除外してくれましたが、僕はここでたしかに自分の分裂を感じますね。僕の中のアウトローの、「関係ねーや」の声に対するアンビバレンツ（錯綜感情）です（笑）。あと、憲法を本質的な言葉として読むというのと、可変のものとして読むというのは、お話を聞いて両立するものとして吉本さんが言われているのがわかりました。ここにも分裂はあるかも知れないと思いますが。

竹田　先ほどの吉本さんのなんらかの国民的合意が必要だという発言で、距離が大きく縮まったような感じがします。最近、朝日新聞にも書いたんですが、レヴィナスという人が、戦争についておもしろいことをいっている（『全体性と無限』）。戦争とはなんであるか。それは現実の現実性を象徴すると。どういうことかというと、戦争が起こると、なんやかんや言っても、世界は結局力の論理で動いているんだという感じを、一般の人はいやおうなく押しつけられる。個々の人間は戦争はいやだ、戦争はしたくないと言うけれども、戦争が起こると一種絶望感をもち、個々の内的な思いでは現実には対抗できないと感じる。結局、現実は力の論理でしか動かないんだと。戦争というのはいわば、世界のさまざまな関係の客観的な必然性をいわば表出、露呈しているわけですから、一般の人は世界とはそういうものだと感じる。従って、戦争という事態に対抗するためには、戦争という客観性に対して、個人的な理想主義で対抗してもだめで、戦争が表現する関係の客観性を越えるようななにか普遍的なものによって対抗しなければならない、とレヴィナスはいうわけです。この言い方はとてもいい言い方だと思います。ただレヴィナスのいう普遍的なものというのを掘り下げてみると、異論もでてきて、ただちに賛成できない面もあります。しかし、考え方としては、つまり、レヴィナスの言い方で大事なのは、なんやかんや言っても、結局こうでしかありえないという一般の人間の現実観をどこかで動かしうる言葉が必要だということですね。

さっきも少し言いましたが、それは差別の問題でもまったく同じなんです。戦争をいかになくしていけるか。差別をいかになくしていけるか。そこで理想的な言葉しか使えないと、つまり、もし平和が大事とか、差別しない心が大事とかしか言えなければ、思想として敗北につながる。なぜなら、それは人間と社会に理想を要請するために、必ず現実の客観性の前に挫折する。そのことでいいこと言っても現実はそう甘くない、とか、理屈は現実とは違うという一般の人間の現実感覚を超え出ることができない。思想は、人々のそういう感覚と戦わなくてはいけない。自分たちの国家のあり方をどうやって開いていけるか。それが憲法を考えるときの一番の眼目だと思うんですが、こういう条件を作り出せたら、必ず国家は市民的なものへ開かれていく原理がある。そういう条件を追いつめて、明確なかたちで示すことができるかどうかが重要なのではないか。最近の文学や思想の状況を含めて僕はいつも思うんですが、日本の戦後思想が、基本的に理想主義を超え出る仕方で考えることができなかったとすると、それはたぶん戦争という犯した罪を打ち消したいという動機によるので、そのことでますます思想が現実から離れていく。そろそろずっと続いてきた悪い空気を入れ換えなければいけないのではないかと、そう思います。

（「思想の科学」一九九五年七月）

竹田青嗣（たけだ・せいじ）
1947年大阪府生まれ。哲学者。早稲田大学国際教養学部教授。フッサール現象学を基礎として、哲学的思考の原理論としての欲望論哲学を構想。著書に『現象学入門』『はじめての現象学』『ニーチェ入門』『自分を知るための哲学入門』『意味とエロス』『ハイデガー入門』『人間の未来』ほか多数。

橋爪大三郎（はしづめ・だいさぶろう）
1948年神奈川県生まれ。社会学者。東京工業大学名誉教授。理論社会学、宗教社会学等を専門とし、政治・経済、思想・哲学等、幅広い分野で言論・著述活動を行っている。著書に『はじめての構造主義』『言語ゲームと社会理論』『仏教の言説戦略』『社会がわかる本』『戦争の社会学』ほか多数。

あとがき

ここには、一九九九年から現在にいたる二十三年間に行った私の十一人の人との対談を収録している。最後に一つ吉本隆明さんを囲む一九九五年の座談会が含まれているが、私にとって大きな意味をもつものであるところから加えてもらった。私の対談集としては一九九六年に刊行された『空無化するラディカリズム』、『戦後を超える思考』（『加藤典洋の発言』１・２、海鳥社）に次ぐ。相手をしていただいたなかで一番若い人は、一九八五年生まれの古市憲寿さん、一番年上の人は、一九二四年生まれの吉本隆明さんである。

大きく私の共時的な関心の広がりと通時的な関心の深まりとで、「人びとと生きる社会で」、「人びとの生きる世界で」の二部仕立てとしているが、さほど深い意味はない。私の関心の「水平方向」と「垂直方向」というほどの腑分けにすぎないが、このうち、第一部におさめられた対談が、すべて二〇一一年の東日本大震災・福島第一の原発災害以後のものであることは、私にとってのこのできごとの大きさを語っているかもしれない。一方、第二部に、見田宗介さんとの二つの対談、吉本さんとの二つの対談、一つの座談会をここに収録できたことは、このお二人の仕事に刺激を受けながら、この間、考えるという作業を行ってきた私にとって、感慨が深い。

以下、それぞれの対談について簡単に背景を記す。

第一部。

田中優子さんとの対談「時代みつめて　今、求められているものは」は、共同通信配信恒例の新春対談として二〇一七年の正月掲載に向け、二〇一六年十二月に行われた。田中さんとお会いするのははじめてだったが、それに先立ち、田中さんの江戸時代に関わる多くの仕事を読ませてもらい、日本の近世に対する関心を一新された。確実にその後の私の考えに大きな影響があった。学恩(?)を感謝する。

石内都さんとの対談「苦しみも花のように静かだ」は、二〇一六年夏、石内さんの写真集『フリーダ』刊行を記念して行われた。対談本文にもあるように、石内さんとのおつきあいはもう二十五年にも及ぶ。私にとって数少ない同年代の写真家、アーチストの友人の一人である。数少ない経験から、オリジナルに対するこだわりが生まれており、ぜひ彼女のオリジナル・プリントを拝みたいと思い、金沢八景にある石内さんのご実家を改装したアトリエにまで押しかけての対談となった。素晴らしいオリジナルの群れを見せていただき、対談の後は、石内さんの手料理をご馳走になった。「図書」に掲載された。

中原昌也さんとの対談「こんな時代、文学にできることって、なんだろう?」は二〇一五年夏、アート・ディレクターの佐藤道元さんのコーディネイトで実現した。長い間、中原さんの小説をとても高度な文学的な達成と感じてきて、そのお人柄にも惹かれていたので、ようやくの願いが叶っての対談となった。お会いして、その人となりに魅了された。対談にはこの人の奥深さがよく表れている。「読楽」に掲載された。

古市憲寿さんとの対談「〝終わらない戦後〟とどう向きあうのか」は二〇一五年初冬、「ローリングストーン」を主な仕事場とするライター、ジョー横溝さんが企画してくださった。古市さんとは先にその著『誰も戦争を教えてくれなかった』の帯文を書かせてもらった際に、一度お会いしていたが、対談ははじめて。その「深追いしない」定点観測の流儀に、年に似合わない成熟を感じ、教えられた。「ローリングストーン」に掲載された。

高橋源一郎さんとの対談「沈みかかった船の中で生き抜く方法」は二〇一四年暮れ、私の『人類が永遠に続くのではないとしたら』の刊行を記念して東京・駿河台の書店で行われた。高橋さんには、この本の書評に続いて、刊行記念のトークにもおつきあい願った。読んでもらうとわかるように、内容は、3・11以後の社会と世界の問題に届きながら、なお、森の香りを思わせる思惟の初々しさを失わない。対談の最後にふれているように、この人には父子二代にわたってお世話になっている。「新潮」に掲載された。

佐野史郎さんとの対談『『ゴジラ』と『敗者の伝統』』は、佐野さんが季刊誌「kotoba」で行われていた対談シリーズ「失われゆく『何か』を求めて」の二回目として二〇一四年夏、行われた。唐十郎の状況劇場にも在籍した「読書癖」ある俳優として知られるこの人の、実にしなやかな語り口の肌理《きめ》、話すことの快さの一端に触れさせてもらい幸福感を味わった。

吉見俊哉さんとの対談「ゴジラと基地の戦後」は、吉見さんが「中央公論」で続けていた日米関係をめぐる対談シリーズの三回目として二〇一一年秋、中央公論社で行われた。吉見さんは実に丁寧に私の旧著

『アメリカの影』を読んできて下さり、私は吉見さんの新著『親米と反米』を読んで対談に臨んだのだが、もう少し、吉見さんの踏み込んだアプローチに丁寧に応対できればよかったという反省が残る。対談での吉見さんの謙虚な態度は優秀な学者の鑑《かがみ》かと思う。

第二部。

池田清彦さんとの対談「3・11以後をめぐって」は旧知の編集者山本陽一さんの企画で二〇一一年夏、実現した。山本さんは、「早稲田文学」の学生編集者をしていた時分、私の「アメリカの影」を同誌に三回連載で掲載させてくださった恩人であり、私はこの人の依頼は断らないことにしている。池田さんは当時勤めていた早稲田大学国際教養学部の同僚で、研究室も隣りだったのだが、近くで知るだけにかねてこの人の「天才ぶり」に強い印象を受けており、この機会を利用して3・11以後の「わからないこと」を色々と尋ねることにした。頭がよいということが人間の徳にあまり資することのないばあいが多いなか、数少ない例外。この対談にもこの人の高徳者ぶりが発露している。インプレス選書『ＩＴ時代の震災と核被害』に発表された。

養老孟司さんとの対談『身体の文学史』をめぐって」は表題の通り、養老さんの名著が新潮選書に収録されるのに際して、二〇〇九年の暮れ行われた。養老さんとはなぜかいくつかの場所で、ずいぶんと前から集まりのなかに加えていただく機会があるのだが、本文にあるように、これが初の対談である。私が一方的に養老さんのこの本について話すかたちになり、再読すると、ちょっと恥ずかしい。私はどうも、けっこう心服している相手とは、あまり口をきけない、ないし、きかないタイプなので、場がもたなかったのだろう。しかし、この本の意義、この本から受けた刺激、そこから考えたことなどは、(一方的に) お話しできたかと思う。新潮選書の同書巻末に収録された。

見田宗介さんとの対談「現代社会論/比較社会学を再照射する」は「現代思想」の「見田宗介=真木悠介」特集号のために、二〇一五年の暮れに行われた。二〇一四年に刊行された拙著『人類が永遠に続くのではないとしたら』で私は見田さんの一九九五年の『現代社会の理論』以降のお仕事に多くの頁を割いた。その本はある意味では、3・11のあと、見田さんの仕事に刺激を受けてはじめられた思考の旅でもあった。それを受けて、ここでは主に真木悠介名でなされた仕事との連関に光をあてた対話がなされている。私のものはともかくとして、見田さんの発言は、見田さんのお仕事の全体を覆って、きわめて包括的、かつ、充実している。

もう一つの見田さんとの対談「吉本隆明を未来へつなぐ」は中央公論特別編集『吉本隆明の世界』のために企画され、二〇一二年初夏、この年の三月の吉本さんの逝去を受けて行われた。私の目からすると一九九〇年代半ば以降の見田さんの仕事『現代社会の理論』と吉本さんの仕事『アフリカ的段階について史観の拡張』には明らかな並行関係がある。ここではそのような私の判断と見田さんの生彩ある吉本さんへの共感の深さとの応答が見られる。

さて、残りの三つはもういまはいない吉本隆明さんとの対談、そして座談会である。

私は、いつも吉本さんとお話しし、それが活字になったあとは、忸怩《じくじ》たる思いがつのり、その後、それを読み返すということをしないできた。それで、この三本についても、読み返していなかった。

しかし、今回、十五年ぶり、さらにそれ以上の時間をへだてて再読し、自分がけなげにも、というか、なかなかよく吉本さんと話ができていることに、新鮮な驚きを味わった。なかでももっとも長い「存在倫理について」という対談では、その感が強い。

この、吉本さんが新しい概念を提示した対談で、私は、ところどころ、自分ばかりが長々と話している。それがその後、読み返す気になれなかった大きな理由でもあったのだが、しかし、それはゆえのないことではなかった。釈明に似るが、このとき吉本さんは視力が十分でなかった。そのため、対談に際し、役に立ちそうなものを、私が用意し、それを吉本さんに説明するという約束になっていたのである。活字になってから、自分ばかりが、あまり意味のないことを長々とお話しして吉本さんを煩《わずら》わせている、という感じに襲われ、長い間これを再読する勇気が出なかったが、いま読んでみると、そこで私が行っている「素材提供」はそれほどツボを外していない。吉本さんがそれを面白がって、そこからひらめきを得られていることが、よくわかる。

吉本さんとの対談には、私にとって、ある特別な意味あいがある。私はふだんから難しい話を人に持ちかけるタイプではない。吉本さんにもそのようなところがあるため、ふだん、お目にかかっていても、ほとんど仕事の話にはならない。じっさい、いま気づいてみると、私が吉本さんと私的におつきあいするようになったのは、『敗戦後論』のもとになった第一論考「敗戦後論」が雑誌に発表された直後のことで、吉本さんが私と会ってくださったのもたぶん、この文章の発表がきっかけとなっているといまになれば思われるのだが、私は吉本さんと、この本、『敗戦後論』についてお話ししたことは、一度もない。

その代わり、対談、座談会というものが、少なくとも私の場合は、吉本さんと遠慮なしに考えをやりとりする例外的な「闘技《バトル》」のフィールドとなっていた。

最初にお会いしたのが、いつかということをいま私が特定できるのは、共同通信社で当時文化部に籍のあった石森洋さんの手引きで、谷中の居酒屋で吉本さんに引き合わせられ、三人で飲んだ、その日付が私の手元に残っているからである。その席で、私の本籍地が山形県の米沢市で、吉本さんが旧制高校生として通った米沢高等工業学校(現山形大学工学部)のあった町であったことから、昭和天皇御製の歌をもとにした山形県歌というものを、酒席で吉本さんが口にのぼらせた。それを面白がった私が、吉本さんに、その天皇の歌である歌詞を飲み屋にあった紙片の裏に書いてもらったのである。

一度、なくしたと思っていたその紙片が、最近出てきた。そこには吉本さんの字で昭和天皇の歌が、記され、そこに私の字で一九九四年十二月九日という日付が付されている。天皇の歌は、こういう。

広き野を
　流れ行けども

最上川(――)
海に入るまで
濁らざりけり(――)

さて、吉本隆明さんとの対談「世紀の終わりに」は、毎日新聞の学芸部の大井浩一さんの企画により、一九九九年の暮れに行われた。最初の吉本さんとの新聞での対談は、最初の出会いから半年、共同通信配信で一九九五年夏に行われているが(『戦後を超える思考』所収)、このときは、オウム事件の直後で、吉本さんは社会の非難に遭い、孤立されていた。対談が終わった後の食事時にも、麻原彰晃被告の主張の思想的意味について私に語り続けたが、私は吉本さんの話されることに十分に応対できず、吉本さんを少なからず失望させた。しかし、続いて、一年間のフランス滞在をへて、その間に書いた二つの論考を加え、その後、単行本として出した『敗戦後論』がもとで、私も、吉本さんほどではないにしても、言論の世界で小さな四面楚歌を経験する。このような体験をへたのちの、この九九年暮れの対談では、私は、なぜ、吉本さんのような「隔絶した個」が日本の戦後の社会に生まれたのか、そういうことの周辺をお尋ねしようとしている。

次の吉本さんとの対談は、先に述べた「存在倫理について」で、これは二〇〇一年の十一月、九月の同時多発テロからほどない時期に吉本さんの自宅で行われた。対談の途中に、吉本さんにひらめきが生じ、突然、同時多発テロの航空機乗客のみちずれの意味にふれ、「存在倫理」という言葉が吉本さんの口をついて出たと思うや、次には親子の葛藤の問題に飛び火していくさまが、壮観だった。私も昂奮し、思わず吉本さんに「ため口」をきいている。これは「群像」に載った。

最後の座談会「半世紀後の憲法」は、当時「思想の科学」の編集委員をしていた私が企画し、吉本さんに手紙を書いて実現した。全体の特集は「いま憲法をどう考えるか」。前半では、竹田青嗣、橋爪大三郎の両氏に来てもらい、私を加えた三人で「憲法とは何か」について検討を行い、その後、吉本さんを迎えて、私の司会で、その憲法観を伺った。

私は先の手紙に、それまでは憲法九条についてさしたる発言もしなかった吉本さんが、自社さ連立政権の村山富市首相の自衛隊容認発言以降、なぜ急に憲法九条の重要性を強調するようになったのか、その主張と従来の護憲派の考え方の違いとは何なのか、よくわからない、教えていただきたい、と質問していた。吉本さんは、快諾し、来て下さった。座談会は思想の科学社の二階の六畳間で行われた。

ところで、この座談会で、吉本さんは、私の発言を受け、若年時から自分もずうっと「内面的な実感にかなえばいいんだ」という「文学的発想」できたが、それではダメだ、ということがわかったことが自分にとっての「戦争体験からの教訓」なのだ、と述べ、これを否定している（三四二頁）。後に「マチウ書試論」で「関係の絶対性」として語られる関係の意識が、自分の「文学的発想」には欠けていた。そう述べて、吉本さんは私の姿勢を否定したのである。

これに、私はショックを受けた。そして、その後、この吉本さんの「文学的発想」否定に反論すべく、その思いを保って、一九九九年の『戦後的思考』における第二部「戦前――誤りについて」の吉本隆明「転向論」考、二〇〇〇年の『日本人の自画像』における幕末の尊皇攘夷思想の「転轍」をめぐる「内在」と「関係」の関わりをめぐる部分などを書いた。一九九九年十二月の「世紀の終わりに」、二〇〇一年十一月の「存在倫理について」の対談は、あらかじめ、これらの「反論」を吉本さんにお送りし、読んでいただいたうえで行われている。そこでのやりとりに、これらのことが言及されているのは、そのためである。

いずれ、いま、こうした吉本さんの言葉に接すると、これらの言葉をかわしたときのことが思い返され、わたしの心は躍る。吉本さんのように考える人は他にはいない。その思いが、強く蘇る。

最後に、対談の収録を認めて下さったすべての対談相手の方、それぞれの対談を実現に導いて下さった人びと、シャープな装丁とレイアウトを用意して下さった装丁家の前田晃伸さんと齋藤友裕さんに感謝する。また、この対談集を企画し、労の多いすべての作業を引き受け、刊行にまでこぎつけてくれた而立書房社主の倉田晃宏さんに、深くお礼を申し上げる。

二〇一七年九月

加藤典洋

［著者略歴］

加藤典洋（かとう・のりひろ）
1948年山形県生まれ。文芸評論家。早稲田大学名誉教授。『敗戦後論』で第9回伊藤整文学賞受賞、『言語表現法講義』で第10回新潮学芸賞受賞、『小説の未来』と『テクストから遠く離れて』で第7回桑原武夫学芸賞を受賞。
著書に『もうすぐやってくる尊皇攘夷思想のために』『敗者の想像力』『戦後入門』『言葉の降る日』ほか多数。

対談　戦後・文学・現在

2017年11月30日　第1刷発行

著　者　加藤典洋

発行所　有限会社 而立書房
東京都千代田区猿楽町2丁目4番2号
電話　03(3291)5589／FAX　03(3292)8782
URL　http://jiritsushobo.co.jp

印刷・製本　中央精版印刷 株式会社

落丁・乱丁本はおとりかえいたします。

ISBN 978-4-88059-402-6　C0095

アンソニー・ギデンズ

社会学　第五版

2009.3.25 刊
A5 判上製
1024 頁
定価 3600 円
ISBN978-4-88059-350-5 C3036

私たちは絶望感に身を委ねるほかないのだろうか。間違いなくそうではない。仮に社会学が私たちに呈示できるものが何かひとつあるとすれば、それは人間が社会制度の創造者であることへの強い自覚である。未来への展望を拓くための視座。

U・ベック、A・ギデンズ、S・ラッシュ

再帰的近代化

1997.7.25 刊
四六判上製
416 頁
定価 2900 円
ISBN978-4-88059-236-7 C3036

モダニティ分析の枠組みとして「再帰性」概念の確立の必要性を説く三人が、モダニティのさらなる徹底化がすすむ今の時代状況を、政治的秩序や脱伝統遵守、エコロジー問題の面から縦横に論じている。

マイケル・ウォルツァー

義務に関する 11 の試論　不服従、戦争、市民性

1993.11.25 刊
四六判上製
392 頁
定価 3000 円
ISBN978-4-88059-171-1 C1031

本書を読むと不思議な感慨に陥る。「義務」という言葉が、「しなければならない」から「しなくてもよい」という意味に変容していく。「市民意識」がなかなか定着しない日本に、格好の著書といえよう。

月村敏行

江藤淳論　感受性の運命

1977.8.31 刊
四六判上製
384 頁
定価 1800 円
ISBN978-4-88059-021-9 C0095

江藤淳の批評・文学の核心を「感受性」の「自己憑依」に見定め、その文学の本質とたどるべき命運を鮮やかに描き切った本書の成立は、以後の〈江藤淳論〉の指標となるばかりか、新たな批評文学の誕生を告げるものとなった。

小林広一

中野重治論　日本への愛と思索

1986.6.25 刊
四六判上製
168 頁
定価 1500 円
ISBN978-4-88059-093-6 C1095

「斎藤緑雨論」（群像新人賞）で鮮やかなデビューを遂げた気鋭の第２評論集。初めての本格的作家論。吉本隆明・磯田光一ら先人の着目しえなかった重治像を抽出し、その原点に迫る野心作。

鈴木翁二

かたわれワルツ

2017.4.5 刊
A5 判上製
272 頁
定価 2000 円
ISBN978-4-88059-400-2 C0079

作家性を重んじた漫画雑誌「ガロ」で活躍し、安部慎一、古川益三と並び〝三羽烏〟と称された鈴木翁二。浮遊する魂をわしづかみにして紙面に焼き付けたような、奇妙で魅惑的な漫画表現。加筆再編、圧倒的詩情にあふれる文芸コミック。